講談社文庫

嶽神伝　鬼哭(上)

長谷川 卓

講談社

山の者たちの集団の中から、数年から数十年にひとり、時としてとてつもなく知力と技にたけた者が出ることがある。その心根はあくまでも清く、出会った者たちは皆、その心に打たれるという。山の者たちはそうした男を《嶽神(がくじん)》と呼んでいる。

序

甲斐の虎・武田晴信は、

上田原の戦い（天文十七年）

戸石崩れと言われる戸石城の攻防戦（天文十九年）

と二度苦杯を嘗めさせられた葛尾城城主・村上義清を越後に追い、信濃を掌中に収めた。

しかし、それがために晴信の領土と越後の龍・長尾景虎の領土が境を接した。

景虎の許には、晴信に領地を奪われた領主らが領地奪還を求めて落ち延びて来ていた。領主らの願いと領土の保全のため、景虎は、晴信と千曲川と犀川の合流点に程近い川中島で相見えることになる。五回に亘る川中島の戦いである。

景虎にはもうひとり倒すべき武将がいた。

関東制覇を目論む北条氏康である。関東管領の代官として関東の地に安寧をもたらさねばならない。それが正義の戦いであり、己の使命だと信じていたのである。

一方、景虎を目の上の瘤とする晴信と氏康に同盟を持ち掛けた者がいた。駿河国は今川義元の軍師であり、臨済寺住持の太原雪斎である。

上洛を目論む今川家が後顧の憂いなく兵を京に進めるには、北条と武田との同盟が不可欠だったのである。

三国の利を説いた雪斎の説得により、甲相駿の三国同盟が結ばれるのだが、それをよしとせぬ動きがあった。

尾張の織田信長である。今川軍が西上すれば、一戦は免れない。大今川と小織田では勝ち目はない。信長の採った策は、暗殺だった。

雪斎の顔を知る木下藤吉郎に案内をさせ、伊賀の異形の忍び・鶴喰を送り、太原雪斎を亡き者にしようとしたのだが、思わぬ難敵が立ちはだかった。山の者・無坂と月草、真木備である。彼の者らにより、信長の策は阻止されたのである。

その前夜——。

息子・晴信により駿府に追われていた甲斐の前国主・武田信虎が、駿府の地で側室に生ませた子・太郎が山の者に拐かされるという事件が起こった。太郎は数奇な運命の巡り合わせにより、山の者・鳥谷衆の女たちに拾われる。岩鬼と名付けられ、六年の歳月を過ごした後、無坂に助け出され、駿府への帰還を果たす。

一方信虎は、晴信憎しのあまり、晴信の側室で、勝頼の母である諏訪御料人を暗殺しようとする。殺しを請け負ったのは、不可思議な術を使う忍び・飛び加当こと加当段蔵であった。南稜七ツ家の二ツの力を借り、飛び加当を倒した無坂らの前に、二ツを抹殺しようと執念に燃えた武田家の忍び集団《かまきり》が現れる。

死闘の果てに、《かまきり》の棟梁・槐堂、小頭の牧瀬、菅引の兄弟を討ち取った無坂と二ツらを巻き込みながら、戦国の世はいよいよ激動の時を迎えようとしていた――。

目次

《下巻目次》

嶽神伝 鬼哭
主要舞台
能登
越後
(長尾)
長岡
直江津
春日山城
月草の小屋
坂戸城
関田峠
二本木
北国街道
龍穴
三国街道
千曲川
三国峠
越中
善光寺
旭山城
福島
川中島
仙仁
大笹街道
上野
葛尾城
鳥居峠
真田
上州街道
上田城
北国街道
高崎
信濃
中山道
長窪
松本
佐久盆地
飛騨
大門峠
塩尻
中山道
諏訪湖
上原館
武蔵
甲州街道
鍋懸峠
伊奈部
久津輪衆
高遠城
躑躅ヶ崎館
木暮衆
甲斐
(武田)
美濃
天龍川
秋葉街道
身延道
相模
(北条)
駿河
小田原城
清洲城(織田)
(今川)
巣雲衆
尾張
桶狭間
駿府城
三河
伊豆
遠江
N
0
20km

嶽神伝　鬼哭（上）

《主要登場人物》

長尾家　長尾景虎
　《軒猿》　一貫斎
　　　　　　亦兵衛

武田家　武田晴信
　　　　春日弾正忠
　　　　山本勘助
　　　　諏訪四郎（勝頼）
　　　　武田信虎
　《かまきり》　五明
　　　　　　　　寒洞
　《かまりの里》　千々石
　　　　　　　　　四方津
　　　　　　　　　日疋
　　　　　　　　　仟吉
　《透波（勘助付）》　丹治
　《歩き巫女》　望月千代女

北条家　北条幻庵
　《風魔》　小太郎
　　　　　　宇兵衛
　　　　　　余ノ目

今川家　今川義元
　　　　今川氏真
　　　　寿桂尼

松平家　松平次郎三郎元信

織田家　織田信長
　　　　木下藤吉郎
　　　　簗田政綱

木暮衆　無坂
四三衆　月草
軒山衆　真木備
巣雲衆　八尾久万
　　　　常市
　　　　弥蔵

鳥谷衆

野髪
伊吹
真弓
勘兵衛

南稜七ツ家

泥目
市蔵
二ツ
多十

涌井谷衆

第一章　再会

弘治二年(一五五六)六月二十八日。早朝。

鳥谷衆の真弓と六女と鈴女は、春日山城の城下を流れる正善寺川の畔で、菜を刻み、朝餉の仕度をしていた。川中島で越後の陣を追われた鳥谷衆は、塒としていた木賃宿に戻っていたのである。

その刻限には商いや畑仕事に出る者がいるので、足音など気にもしていなかったのだが、立ち止まったのが近くであったこともあり、真弓は何気なく顔を上げた。僧侶だった。ふたりとも旅に出て間もないのか、霜降の裾も脚絆も埃で汚れてはいなかった。

ひとりが網代笠の縁を持ち上げるようにして春日山城を見上げている。目の切れ上がった、涼しげな顔をしていた。見覚えがあった。

あれは……。

真弓は息を呑んだ。川中島の陣で、正面の床几に座っていた大将じゃないか。

長尾景虎だった。供に近習の堀部右近ひとりを連れ、城から出奔してきたところであった。

「どうしたんだい？」

小声で訊いてきた六女に、真弓も小声で答えた。

「あいつだよ。太郎様（岩鬼）を取り上げ、あしらを陣から追い払った……」

六女と鈴女が鍋の尻を洗う振りをして、僧を見詰めた。同時に口許を押さえ、顔を伏せ、呟くようにして言った。

「間違いないよ。でも、どうしてあんな格好をしているんだい？」

真弓に分かるはずがなかった。姉さに知らせてくる。見ていておくれ。小袖の裾を翻して宿に飛び込んだ。

真弓の話を聞き、野髪らが表に立った時には、景虎らの姿はなく、六女と鈴女の後ろ姿が小さく見えていた。足は高田の方に向かっているらしい。

「あしと可自が追うからね。伊吹、後は頼んだよ」

「あしは？」真弓が言った。

「稼いで待っていておくれ」

鳥谷衆の女たちは、酒を商う飯屋とも煮売り屋ともつかない店で、酌婦として日銭を得て暮らしていた。十七になった真弓は稼ぎ頭であった。

高田から東に向かい、深い木立の中に入ってゆく。

「国主様が供ひとりでどこに行くんだい？　見間違いじゃないだろうね？」

野髪と可自が足を速め、六女と鈴女に追い付こうとした時、安塚(やすづか)村へと通じている細く薄暗い道で僧侶と六女らが向かい合っていた。

「逃げな」

野髪らは、叫びながら駆け出した。

しかし、遅かった。

「何ゆえ、尾(つ)けてくる？」右近が六女に訊いた。

「恨みだよ」六女が答えた。

「よくも太郎様を取り上げ、あしらを追っ払ったね」鈴女が言った。

「何の話だ？」

右近の後ろで、景虎は黙って聞いている。

「川中島だよ。忘れたとは言わせないよ」

ああ、と右近が六女の言い分を呑み込んだ。

「首化粧に、甲斐の隠居の太郎君を紛れ込ませていた者どもでございましょう」

「あの時のか……」景虎が初めて口を開いた。「埒も無い」

「いかがいたしましょうか」

「この者らは多くの集落を皆殺しにして生き延びたと聞いた。それ以上騒ぐようなら、斬れ。月草らへの土産話になろう」

「月草って言ったね。真木備もいるのかい？」

景虎は背を見せると歩き始めてしまった。

「待て」

六女の前に右近が立ちはだかった。去ね。さもないと斬るぞ。

「お前になんか用はないよ」

山刀を振り翳し、右近に斬り掛かった時には、杖に仕込んだ刀が六女を袈裟に斬り裂いていた。噴き出す血を浴びながら鈴女が抱き止めた。追い付いた野髪から悲鳴が上がった。

「他の者も尾けてきたら斬るぞ」

右近は刀に血振りをくれると、鞘に納め、身を翻して景虎の後を追った。

「覚えておいで」野髪が叫んだ。

「姉さ」と鈴女が言った。「あいつらの行き先は、月草のところらしいです。ってことは、真木備もいるかと」

「何だって」

　こうなりゃ、皆で追うよ、と野髪が言った。あんたらは、一旦戻って水と食べ物と油紙に、後は任せるから持って来ておくれ。あしは、六女を埋めたら、後を尾けているからね。分かれ道には合図を残しておくから、急いで追ってきておくれ。

「この道を行くんだ。安塚村から大島村を通り、池尻、松代ってところだろうから、あしらの庭のようなもんだ。逃がしゃしないよ。そうとなったら、急いでおくれ」

　鈴女と可自を急き立てるようにして走らせると、野髪は六女の亡骸を藪に引きずり込んだ。山刀を土に突き刺し、根を切り、土を搔き出した。山刀では、とても埋めるだけの穴を掘ることは出来ない。搔き出した土を掛けるに留めることにした。

　御免よ。許しておくれ。

　亡骸と土に涙を落としながら、野髪はもう少しだけ、もう少しだけ深く、と山刀を振り翳した。

　この物語は、ここから約半年程遡ったところから始まる――。

一

追われていた。

駆けた。倒木を越え、大岩を回り込み、藪を抜け、川を飛び越え、ひたすら駆けたが、追っ手の気配は更に濃くなっている。追っ手はひとりではない。追って来る気配からして、四、五人はいた。

振り切れないのならば、戦うしかない。疲れ果ててからでは、多人数と斬り合っても勝ち目はない。

無坂は足を止めると、腹這いになり、下草に隠れた。藪の向こうで何かが動いた。無坂が待ち構えたと気付き、探しながら来ているのだ。無坂の額から汗が流れ落ちた。

追っ手は三人いた。残りの者を探したが、見えない。違うところにいるのだろう。三人ならば、何とかなるかもしれない。無坂は手槍(てやり)を握り締めた。

手指で合図しながら、藪から藪を擦り抜けるようにして進んで来る。身体の動きは山の者ではなかった。手槍も長鉈も腰回りにない。透波か。

武田家に仕える忍び・透波ならば、追われた訳は分かった。透波と、透波から選び抜かれた殺しの集団《かまきり》にとって、己は生かしておいてはならない敵なのである。

無坂は小石を手に取った。戦いが長引けば、仲間を呼び寄せることになってしまう。素早く片付け、逃げなければならない。

ひとりが無坂の潜んでいる下草の脇を通り抜けた。指で、そっちに回れ、と他のふたりに合図を送っている。背後への目配りが、一瞬疎かになった。それが男の最期だった。背から腹へと手槍を刺し貫かれ、血の塊を吐いて崩れ落ちた。

と同時に、ふたりの透波が刀を手にして間合に飛び込んで来た。ひとりは地に倒れ込み、無坂の足を狙い、もうひとりは宙を飛び、刀を頭に打ち付けて来た。無坂は身体を投げ出すようにして刃風の合間を擦り抜けると、地に下りたひとりに長鉈を投げ付けた。長鉈が透波の頭蓋を砕いている間に、立ち上がった透波の懐に潜り込み、手槍を突き立てた。瞬時にして三人の死体が地に転がった。

長居は無用である。長鉈に血振りをくれ、鞘に納め、去ろうとしたところで左右の藪が鳴った。

早い。もう来たか。

左右の男を見て、無坂の心の臓が冷えた。

《かまきり》の棟梁・槐堂と小頭の牧瀬だった。ふたりとは、駿河の薩埵峠を越えた先の原で戦い、倒したはずだった。槐堂の首を拾い上げた時の感触は、今でも手に残っている。

「驚いたか。《かまきり》は不死身なのだ」

「…………」

「此度は、油断はせぬ。我らが力、思い知らせてくれようぞ」

槐堂と牧瀬が、右と左から走り寄って来た。槐堂が太刀を抜き払った。牧瀬が両の手首に付けた、熊手のような鉄の爪を光らせた。

ふたりの攻めを同時に受けたのでは、逃れる術はない。迷いは捨てた。左に向かった。牧瀬に手槍を突き立て、長鉈で鉄の爪を払い、脇を擦り抜けるようにして駆けた。

たちまちのうちに、足音が背後に続いた。速い。巧みに木立を擦り抜けて来る。

駄目だ。振り切れない。振り向きざまに手槍を薙いだ。槐堂の太刀が、手槍の先を斬り払った。手槍の穂先が、山刀を差し込んだところが、斬れて飛んだ。

跳ねた。跳ねるようにして逃げた。だが、回り込んだ先に牧瀬がいた。

「これまでだ」

牧瀬の鉄の爪が、無坂の右腕を刺した。腕の肉がこそげ、血が噴き出した。手にしていた長鉈が落ちた。

踏み込んで来た槐堂が太刀を振り下ろした。間合の外に身を退いた。だが、槐堂の太刀の切っ先がするりと伸び、間合が消えた。太刀は、無坂の肩骨を斬り、腹にまで達していた。左半身が身体から剝がれて崩れ落ちて行くのが見えた――。

骸となった無坂を、まだ槐堂と牧瀬が嬲っているのか。身体が揺れた。

おのれっ、槐堂。

叫んだところで目が覚め、無坂は跳ね起きた。女の悲鳴が上がり、父さ、と呼ぶ声がした。小さな子の泣き声も加わった。

熾火の仄明かりで、女が若菜で、そこが木暮衆の集落の大部屋であることに気が付いた。大部屋は、集落の東西南北に一軒ずつあり、冬の間五、六家族が共同で住む大きな小屋であった。

「夢か……」

無坂は、古い刺し子などを何枚も縫い合わせて作った夜具から抜け出すと、目を覚ませてしまった者たちに詫びを言い、土間に下りた。甕の水は凍っていた。そっと叩いて割り、水を口に含んだ。

ふいに志賀城攻めの陣で山本勘助が言った言葉を思い出した。

――儂は己が死ぬところを夢に見た。見知らぬ地であったが、戦場だった。だからな、儂は戦場に着くと、夢に見た土地であるか、見て回るのだ。

俺は、いつか《かまきり》との戦いに敗れて死ぬのだろうか。

揚げ戸の端に、隙間から吹き込んだ雪が、白く積もっていた。

弘治二年（一五五六）一月。

無坂は、前年の暮れから木暮衆の集落に戻っていた。閏十月、十一月と立て続けに今川家の軍師であった太原雪斎と小夜姫（諏訪御料人）を亡くし、足取り重く市野瀬峠を越えたのだった。

集落に戻った無坂を驚かせたのは、羽鳥が長を下りると決めたことと、新年の祝いとともに、新たに長となる火虫を祝おうと集落が浮き立っていたことだった。

長の交代を後で聞く。そのようなことは、これまでただの一度もなかった。

集落はいつまでも同じ形であると思い込んでおり、集落の先行きのことなど何も考えていなかったのだが、無坂は、木暮の集落がふっと遠退いたような思いにとらわれ、我が身を持て余すような感覚に襲われた。

「狩りに行こうぜ」

変わらずに声を掛けてくれた志戸呂（しとろ）とともに、朝から夕暮れまで雪に覆われた山野を駆け回り、息を切らせ、年だな、と笑い合うことで、何とかかつての自分を取り戻したが、やはり集落が遠退いていることに変わりはなかった。

「いつ長を下りると言い出されたのだ？」志戸呂に訊いた。

羽鳥は六十六歳だった。木暮衆は、長は七十五まで務めることが出来たが、己の身体と後継との兼ね合いで、六十五を過ぎれば役を下りることが出来た。

「雪斎様が亡くなられたと知らせが来て、お前が駿府に駆けた後だ」

駿府に留まっていたところに小夜姫様が亡くなられたと知り、上原館に駆け、諏訪頼重（よりしげ）の菩提寺・頼重院（らいじゅういん）に建てられた墓と、館と、居付き（いつ）の百太郎（ひゃくたろう）の小屋を往復していたのだ。

居付き、あるいは五木とは、多くの場合、病を得たり、足に怪我をするなどして渡りや山の暮らしに耐えられなくなった者が、長の許しを得て集落を下り、里に居付いた者のことを言った。

「戻りが遅いから、臨済寺まで呼びに行こうか、という話も出ていたんだぞ」

「済まなかったな。水木に留められ、長居をしてしまったのだ」

水木は無坂の次女で、今は居付きの百太郎の倅の日高に嫁ぎ、伊奈部宿の東、安達篠原の外れにいた。長女の若菜は、木暮衆の玄三に嫁ぎ、今では二児の母になっている。

「俺も後八年で、役を下りる歳になる……」

志戸呂と無坂は、年が明け、五十二になっていた。無坂は、長の集まりである《集い》の決め事に背いて四年間の《外れ》になり、集落への立ち入りを禁じられた時に、小頭を下りていたが、志戸呂はずっと小頭を任されていた。

木暮衆の小頭は四人おり、それぞれが一の組、二の組、三の組、四の組を預かっていた。一の組の火虫が長になったことで空きになった小頭には、笹市が入った。また、二の組には室津に代わって五平次が入り、これで、三の組が志戸呂、四の組が千次という布陣になった。

小頭は、役に就いていられるのは六十になるまでで、後はひとりの叔父貴として若手を指導する立場になる。これらの決まりは渡りを止めてからのことで、渡っていた時は、長は六十、小頭は五十五で役を下りた。今でも渡りを続けている集落は、六十を過ぎると次の渡りには連れて行かず、集落に置き去りにするところもあった。今年で六十六になる月草がいた四三衆は、そのような集落だった。

「俺たちが五十を超えたなんて信じられるか」志戸呂が言った。

生まれてから、互いにずっと近くにいたのだ。いつまでも若い頃の互いであり続けていた。

「年だな、と言いはしたが、俺はまだ三十のつもりでいるぞ」

「実を言うと、俺もなんだ。当分《山彦》は譲らんつもりだ」

《山彦》は《山彦渡り》とも言い、出掛けても日を置かずに戻る行や仕事を言った。その《山彦》を一手に引き受けていたのが無坂で、引き継いだのが志戸呂だった。志戸呂は四十三の時、五年程で誰かに引き継がせると言っていたが、その思いは捨てたらしい。

「出癖が付いたか」

「すっかりな」

笑い声が雪の上を滑って行った。

その頃——。

氷室から戻った玄三が、若菜と大部屋の前で立ち話をしていた。昨日の吹雪で、氷室の屋根の隅が壊れたのを修理して帰って来たところだった。氷室は、玄三が考えたもので、夏場まで保たせた氷は、里の分限者に高く買ってもらえていた。しかし、まだ氷の出来は定まらず、年によっては夏場を越せないこともあった。

ふたりの足許で、六歳になる青地と四歳のサダが指先を赤くして、掻き寄せられた雪で遊び始めた。四角く形を整えては、積み上げている。玄三が氷作りをしている真似をしているのだろう。

玄三が眩しげに目を上げた。南の見張り小屋に続く道と、集落の周りに立てられている柵と、木立が見えた。

集落の入り口近くに、一際高く伸びた落葉松がある。トヨスケが塒にしている落葉松だった。葉を落とし、鈍色の空に、枝を突き立てている。その中程の枝から、黒いものが音もなく、すっ、と落ちた。

「えっ」

玄三が呟いた。

「何っ」

と言って若菜が振り向いた。

「……落ちた」

玄三が落葉松を指した。このところ湯にばかり浸かっていたトヨスケだったが、吹雪の止んだ今日は、朝から気に入りの枝に座り、集落や周りの白く閉ざされた風景をぼんやりと見ていたのだ。

そのトヨスケの姿が枝から消えている。

「嫌ぁ」

叫んだ時には、若菜は駆け出していた。驚いて立ち竦んでいる青地とサダを両脇に抱え、玄三が後を追おうとした。

大部屋の揚げ戸が上がり、何人かが飛び出して来た。何があった？　小頭の笹市だった。

「トヨスケが落ちたんです」

「行け。子供はみている」

玄三は青地とサダを下ろすと、雪を撥ね飛ばして駆け出した。

勘左の嫁の梓が、青地とサダの許に走った。その脇を勘左と兄の山左が走り抜けた。

　無坂と志戸呂が集落に戻ったのは、それから二刻（約四時間）程後の夕刻に近い頃合だった。

　獲物は二羽の兎だけだった。これでは七十余名いる集落の者の腹を満たすことは出来ない。

　ふたりで取り逃がした鹿のことを嘆きながら北の見張り小屋に辿り着くと、中から駿平と太平が出て来て、大変です、と言った。

「トヨスケが……」

　落ちた時には、死んでいたらしい。

「急いでください」

　無坂と志戸呂は脚に絡む雪を蹴立てて集落へ急いだ。打ち鳴らす板木の音が、ふたりを追い越していった。帰って来た、と知らせているのだ。

　無坂は集落の中央にある大納屋へと駆けた。大納屋は、集落の者皆で作業をしたり、子供らに読み書きを教えるなど、集会所の役目をするところだった。隅に竈も設けられており、冠婚葬祭に関わるあらゆる催事はここで執り行われた。

　押し上げられたままになっている戸の前に、目を赤く泣き腫らした久六がいた。天文十六年（一五四七）、集落が猿の群れに襲われた時、久六はトヨスケに命を救われていた。その時、十二歳だった久六が漏らした小便の温かさを、無坂は覚えている。あれから九年。久六は二十一歳を数えていた。

「叔父貴……」

「泣くな。寿命だ」

トヨスケと出会ったのは、天文十二年（一五四三）。美濃と信濃の国境にある恵奈衆の集落に向かっていた時だった。病のために村を追われた百姓の豊助が連れていた猿が、トヨスケだった。あれからでも十三年が経つ。その時には、既に老いて見えたのだから、随分と長生きをしたことになる。

大納屋に入ると、集まっていた者たちが一斉に振り向いた。トヨスケは、太布で織った布に寝かされていた。

「父さ……」

若菜が涙に濡れた頬を光らせて、無坂を見上げた。青地とサダがトヨスケの胸や脚をさすっている。無坂はふたりの横に座り、トヨスケの額に手を当てた。閉じられた目は開こうともしない。

「皆で送ってやろう……」

若菜が頷いた。

翌朝、塒にしていた落葉松の下の雪を掻き、土を掘り、トヨスケを埋めた。目印にと丸い墓石を置き、青地とサダが団子を供えた。川魚の頭と骨をこんがりと焼き、粟や稗と混ぜて団子にまるめたものだった。トヨスケの好物であった。

皆で掌を合わせ、葬儀は終わった。

翌日から雪になった。雪は夜になって激しさを増し、集落を、落葉松を、白く閉ざした。墓石も雪に埋もれて見えなくなった。

一月が過ぎ、二月も半ばになった。

雪はまだ降っていたが、冬の終わりの雪だった。見上げる空の色で分かった。暗さが薄れている。雪雲が解けているのだ。

落葉松の方に足跡が付いていた。南の見張り小屋に配された者が途次に付けた足跡ならば、既に雪に埋もれているはずだった。若菜がトヨスケの墓に詣でてくれたのだろう。トヨスケが死んで間もない頃は、子供らや皆が詣でてくれていたが、今ではその数はめっきりと減っている。無坂は雪を踏み締めながら落葉松の根方に向かった。

墓石の前にも幾つかの足跡があり、太布で編んだ人形が墓石に立て掛けられていた。若菜とサダが作っていたものだった。

人形と墓石に降り掛かっている雪を払い、掌を合わせ、暫く留まってから大部屋に戻った。

雪は降ったり止んだりを繰り返しながら次第に降る回数が間遠になってゆき、山を震えさせるような雷が過ぎると一気に春らしくなった。雪解けが始まり、山は水に浸かったように濡れそぼち、草木が芽吹き、生き物たちが走り回った。

山肌から雪が消えたら、春の山焼きをしなければならない。焼く場所は、去年の秋に志戸呂らが伐り拓いた斜面だった。焼いて土が温かいうちに蕎麦を撒けば、二月半で収穫となる。蕎麦粥か蕎麦雑炊があれば生きてゆける、と蕎麦好きの志戸呂は言うが、それは無坂も同じだった。

晦日月がゆき、新月となった。三月に入ったのだ。

「様子を見にゆこうぜ。序でに鹿狩りもしよう」

志戸呂に誘われ、勘左と太平と久六を供に、焼き畑にする斜面を見に行った。まだ窪みに雪が残っていた。このままでは、半月近くは焼けないだろう。五人で窪みの雪を掻き出し、泥だらけになって集落に戻ると、臨済寺の僧・覚全が大納屋で無坂を待っている、と教えられた。

覚全は天龍川を舟で上り、渡場で下りてからは、小渋川沿いに歩いて落合に出、秋葉街道を来たらしい。鍛えてあるとは言え、雪はまだ残っている。容易な道ではない。

「何かあったのですか」

「先ずは、汚れを落としてこい」と火虫が言った。「志戸呂もだ」

急いで湯を浴び、志戸呂と戻ると、人払いがされており、覚全と火虫と小頭衆だけになっていた。覚全が大納屋に入った無坂と志戸呂に頭を下げた。

無坂が来意を尋ねた。甲斐のご隠居様だ、と火虫が言った。

「礼が言い足りないのだそうだ」

甲斐の隠居とは、前の甲斐国主・武田信虎のことだった。その信虎が駿河で側室に生ませた子・太郎が、天文十八年（一五四九）の春、山の者に攫われ、行方知れずとなった。その太郎を去年の秋、川中島で武田晴信軍と対峙していた長尾景虎の陣営から見付け出し、連れ帰ったのが無坂だった。攫われてから、六年半の歳月が経っていた。

信虎との仲介を取った、今川の軍師であり、臨済寺の住持であった太原雪斎禅師に後を任せ、朗報に沸く隠居館をそっと抜け出した無坂だったが、直ぐにまた駿河に走ることになった。雪斎が入寂したからだった。その折に、信虎と太郎に会い丁重な礼の言葉を受けたが、暗く沈んでいる駿府で酒宴を張ることを遠慮しているうちに、上原館で小夜姫が亡くなったからと、今度は諏訪に駆けてしまったのだ。

「『このままでは、気が済まぬ』と、ご隠居様が仰って聞かぬのです」

「御礼など……、一度はしくじったのですから」

太郎は死んだと思い、そのように言上したのだが、志戸呂が《足助働き》の帰路、鳥谷衆を見掛けたところから再度の探索が始まり、奪還を遂げることが出来たのだった。

「それは分かっておいでです。その上でのお申し出なのです」

「無坂」と火虫が言った。「御坊はこの雪道を来てくださったのだ。無下に断っては礼を欠くことになるぞ」

「しかし……」

「迷うことはない」と志戸呂が言った。「山焼きの頭数は足りている。トヨスケのことで気落ちしているだろうから、気晴らしに行って来い」

「トヨスケが、どうかしたのですか」

志戸呂が、この一月に死んだことを教えた。

「それは……。雪斎様も可愛がっておられたのに……」

覚全は掌を合わせると、夕餉の前に墓前で経を唱えた。

翌早朝、若菜と青地とサダらに見送られ、無坂は覚全と集落を発った。途中雪斎の墓に詣で、駿府に向かうことにした。勘左と久六が落合まで送りに来た。先頭に立って雪を漕ぐためである。

二

勘左と久六と別れ、落合から小渋川沿いに天龍に出た。渡場の川漁師を雇い、二俣まで舟で下り、袋井の寺に一夜の宿を頼んだ。

薄い夜具に身を横たえた覚全が、昨夜の夜具は暖かかった、と呟いた。

木暮衆の夜具はすべて、亡くなった者の形見の品であった。亡くなると、生前に着ていた刺し子など身に付けていたものを洗い、解き、重ねて縫い、夜具に仕立て直す。それを半分に折って、くるまるようにして眠るのだ。無坂の夜具は、誰それが着ていたものだった、と叔父貴や大叔父や大叔母の名を親から教えられていた。会ったこともない叔父貴らだったが、叔父貴らのぬくもりが夜具のぬくもりとなって伝わってきた。それは己の身が集落に守られていることを、集落が営々と続いていることを実感させるに十分だった。

「それが、実の暮らし方なのかもしれませんね」

無坂にとってはあまりに当たり前のことだったので、考えてもみなかったが、言われてみると、そのような気がした。やはり、掛け替えのない仲間なのだ、と朝出たばかりの集落のことを思っているうちに、無坂も眠りに落ちてしまった。

振鈴で起こされ、敷地の掃除をし、朝餉の馳走を受けて寺を辞した。

雪斎禅師の墓がある藤枝の長慶寺までは、凡そ十一里（約四十三キロメートル）。途中、小夜の中山という難所があるが、覚全とならば三刻（約六時間）余も見ておけばいいだろう。

覚全と快調に東海道を進み、藤枝の長慶寺に着いたのは、昼過ぎであった。

覚全の健脚を褒め、雪斎の墓に参詣した。寺で軽い昼餉の接待を受けた後、足を伸ばして安倍川を越えた。臨済寺に着いたのは、渡河に手間取ったこともあり、日暮れの頃合になっていた。

隠居館に武田信虎と太郎を訪ねるのは翌日にし、臨済寺にもある雪斎禅師の墓に詣でた。

通されたのは、寺に来る度に案内される部屋であった。ここに初めて上がったのは、傷の手当てのためであった。天文十八年（一五四九）のことになる。雪斎禅師を伊賀者の刃から守った時に、毒芹を塗られた棒手裏剣を受けてしまったのだ。格天井のある立派な部屋では畏れ多い、納屋の方が落ち着くからと申し出たこともあったが、聞き入れてもらえないでいる。

「我らは、ここを無坂の間と呼んでいますので、諦めてください」

身に余る話だった。無坂は、深く頭を下げた。

翌朝、覚全が隠居館に赴き、無坂を臨済寺に連れて来た旨を信虎に知らせると、「待ち切れぬ」からと、寺に戻る覚全ともに迎えの使者として太郎を寄越した。

「無坂の叔父貴」

廊下の向こうからの声に、無坂は柄杓の手を止めた。庭に台を設け、雪斎遺愛の水石に水を掛けていたところだった。

元服前の若武者が廊下の陰から現れた。脇の開いた水干を垂領に着、袴の裾を紐で括った奴袴を穿いていた。太郎だった。去年の十一月から、まだほんの僅かしか経っていないのに、少し大きくなったように見えた。立派な若武者振りである。

無坂は片膝を突き、無沙汰を詫びた。

「父上と怒っていたのだ。礼の品も受け取らぬうちに、あしらを置いて、直ぐにいなくなったのでな」

太郎の物言いは変わっていなかった。恐らく、家臣への示しが付かないからと、直されたのだろうが、染み付いてしまっているのだろう。己を「あし」と言うところも、そのままだった。「あし」は女子が己を指す言葉だったが、太郎が口にすると妙には聞こえなかった。

「申し訳ございませんでした」

「よいのだ。訳は存じている。ただ絡んでみたかったのだ」

「手前も、そうではないかと思っておりました」

太郎は声に出して笑うと、そのままでよい、参ろう、と言った。

「あの気短な父上が吠えていて、うるさくて敵わんのだ」

太郎が辺りを見回した。トヨスケを探しているらしい。トヨスケが死んだことを話した。

「もう会えぬのか」

太郎を連れ歩いていた鳥谷衆のにおいを嗅ぎ付け、太郎の居場所を探し出したのは、トヨスケだった。

「あの姉さたちはどうしているか、知っているか」

首化粧のために長尾景虎の陣にいたが、そこを追われた後のことは知らなかった。信濃と越後の国境にあった集落では冬は越せない。恐らくいずれかの地を流れているのだろう。

「そうか。とにもかくにも、今こうして生きているのは、姉さたちのお蔭でもある。あしの母は、物心がつく前に亡くなっているのでな。あの者たちが母でもあったのだ。懐かしむのを許してくれ」

「とんでもないことでございます。恨みを言わず、懐かしむと仰せになる。手前は、太郎様のお心映えに甚く感じ入るばかりでございます」

「そのようなことはない。毎日恨み言ばかり耳にするでな。あしは父と違うことを言いたいだけなのだ」

「太郎様といつか山を駆けとうございます」

「折があればな」

無坂は低頭してから桶と柄杓を片付け、太郎に従い、隠居館に向かった。

太郎は馬上にあった。傍らを行く無坂からすると、仰ぎ見る形になる。太郎は十四歳。無坂の目に、同じ年頃の若武者の姿が重なった。一年前に十四歳で元服し、松平次郎三郎となった竹千代である。雪斎禅師亡き後、いかがしておられるのだろう？　薬草は、まだ学ばれているのだろうか。

浅畑池から流れ出て安倍川に注ぐ北川沿いに城下へと進んだ。

やがて、雪斎が伊賀者に襲われたところに出た。すべてはここから始まったのだ。雪斎様を助けなければ、太郎様探しを頼まれることも、南稜七ツ家の二ツと組むことも、《かまきり》と戦うこともなかったのだ。

いや、と無坂は心の中で首を横に振る。もっと前だ。諏訪御料人様だ。高熱にうなされていた小夜姫様をお助けしなければ、そして諏訪家と関わりを持たなければ、山本勘助様とも、長尾景虎様との縁も生まれなかったのだ。それに久津輪衆だ。久津輪衆が里に下りると言い出さなければ、俺が《外れ》となることはなかったはずなのだ。

「黙りこくって、どうしたのだ？」

　雪斎禅師が襲われたところだ、と話した。

「ここだったのか」

　太郎は馬上から四囲を見回し、織田が、と言った。放った者と聞いたがそうなのか。

「手前には、そこまでは……」

　言葉を濁した。織田が放った第二の刺客の中に日吉の姿を見たからであった。日吉が、織田家に仕えたらしいことは分かったが、木下藤吉郎と名を変えたことまでは、無坂はまだ知らない。

　隠居館は、今川館の西の一角にある。無坂らは乾門から入り、隠居館に向かった。門を潜った時には、太郎様が戻られた、との知らせが館に走っていた。出迎えの近習の者や侍女が控える中、玄関から式台を抜け、無坂は表向きの客間である広間に通された。

　間もなくして侍臣の田宮宗右衛門が現れ、遅れて信虎が太郎の横の上座に着座した。

「面を上げよ」

平伏している無坂に、上機嫌の信虎が言った。信虎は前にも増して礼の言葉を並べていたが、ところで、と言った途端顔付きが変わった。

「飛び加当を倒してくれたそうだな？」

「……はい」

太郎を闇に葬るよう《かまきり》を送り出した晴信に、己の怒りの程を示そうと、飛び加当を雇い、小夜姫殺しを命じたのだった。

「彼奴などはどうでもよい。所詮は金で雇うた者だ。それよりも《かまきり》だ。槐堂と牧瀬を倒したと聞いたが、実か」

「やむなく」

「其の方は武田が嫌いか」

「そのようなことは……」

「よいのだ。よくぞ、彼奴どもから太郎を守ってくれた。だがな、ここからが人の心の難しいところでな」信虎が言った。「《かまきり》は、儂が作らせ、板垣信方に《支配》を任せておいた、殺しに懸けては並ぶ者なき者どもなのだ。それを、たかが山の者の分際で虚仮にしおって。武田の《かまきり》がこのまま捨て置くとでも思うておるのか」

「と仰せになられましても、手前どもは襲われたので、戦ったまでにございます」

「そのようなことは、《かまきり》には通らぬ。必ず、其の方を殺しに来る。必ず、だぞ」

無坂が、頭を下げようとすると、即座に制して続けた。

「新たに棟梁となった五明（ごみょう）。存じておるか」

知っていた。優れた腕の者であった、と答えた。

「あれもすごいが、《かまきり》にはもっとすごいのがいる。恐らく槐堂より遥かに手強いであろう。晴信は、其奴（そやつ）どもを使うよう命ずるはずだ。《かまりの里》という名を聞いたことは？」

なかった。

「細作（さいさく）のことを《かまり》と言う」

身を屈め、探ることから、《屈まり》が《かまり》となったようだが、幼き時から殺しを教え込み、一人前の《かまり》として送り出す里が《かまりの里》だ。その中でも、取り分け優れた者を《かまきり》と儂が名付けた。だが、優れた者は従順であるだけではない。従わぬ者もいれば、血に飢えているとしか思えぬ者もいる。そのような者は《かまりの里》に戻し、言わば牢獄に押し込めておく。手枷も足枷も格子もないが、里から逃げれば、親兄弟ら一族を根絶やしにし、草の根分けても探し出し殺す、と脅してな。

「其奴らに、解き放ちを餌に、其の方を殺せと命ずれば、迷うことなく快諾するであろう。覚えておくがよい。ちなみに、儂の知る限り、今《かまりの里》に、そのような者は三人いたはずだ」

無坂は改めて頭を下げた。

「太郎を助けてもろうた礼として伝えておく。儂が話したかったことは済んだ」

そなたから、と信虎が太郎に言った。

「何か、話はあるか」

「たくさんあり過ぎて、何から話したらよいか」

「もうよい」

信虎の顳顬に青筋が奔った。

「そのようなことでは、命の遣り取りでも迷うことになるぞ。迷う前に殺し、相手が地に這った後で迷うのだ。殺してもよかったのか、とな」

「申し訳ございません」太郎の頰にあった柔らかな笑みが吹き飛んだ。

「よいか。迷う心は捨てるのだ」そうだな？　無坂に訊いた。

「概ね間違ってはいないかと存じますが、正しくはないかと」

「正しくはない、か。儂に面と向かって逆ろうたのは、晴信と喜久丸、其の方で三人目となりおるの」

喜久丸は、南稜七ツ家の二ツのことである。

「その三人目に、今川の当代が会いたいと仰せらしい。まだ目通りしたことはないそうだな？」

今川家の当代とは、今川家第十一代の義元である。父は九代当主・今川氏親、母は藤原北家勧修寺流中御門家の当主で、従一位、権大納言・中御門宣胤の娘・寿桂尼である。今川家は、足利将軍家から輿に乗ることを許された高貴な家柄であった。

「ございません……」

「己が出なくてよいところは雪斎禅師に任せる。それを見て、今川は雪斎で保っている、と評判が立っても意に介さぬ。それが出来るのは、虚けか己に信があるか、のいずれかだ。迎えの者が来ているという。その目で当代のご器量を見極めてくるがよい」

「ここにいることを、どうして当代様は？」

「虚けたことを申すでない。臨済寺の僧の中には、今川に通じている者もいれば、武田や北条に通じている者もおるわ。この館におった、いや、今でもおるようにな」

信虎は声を上げて笑いながら広間を後にした。太郎が続いた。俯いている。

宗右衛門が立つように、と無坂に言った。

式台に続く控えの間で、今川家の家臣・船田勢兵衛に引き合わされ、そこからは船田に従って今川館に向かった。ふたりの後ろには、船田の供の者が三人付いている。

「身共は其の方を見たことがある」と船田が言った。「禅師を背負子に乗せて、吉原湊に来た時だ」

天文二十三年（一五五四）、武田と北条と今川の兵が一堂に会したのを好機と捉えた雪斎が、後に言う甲相駿三国同盟を結ぼうと、先ず北条の拠点・吉原城に声掛けをした。その時、船田は今川に与する国人衆らが離反しないようにと、駆けずり回っていたらしい。

「潤井川に架かる木橋で叫んだであろう。『北条幻庵を呼べ』『風魔を連れて来い』。あれには驚いて、身共らはただ唖然として見ておったわ」

「そのように乱暴な物言いは……」

「しなかったが、そのようなものだったぞ」

「必死だったもので」

「いや。そなたらには余裕があった」

「……」

内堀に架かる橋を渡り、桝形門を通った。先に主殿が見えた。

広い。駿河、遠江(とおとうみ)の守護であり、領地は更に三河にまで延び、一部は尾張にも食い込んでいる今川家の館である。目を見張る広さであった。

「後で知った」と船田が、言葉を続けた。「《かまきり》の棟梁と小頭を倒した後だったそうだな？」

「はい……」

石畳を行き、池の畔を回ると、白い玉砂利を敷き詰めた庭に出た。供のひとりが、主殿に走った。その先に、七間半（約十四メートル）四方の均(なら)した地があった。中央は、三間（約五・五メートル）四方の砂地になっている。主殿の広縁から見下ろせる位置にある。

「懸(かかり)だ」と船田が言った。「蹴鞠(けまり)をするところだ。蹴鞠は知っているか」

初めて聞く言葉だった。

「知らぬでよいことかもしれぬな」

ところで、と言って無坂の腰を見た。

「御館様の御前ゆえ、預からせてもらうが、よいな？」

異存はなかった。山刀と長鉈と杖を供の者に渡した。供のふたりが石畳に残り、船田と玉砂利を踏んで、主殿の広縁に向かった。中程に階（きざはし）があり、大きな四角い踏み石が置かれていた。言われるままに踏み石から二間（約三・六メートル）程離れた玉砂利に座ると、船田が斜め後ろに膝を突いた。無礼な振る舞いに出た時は、抜き打ち様に斬れる位置である。

背に刃を突き付けられているようで窮屈であったが、無坂はそのまま当代の出を待った。

広縁の奥から足音と笑い声が聞こえて来た。足音が重い。床を掃く衣の音もする。

無坂は玉砂利に手を突き、深く頭を下げた。足音が広縁の端で止まった。

「面（おもて）を上げよ」

厚みのある声だった。ゆっくりと頭を擡（もた）げると、広縁から迫（せ）り出すようにして太守と覚しき武家が立っていた。背が高い。五尺八寸（約百七十六センチメートル）はあるだろう。今川義元であった。義元、この時三十八歳。顎も頬も引き締まり、無駄な肉はない。炯々と光る目で無坂を見下ろしていた。

「無坂にございます」

「其の方がこと、禅師から聞いていた。成る程、その面構えならば《かまきり》を倒せたかもしれぬな」

「あれは、運がよかっただけにございます」

「謙虚だな」

「…………」

「駿府をどう思う？」

「町中いたるところに水路が巡らされており、きれいな整った御城下と存じます」

「何よりの申しようだ。嬉しく思うぞ」

「はっ」

「身共はな、甲斐府中や小田原を見たことがあるが、小田原はまだしも甲斐府中は埃がひどくてな。おられたものではなかった。行ったことは？」

「恐いので、近寄らぬようにいたしておりますゆえ……」

　義元は、声に出して笑うと、「五郎。どうだ？」と傍らに控えている若武者に声を掛けた。

五郎と通称で呼ばれたのは、嫡男の今川氏真(うじざね)である。日に焼けて肌の色は浅黒く、父に似て引き締まった体軀をしていた。氏真、十九歳。二年前に北条氏康の長女を正室として迎えていた。

氏真は、無坂を見てから斜め後ろにいる船田に訊いた。

「この者は、何ぞ刃でも持っているのか」

「いいえ。何も……」

「ならば、そこにいるは礼を失する。離れよ」

船田が義元を見た。義元が頷いた。船田が、階の脇に改めて膝を突いた。無坂が万一広縁に駆け寄ろうとしたら、そこで防ぐつもりなのだろう。

「嫌な思いをさせたな。許せ。父を守ろうとしただけなのだが、いささか度が過ぎたようだ。それだけ敵が多いということでもあるがな」

「嫌な、などと、とんでもないことでございます。ここまで、身に余る程丁重にお声を掛けていただいておりました」

「そうか」山の者は、と氏真が言った。「山刀と、杖で作った手槍と、長鉈を得物として戦うと禅師に聞いたが、どのようなものなのだ?」

氏真が無坂の身の回りを探した。気配を察した船田が、直ちに、と言って、石畳に控えている者を呼び寄せ、長鉈と山刀と杖を受け取り、広縁に差し出した。

「これか」

氏真は、袋状になっている山刀の柄を義元に見せ、無坂を呼んだ。

「苦しゅうない。手槍なるものを作ってみせよ」

船田が、お言葉に従うように言った。

無坂は階まで進み、船田から杖と山刀を受け取ると、柄を杖の先に差し込み、襟から木の枝を削って作った目釘(めくぎ)を打った。瞬く間に出来上がった手槍を船田に預け、元のところに戻り、腰を下ろした。手槍が船田の手から氏真に渡っている。氏真と義元が、仔細に見ている。

「わらわにも見せてくれぬか」女の声がして、衣擦れが続いた。

「母上……」義元が振り返っている。

今川氏親の正室で、氏親亡き後は、今川家の政務を束ね、《尼御台(あまみだい)》と呼ばれていた寿桂尼である。政務には今も尚関わり続けており、それは義元が桶狭間で果てた後も続くことになる。

「御大方様(おばば)、こちらに」

氏真が身を引き、寿桂尼に場所を譲った。尼僧頭巾に包まれた寿桂尼の顔が見えた。無坂は慌てて額を玉砂利に押し付けた。権大納言家の御血筋であり、駿河遠江守護のご生母である。

「これは何にするのか」

ひょいと顔を上げ、手許を見、直ぐにまた頭を下げた。氏真が手にしている長鉈を指していた。

「木を伐り倒したり、熊や鹿を仕留める時に使います」

「熊を、か」氏真が言った。

懐かしい手応えだった。初めて諏訪家の当主・諏訪頼重様にお目通りした時も、やはり熊で大層お驚きになった。小夜姫様が十三の時であった。

「手槍で刺し殺すこともあれば、長鉈で叩き殺すこともございます」

おうっ、と父子が声を上げ、母は扇で顔を隠した。

「五郎。どうだ、《かまきり》の棟梁を倒した男と立ち合うてみたくはないか」

「よろしいのですか」氏真が義元に訊いている。

「日々の研鑽(けんさん)の成果を見たいでな」

「婆も、所望しようぞ」

　寿桂尼までもが、笑顔を見せている。

お待ちください。無坂が慌てて言った。

「御館様」船田が思い止まらせようとした。

「案ずるな。本身の訳がなかろう。竹でよいな？」

　義元が氏真に訊いた。氏真の返事を待って、伐り出して来るように、氏真に命じた。

「無坂、手槍は、この長さでよいな」杖を翳した。

「はい……」

「待っておれ」

「若様、そのようなことは」

　供の者を振り返った船田に、よい、と氏真が言った。

「身共が伐る。楽しみを奪うでない」

　氏真が広縁から消えた。恐らく主殿の向こうに竹林があるのだろう。石畳にいた供のふたりが、氏真を追って走った。

「無坂。兵法（ひょうほう）をよくする御方で、塚原土佐守（つかはらとさのかみ）殿という御名に聞き覚えはあるか」義元が訊いた。

名も知らなければ、兵法という言葉も初めて聞いた言葉だった。土佐守は、後に出家して卜伝（ぼくでん）と号することになる。

「剣の扱い方だ」義元が言った。

手槍や長鉈を持ったことのない者では熊は倒せぬ。そのような者に手槍の扱い方を教えたことがあるであろう。兵法とはな、そなたが年若き者に手槍の扱い方、心構えを説くようなものだ。

土佐守殿は、幼き頃より剣に励み、若くして鹿島新当流（かしましんとうりゅう）なる流儀を開いた御方だ。数年前、この館に半年程逗留なされ、五郎に剣の手解（てほど）きをしてくだされたのだ。

「どれ程腕を上げたか、其の方で試してくれようぞ」

「畏れ多いことでございます」

「このようなことで、畏れ入ることはない。それよりも、慢心は心の隙ゆえ、遠慮のう五郎を打ち据えてくれよ」

返答に窮し、無坂はただ頭を下げた。

玉砂利を踏む音が主殿の裏から聞こえて来た。氏真と供の者であった。供の者らが、二本の青竹と手槍を携えている。

「これでよいな？」

刃渡り八寸（約二十四センチメートル）の山刀に五尺（約百五十二センチメートル）の杖を差し込んだ程の長さの竹を、供の者が差し出した。氏真は、刃渡り三尺（約九十一センチメートル）に柄八寸で、三尺八寸の竹を手にしている。供のふたりが石畳の上に戻った。

「丁度よい長さでございます」

「よし、では始めるか」

間合を取り、向かい合った。無坂は凡そ五尺六寸（約百七十センチメートル）。氏真もほぼ同じ身の丈である。

この時代、男の身長は、百五十七、八センチメートルであった。

ちなみに、豊臣秀吉は百五十から百六十センチメートル

　徳川家康は百五十六から百六十センチメートル

　織田信長は百六十五から百七十センチメートル

くらいだと言われている。とすると、氏真と無坂は平均よりも背が高く、氏真の父・義元の百七十六センチメートルに至っては、かなり背が高いことになる。

さて――。

無坂が竹の中程を握り締め、身構えようとすると、氏真が手で制してから竹を右手

でゆるりと持ち、一礼し、左手に持ち替えた。

「それは……」何をしているのか、と尋ねた。

「戦ではなく、己の技量を計るために立ち合うものゆえ、先ず相手に礼を表すのだ」

氏真が静かに言った。

獣相手に戦う術を学んだ無坂には、思ってもみなかった振る舞いだった。不器用に、無坂も真似て礼をした。氏真が頷いた。お蔭で、張り詰めていたものが解けていた。

「では」

氏真の切っ先がすっと上がり、正眼に構えた。

無坂は腰を割るようにして低く構えた。氏真がじりと足指をにじり、間合を詰めた。

氏真の眼が光った。眼光に自信が溢れている。熊の目に似ていた。詰められた分だけ下がり、出方を見た。すっと氏真の足裏が、飛燕のように玉砂利を掠めた。足の運びが早く、鋭い。無坂も前に出た。間合が消え、竹がぶつかり合う音が響いた。双方が飛んで離れ、地に下りた瞬間、再び双方が竹を撓わせて突進した。数合斬り結んだ後、転がるようにして無坂が離れた。

氏真が息を整えている。今川家の継嗣がここまで剣を使うとは、思ってもみないことだった。無坂も、間合を取りながら息を整えた。

吸う。吐く。吸う。吐く。氏真の呼気が止まった。額にすっと汗が流れた。頰を伝い、顎で結び、雫となって落ち、光った。

無坂が仕掛けた。足指に力を込め、間合を詰めた。行くぞ。伝わっているはずである。だが、氏真は見ている。容易には打ち込めぬと見て、慎重になっているらしい。

無坂が出た。呼気ひとつの半分程遅れて、氏真が足を大きく踏み出し、上段から打ち掛かってきた。遅れが焦りを呼んだのか、先程の鋭さがなかった。無坂は穂先で受けると、氏真の竹を巻き込むようにして振り上げた。氏真の身体が僅かに泳いだ。その隙を捕らえ、無坂の竹の先が、氏真の腹を突いた。

「参った」氏真が言った。

無坂は玉砂利に片膝を突き、頭を下げた。

「双方とも見事であった」

広縁から義元が声を掛けた。

「やはり《かまきり》を倒した腕には敵わぬ。よい稽古を付けてもろうた」氏真が言った。

「足の運び、太刀捌きの鋭さ。驚きましてございます」

「蹴鞠だ。武家のたしなみとして始めたのだが、足の運びにはよいらしい。卜伝様も、其の方と同じことを言っておられた」

どうだ、酒でも酌み交わしたいのだが、受けてくれるか。誘われたが、身分を考え、遠慮することにした。

「また相手をしてくれるな?」

「勿体ないお言葉。喜んで受けさせていただきます」

褒美に晒し一反と菓子をもらい、臨済寺に戻った。

今川館の庭先でのことを話すと、覚全が目を丸くした。

三

同年(弘治二年)四月。

北条幻庵は、小田原の久野屋敷にいた。

三月に安房の里見義弘が八十隻を超える船団を仕立てて城ヶ崎に来襲したことか

ら、城将として詰めていた上州の平井城を福島伊賀守らに任せ、小田原に戻っていたところであった。平井城は天文二十一年（一五五二）に関東管領・上杉憲政から奪った城である。

幻庵は、白湯に梅干しを落とすと、風魔の棟梁・小太郎に勧め、自らも喫した。

「頂戴いたします」小太郎が手を伸ばした。

幻庵の居室は、薬草を煎じるために、火桶の火種は絶やしたことがなく、湯は常に沸いていた。梅干しも、幻庵が自ら漬けたものであった。蔕を取り、洗い、拭き、甕に入れ、塩を振り、梅雨明けを待って、笊に取って干す。手間を掛けることを好むところが、幻庵にはあった。

「やはり相模の海はよいのお」

上州には、日にきらきらと輝く海がなかった。それに、赤城おろしという赤城山から吹き下ろしてくる冷たく強い空っ風も気に入らなかった。

「儂も年だからな。これからは、もっと屢々こちらに戻らぬと寿命が縮んでしまうわ」

幻庵、この時六十四歳。早雲から氏直までの五代に仕え、天正十七年（一五八九）、小田原落城の九か月前に九十七歳で没するまで、まだ余命は三十三年残されていた。

「そう言えば……」

「何だ？」

「無坂が連れていた猿のトヨスケですが、亡くなったそうでございます」

「殺されたのか、寿命か」

「寿命だそうでございます」

「ならば、致し方ないの」

幻庵は床の間の水石に目を遣った。トヨスケが見付けたところから雪斎が《トヨスケ》と銘を打った水石が置かれていた。

「気落ちしたであろう。静かにしているのか」

「ところが」

先月、一月程駿府にいた、と小太郎が話した。

「三河の小倅か。それとも、二人目の太郎のところか」

小倅は松平次郎三郎元信、後の徳川家康のことで、二人目の太郎と言ったのは、甲斐の武田晴信の嫡男・太郎義信と同じ太郎という名であるからだった。信虎は、駿府の隠居館で側室に生ませた子にも、武田家の嫡男に付ける太郎の名を与えたのである。

「人質屋敷と隠居館と今川館。それぞれに出入りしていた、と知らせを受けております」

「忙(せわ)しない男だの。今川館と言うと、当代殿か」

「はい。それとご継嗣様（氏真）でございます。立ち合うたという話もございました」

「そう言えば、前に誰ぞに太刀筋の手解きを受けたと、棟梁から聞いたな？」

「鹿島の塚原城主・塚原土佐守様でございます。土佐守様は、年内にも隠居し、鹿島新当流なる流派を広めようと京に上るという話が伝わっております」

「その土佐だが、躑躅ヶ崎館(つつじがさきやかた)を訪れたこともあったはず。どれ程の者なのだ？」

「申し訳ございません。剣技も人となりも、大層優れているとしか」

「いやいや。鹿島の小城の主がことだ。それだけ分かればよい」

「畏れ入ります」

「で、どうなのだ、教えを受けた氏真の剣の腕は？」

「忍ばせている者が見たところ、かなりのものだとか」

「蹴鞠も剣も、それなりのものということだな？」

「左様でございます」

幻庵は湯飲みに落としていた目を上げ、それはよいことなのかな、と小太郎に問うた。

「と仰せになられますと？」

「余程出来た者でないと、己の腕が上がると、周りの者を見下すようになる。一軍の大将になる者や、一国を統べる者には何が肝要か。人を打ち負かす力ではなく、人を使う力ではないか」

いや、倅はどうでもいい。問題は親父だ、と幻庵が言った。

雪斎亡き後、領国の国人衆らに乱れはない。それは当代殿が手綱を握っているからだ。とすると、雪斎が今川を動かしていたのではなく、雪斎にやらせていたとも言えるのかもしれぬ。

「今川義元。少し考えを改めて動きを見ていた方がよさそうだな」

「そのように申し伝えます」

「抜かりなく頼むぞ」言ってから、幻庵が笑った。「言わずもがなであったな。風魔の者が忍んでおれば、聞き逃し、見逃しはあるまい」

他には、何ぞあるかな。幻庵が訊いた。

「飛び切りと申し上げてよいのか、面白い話がございます。春日山の長尾景虎様がことにございます」

「棟梁が面白いと言うからには、飛び抜けて笑える話であろうな」

「と存じます」

「あの男もよい年になったであろう。二十七か」

「左様でございます」

「で、何をしでかした？」

「先月のことでございますが、癇癪を起こし、国人衆を集め、高野山に行き出家遁世すると仰せになったそうにございます」

「まだそんな寝言をほざいておるのか」

「近頃は毘沙門堂に籠もって出て来ぬ日もあるとかでございます」

「越後の国はどうすると言うておるのだ？」

「国人衆に任すゆえ、皆で取り仕切れ、と」

「国主様が、国を捨てるか」幻庵が膝を叩いて笑い声を上げた。「よう言ったものだ。前代未聞だの」

「まさに」

「何でそんなに怒ったのだ？」

「家臣の領地争いが因と聞いております」

魚沼郡妻有郷千手城城主の下平吉長と魚沼郡妻有郷節黒城城主の上野家成が、領地を巡り、争いを始めた。当事者間では収まらず、こじれにこじれているところで、双方に後ろ楯が付いた。

下平吉長に付いたのは、中頸城郡箕冠城城主の大熊朝秀、上野家成に付いたのは古志郡栃尾城城主の本庄実乃であった。

元越後守護の上杉氏に仕えていた大熊朝秀と、長尾氏の重臣として政務を見てきた本庄実乃とは、これまでも反りが合わないできていた。それが、ここに来て一挙に噴き出したのだ。下平氏と上野氏の領地争いは、大熊と本庄の派閥争いへと様相を変えたのである。

「早期に片付けようとするなら、誰かが落としどころを見付けねばならんな。本庄実乃は頭に血が上っておるのだ。その役目は、宇佐美定満辺りか」

越後枇杷島城城主で、景虎の軍師と言われている武将である。定満は六十八歳であった。

「そのように存じます」

「長くとも構わぬなら、いずれは関東出兵となる。誰が何もしなくとも、それで片は付くであろうよ」

しかし、と言って幻庵は心底愉快げに笑った。

「長尾景虎。口を開けば義だとか糸瓜だとかと言い、臍を曲げれば、国を放り出して遁世すると言う。己のでは困るが、余所の国の国主様だと思うと、実に面白いの」

「分からぬ御方と存じます」

「分かり易いのは、どうしている？　甲斐の領土欲の権化殿だ」

武田晴信のことであった。晴信は、労咳の療養のため、躑躅ヶ崎館に程近い島の湯に前年の暮れから逗留していた。

「労咳か。厄介なことだな」

「重臣方とご継嗣の太郎様がしっかりなさっているので、甲斐は揺るがぬかと」

「太郎は、血の気が多いようだな。爺様（信虎）と親父殿（晴信）の血筋では、無理もなかろうが」

幻庵は、湯飲みを膝許に置くと、それで、と言った。

「無坂だが、もう集落に戻ったのか」

「と存じます。山焼きでもしているかと、思われます」

「そんなのんびりとした生き方をしたいものだな」

「殿に我慢が出来ましょうか」

「かもしれぬな……」

幻庵は、ふと己の来し方を顧みた。常に当代を守り、国を守るという大義の中で動いている己がいるばかりであった。空しさに似た風が、すっと胸中を吹き抜けた。

「済まぬが」と小太郎に言った。「障子を閉めてくれぬか」

幻庵の目から、小田原の空が消えた。


それから一月半経った六月の上旬、無坂は三国街道を直走っていた。

三俣村の外れで露宿し、湯沢、関、塩沢の村落を通り、美佐島で魚野川を渡って二日町村に入った。上出浦から山口へと向かう途中で露宿することにし、先を急いだ。五十沢川と三国川を越え、前にも露宿したことがある宇田沢川の畔で足を止めた。宇田沢川は、身を隠す大岩があり、魚影の濃い川だった。大岩があると、火を焚いても明かりが遠くまで届かない。里人に気付かれずに済む。里人との関わりは避けるに越したことはなかった。

石を積んで竈を作り、薪を集めた。

楽しい作業だった。やはり俺は、駆けている時が、一番生き生きしているのかもしれない。

川に迫り出した大岩に腹這いになり、魚影を探した。

ここまで駆けて来たのは――。

武田信虎から南稜七ツ家の二ツと、元四三衆の月草と、元軒山(のきやま)衆の真木備に、太郎探索の礼として甲斐の碁石金(ごいしきん)を渡すよう預かったためだった。勿論、無坂にも過分な礼の品が下された。反物と碁石金であった。反物は今川義元から頂戴した晒しを加えると四反になった。これに、頂戴した碁石金を四等分にした一握りを木暮衆への土産とし、一月余集落に留まった後、改めて越後に向けて出て来たのだ。

ここまで来るのに、木暮の集落を出てから半月近くが経っていた。

火虫の長から、お前の裁量で稼いだものだから、皆を喜ばせてやれ、と分けられた碁石金で、塩や味噌と米などの土産を整え、先ず居付きの百太郎夫婦と日高、水木らのいる安達篠原に向かった。居処が分からない二ツの分の碁石金を預かってもらい、序でに孫の相手をし、狩りに出、それから妹の美鈴(みすず)や倅の龍五(りゅうご)らのいる久津輪(くつわ)衆の集落に寄ったので、それだけの日数が経ってしまっていた。

長から急いで戻るよう言われた訳ではない。ゆっくりと歩いてもよかったのだが、山の者の習いで、道に出ると走りたくなってしまう。諏訪から大門峠に向かい、上田から沼田に抜け、三国峠を越えて坂戸まで、走り続けていた。それでも、月草らのいる小屋までは、まだあった。小屋への道筋は遠かった。

だが、無坂の中に遠いことをありがたく思う心があることは、確かだった。

翌朝、夜が白々と明ける頃には、無坂の姿は祓川支流の雪川を遡る道に入っていた。

うるさい程の蟬しぐれの中を行くと、なだらかな道が急な上りの岩場になり、流れ落ちる雪川の飛沫が飛んで来る。ほてった身体に気持ちがよかった。飛沫を浴びながら、岩場を登る。岩場を越えると川が消える。地下に潜っているのだ。

そうだ。この道だ、と足裏で小屋へと続く道の感触を確かめながら進む。更に行くと道が下りになり、四方を山に囲まれた窪地に出る。この窪地の底近くから湯が湧き出していた。

無坂は、窪地に下りる南斜面にある月草の小屋に足を急がせた。

藪を抜けると小屋が見えた。月草がいた四三衆は、集落を隠れ里と言い、それぞれに十二支から取って名を付けている。ここは辰の里と呼ばれていた。山の者は渡りをする時に、何か非常の時のためと、渡りをする他の山の者のために、一軒だけ小屋を壊さずに遺す。月草の小屋は、そうして遺されていた小屋だった。

月草は六十六歳になる。自らを生きて再び集落には戻らぬ《逆渡り》に掛け、亡き妻の骨を埋めた辰の里で墓守をして朽ち果てようと、辰の里に来たのである。しかし今は、同じ年の真木備とともに小屋にいるはずだった。真木備は、鳥谷衆に皆殺しにされた軒山衆唯一の生き残りで、ふたりとも独り法師であるところから、離れ難く思っているらしい。

小屋の前に出た。

揚げ戸に外から楔が打ってあった。出掛けているらしい。

楔を抜き取り、戸を押し上げ、中に入った。虫が、ざわと隅に逃げる気配がした。

小屋の中は、ひんやりとしており、きれいに片付いていた。ひょいと半日程出掛けたような気配ではなかった。囲炉裏の灰に手を当てた。冷たく締まっていた。四、五日は火を焚いていない。この様子だと、暫く戻らないつもりなのかもしれない。

五日程待って帰って来なかったら引き上げる、と決め、背負子から籠を外した。

薪は十分あった。米も塩漬けの茸や山菜もあった。

無坂は桶と手槍を手にして、湯を浴びようと窪地の底に下りた。

この数日の間に、かなりの水量の雨が降ったらしい。落ち葉や枝や流れ込んだ泥や小石が溜まっていたが、湯は湧き出していた。それらを掻き出している間に、清水を桶に汲み、小屋に運び、再び下りて、底に残っている泥を掻き出し、それを三度繰り返してから、湯に浸かった。

上がっても、取り敢えずすることはない。身に付けていたものを洗ってから、身体中がふやけるまで浸かり、汚れを擦り取り、小屋に戻った。若菜が用意してくれていた襯衣（したぎ）と股引きを身に付け、囲炉裏の前に腰を下ろした。火を焚き付け、先ず蓬（よもぎ）と松葉を燃やして蚊や虫を追い払い、蕎麦の実と塩抜きした茸や山菜を入れた鍋を火に掛けた。煮上がるのを待ち、燻（いぶ）した鹿の肉を刻んで入れ、味噌で味を調えればいい。燻した鹿肉は久津輪衆の集落を発つ時にもらったものだった。無坂は、鍋の中で躍っている蕎麦の実や茸を見詰めた。

日が落ち、夜となった。

味噌雑炊を食べ終えた鍋を洗い、水を注し、改めて湯を沸かし、熊笹を煎じた。笹茶である。火勢が衰え始めるのを見計らい、小枝をくべる。熊笹は月草と真木備が刈り取り、陰干しにしておいたものだった。

小枝から噴き出した火が鍋の底を嘗めている。

静かに夜は更け、朝になった。

ふたりが帰って来る気配はない。辺りを歩き回り、茸と野草を探す。今日もまた、貯えている食糧に手を付ける訳にはゆかない。

藪に分け入り、橅の林に向かった。倒木や枯れ枝に、耳のような形の茸が群がって生えていた。木耳である。楡の倒木には楡木茸もあった。水楢の林で乳茸を見付けた。刃を入れると乳のような白い液が出るので、乳茸と呼ばれている茸で、煮るといい出汁が出た。夏場である。これだけあれば、御の字だった。

林を抜けようとすると、日陰で湿ったところに雪の下が群生していた。茹でて晒すと美味いものだが、葉を炙れば腫れ物や火傷に効いた。葉を採って小屋に引き返した。

万一にも帰って来ていないかと心待ちにして出掛けたのだが、やはり帰ってはいなかった。

日が落ち掛けるまでゆっくりと湯に浸かり、雑炊の仕度をする。茸はそれぞれを三片から四片に割り裂き、雪の下は刻んで蕎麦の実とともに鍋に入れ、炊く。鍋の中で躍っている蕎麦の実を摘み取り、噛んでみる。柔らかい。火勢を弱め、味噌を溶く。

椀と箸が触れ合う音と、囲炉裏の火が弾ける音だけに包まれ、無坂はひとりで夕餉を終えた。雨粒が落ちてきた。

　無坂は、屋根に落ちる雨音を夢うつつに聞いている間に眠りに落ちた。雨は夜明けを過ぎても降り続け、昼前になって止んだ。

　枝先や葉の先に結んだ雫に光が宿り、きらきらと輝きながら落ちている。

　窪地に流れ落ちる雨水が落ち着いたら湯の具合を見に行くことにし、無坂は薪を割ることにした。薪を割るのは好ましい作業だった。長鉈で、腕程の太さの枝を一尺（約三十センチメートル）の長さに伐り揃えるか、もっと太い枝を半分に割るのである。長鉈を力任せに叩き付けてへし折らなくとも、息を整え、一点目掛けて打ち下ろせば、枝など呆気ない程容易く折れもすれば、割れもする。山に生きる者であるならば、長鉈やこの小屋にはないが斧を持ち上げられる歳になれば、そのつぼは自然と身に付けていくものだった。無坂も、十を数える頃には、己の腹回り程の太さの木なら斧で割っていた。その呼吸で鹿の首を刎ね、骨を断つのだ。すべてが生きてゆくことに繋がっているのだと知り、だからこそ日々の些事も疎かにしないようになる。

　木屑を集め、囲炉裏に運び、火を焚く。ひとりの時の楽しみは茶だった。熱い茶が身体の真ん中を下りてゆく。その感触を楽しむのだ。

火を見ていた。

ちろりちろりと小さな火が揺らめいている。

過ぎて行った様々なことが頭をよぎった。やがて炎が澄んで立ち上がる頃になると、己の心の中で揺らめいていたものが消え、静まってゆくのが分かった。

蟬の鳴き声の中から、小屋に当たる枝先の音が、小屋の周りをかさこそと歩き回る小さな生き物らの足音が聞こえて来た。高い空の上で吹き過ぎて行く風や、鳥の羽ばたきさえも聞こえて来るような気がした。

それらに混ざって、人の足音がした。ひとり、ふたり……か。

月草と真木備だとは思うが、迂闊に飛び出すことは出来ない。杖の先に山刀の柄を差し込み、目釘を打ち、手槍を作って待ち構えた。姿を見るまでは、警戒を解いてはならない。それが、生き残る唯一の方法だった。

小屋の中に人の気配を感じたのだろう。足の運びが止まった。

小屋を囲む丸太を叩く音がふたつ鳴った。無坂は三つ叩いて返した。仲間かと問われ、仲間だと答える合図だった。

「無坂か」

月草の声だった。そうです、と答える。

無坂は揚げ戸を引き上げ、支えを立て、ふたりを出迎えた。雪斎と太郎を駿府に送り届けて以来、約半年振りに見る顔だった。

「どうした？　また何かあったのか」真木備が言った。

「駿府に御座す甲斐の隠居様から、太郎様を連れ戻した礼を預かってきたのです」

「食えるものか」

大声で碁石金だとは言えない。小屋の中で見せた。ふたりとも、そんなものを持っていても使えぬし、お前の手柄だからと受け取りを拒むので、何かの折の命綱に、と左右の襟に縫い込む二粒ずつを受け取らせ、残りは無坂がもらうことになった。美鈴に渡せば、喜ぶだろう。

ふたり揃ってどこに行っていたのか、訊いた。

いつも薬草などを届けている臨済宗の寺・関興庵の老僧に頼まれ、沼田まで若い僧の供をして来たらしい。それならば、無坂が通って来た道筋だった。何日前に通った？　どこをどう通った？　と暫くの間尋ね合い、笑い声が静まったところで、雪斎と小夜姫と、トヨスケが亡くなったことを話した。

「そうか……」月草が、ぽつりと言葉を零した。

「見ろ」と真木備が、義手を突き出した。

トヨスケの噛み跡があった。川中島で太郎を助けた帰路、大門峠を越え、湯川に向かっている途中で影に襲われた。その時、逃げようと足掻いて噛み付いた跡だった。

牙がしっかりと朴の木肌に食い込んでいた。

「よし」と真木備が言った。「俺たちも老師から褒美をもらって懐は暖かいんだ。これから暫くトヨスケたちのために飲んで騒ぐか」

甕で酒を買おうと言い出した。

山の者がそれだけの金子(おたから)を持っていると、不審に思われ騒動にならないか。無坂が里人の気持ちを読んで尋ねた。

「老師に頼もう。寺に届けさせ、俺たちがお代を払う。それで、大丈夫だ」

月草と真木備はその気になっている。水を差すことはない。無坂ものることにした。

「急いで帰らなくともいいんだよな？」真木備が訊いた。

「一月(ひとつき)くらいなら」

「十分だ」

第二章　景虎出奔

一

六月二十八日。

景虎が近習の堀部右近と犬伏の軒猿屋敷へと急いでいる頃――。

春日山館では、景虎の姿が見えないと騒ぎ始めていた。

館、城、いつも籠もっている毘沙門堂、隈無く探したが姿がない。

城下に出られたのか。搦手門の門番に問うと、早朝に潜り戸から、網代笠を被った僧侶姿の堀部右近と他一名が出て行ったと分かった。

「もしや、それが御館様だったのでは……」

と騒いでいるところに、隠居していた曹洞宗の僧・天室光育が、景虎の書状を携えて訪ねてきた。天室光育は、景虎が幼少時修行のため入門していた林泉寺の住持であった。

迎えた金津新兵衛と小島弥太郎が、書状を読み、出奔の事実を知り、驚愕した。

書状には、領地争いが収まらないことへの不満と出家遁世する旨と、書状を館に届けるよう書かれていた。

「何たることか」

小島は、一名鬼小島と言われた剛の者で、景虎の幼少期からの側近である。

新兵衛は鬼小島を制すると、天室光育に訊いた。

「この書状はいつ？」

「今朝のことであった」

既に日は中天に差し掛かっている。

「どうして、今時分にお出でになられたのでございましょうか」

「言い付かったのじゃ。昼に届けてほしいと、な」

「分かりました」

金津新兵衛は、戦の折には春日山城の留守居を預かるという武将であり、妻女は景虎の乳母である。景虎のことは知り抜いていた。

新兵衛は、天室光育を丁重に送り返す一方で、鬼小島に城下にいる武田などの間者の成敗を任せた。間者と分かってはいたが、逆に利用出来ることもあるからと泳がせておいた者らである。鬼小島は軒猿を召し出すと、兵の先導をするよう命じた。

「この騒ぎだ。恐らく、御館様の出奔は既に嗅ぎ付けられ、第一報が城下を発ったに相違ない。が、どこに行かれたかは、儂らにも分かっておらぬのだから掴まれていないはず。第二報は防がねばならん」

それよりも何よりも第一にすることは、景虎を見付け出し、連れ戻すことだった。

三月に高野山に入りたいと言っていたが、天室光育の話でそれが裏付けられたのだ。

「海だ」

郷津の港から船に乗られたのだ。郷津に船を用意させておけば、自身が早朝出て、昼に出奔を知らせれば、追い付くことは出来ない。そう考えたのだろう。

港から出た船に僧侶姿の者が乗っていたかを調べるために、軒猿を含む六名が郷津に向かった。万一乗っていた場合は、次の寄港地である越前国三国まで陸路を走り抜け、船を下りたところで身柄を抑えねばならない。軒猿の棟梁・一貫斎に頑健な者を選ぶよう命じた。

まだやることはあった。このことをやたらに口煩い家臣団に、ともかく知らせることである。誰にするか、考えたところで、三人に絞り、使者を走らせた。

三人とは、
枇杷島城城主　宇佐美定満　六十八歳

栃尾城城主　本庄実乃　四十六歳
坂戸城城主　長尾政景　三十一歳
であった。

　宇佐美定満は景虎の軍師を務めている武将であり、本庄実乃は此度の出家遁世の因を作ったひとりではあったが、景虎の幼い頃から側近として仕え、補佐してきた武将である以上、欠かせない。長尾政景は、上田長尾家の当主で、景虎の姉を正室としている景虎の義兄に当たる武将で、こちらも呼ばないでは済まない。

　三人は、春日山館の御座所に入ると、天室光育に宛てた景虎の書状を回し読み、一段高いところにある景虎の席を見上げながら、等しく溜め息を吐いた。

「まったくもって変わった御方よ」宇佐美定満が言った。

「どこまで本気なのでしょう？」長尾政景である。

「恐らく、すべて本気なのでしょう。御館様には冗談というお考えはないですからな」本庄実乃だった。

「百歩譲って本気とするならば、家督を誰に譲るのかも告げずに、後は任せた、では、我らは何としたらよいものか。ほとほと困り果てるばかりですな」

　三人が話している間に、城下に潜む間者を始末したことと、郷津の港で船に乗った僧侶はいなかったことが、新兵衛の口からもたらされた。

「では、どこに?」

間違いないと思っていた海からの高野山の筋がなくなったのである。では、まさか陸路で高野山に向かわれたのか。それはあまりに遠いが、ない話ではない。改めて馬を国境まで走らせるよう命じ、吉報を待って、春日山城下に設けられているそれぞれの屋敷に引き上げた。

居処が判明したのは、翌二十九日の昼過ぎであった。

脂の浮いた顔を寄せ合っていたところに、一貫斎が廊下に現れた。

「御館様の行方、分かりましてございます」

「どこだ? どこに御座すのだ?」新兵衛が詰め寄るようにして訊いた。

「山でございます」

「山?」新兵衛と三人が、思わず聞き返した。

出奔の前夜、堀部右近から軒猿の名栗が召し出しを受けた。犬伏の軒猿屋敷まで荷を運ぶという用だった。何を運びに行くのか。御館様の手前、憚って訊かなかったが、名栗は未だ館を出たままである。出奔したとなれば、すべてをつまびらかにしなければならない。夜道を駆けさせ、軒猿を犬伏に送ると、荷は偽りで、御館様と堀部

様が昨夜泊まり、朝方小袖、山袴に着替え、名栗の案内で塩沢の方へ向かわれたこと
が分かった。

「話からして、月草なる者の小屋に行くと思われます」

名栗は月草らに命を助けられ、また小屋の場所を知っているのだ、と続けた。

「他にも小屋の場所を知っている者は？」

「小頭の亦兵衛と矢作が知っております」

「そこに間違いないな？」

「と存じます」

「直ちに迎えに行ってくれ。嫌だと言っても、お連れいたすのだぞ」

「そのつもりでおります」

一貫斎は下げた頭を起こすと、ひとつお願いがございます、と新兵衛に言った。

「城下の間者、根絶やしにしたはずでございますが、どこにまだ忍んでいるか分かりませ ん。山袴に着替えられたところから、月草を伴い、山に入るおつもりかとも考えられますゆえ、御館様は高野山に向かわれた、という噂を流していただけますでしょうか」

「それは、出来ぬ」長尾政景が言った。「よいか。一国の国主が、出家遁世したいか

らと国を捨てる。そんな噂が広がってみろ。長尾家の面目が丸潰れになってしまうわ」

「いや」と宇佐美定満が言った。「流すしかあるまい。噂は噂として、後で消すことが出来る。万が一、山に入られたとし、それを敵方が知れば、御命を狙われることになろう。山中では、我らに防ぐ手立てはないのだからな」

「身共もそのように思います。ここはもっともらしく、高野山までどなたかに出張っていただきたく存じます」

「栃尾殿、頼めますか。栃尾殿が駆けてくだされば、誰もが信じましょう」定満が言った。

「分かりました。お引き受けいたしましょう」

本庄実乃は定満に請け合うと、任せたぞ、と一貫斎に言った。

「無事に連れ戻してくれよ」

間もなく一貫斎と軒猿五名が春日山から消えた。

二

七月一日。夕刻。

一貫斎らが月草の小屋に着いた刻限から半日遅れて、甲斐の躑躅ヶ崎館に、景虎出奔の第一報が届いた。

春日山館から躑躅ヶ崎館までは、五十六里（約二百二十キロメートル）。土地々々に百姓として住み着いている透波が、手分けして一日に三十里に垂んとする道を走り継ぎ、館の中曲輪に駆け込んだのである。

透波の詰所は各曲輪にあったが、透波頭の儀助が日番の《かまきり》と詰めているのは、中曲輪の詰所であった。中曲輪には晴信が政務を執る御座所や、家臣との常の接見の場である御対面所などがあるため、特別に《かまきり》も警護の任に就いているのである。

その中曲輪に、景虎出奔の第一報が届いてから、半日が経つ。この間、大急ぎで《かまきり》の隠れ家である水雲寺に透波を走らせ、棟梁の五明に知らせたのだが、第二報が来ないのだ。

「落ち着け」五明が儀助に言った。「知らせは必ず来る」

言っている間に、島の湯で晴信の警護に就いている者を除いた、甲斐周辺に散っていた《かまきり》が、狼煙(のろし)の合図を受け、集まって来ていた。

「三月の話が実(まこと)だとすれば、景虎様は高野山におられるはずだ。御命を縮める許しは、《御支配》からいただいている」

武田の透波は頭の儀助が束ね、透波の中から選び抜かれた手練れである《かまきり》は五明が率いた。《かまきり》は腕が上だからと、透波の上位に置かれている。その《かまきり》と透波を支配するのが、《支配》と呼ばれる春日弾正忠(かすがだんじょうのちゅう)であった。十六歳で晴信の奥近習として仕え、その才を認められ、板垣信方(いたがきのぶかた)の後を継いで《支配》となっていた。

「高野山へは、諏訪から伊奈部に出、飯田街道を下って尾張に抜けるつもりでいるが、高野山まで凡そ百三十里（約五百十キロメートル）はある。一日三十里としても五日は掛かることになる。誰か尾張から先の道に詳しい者はいるか」

五明が儀助に訊いた。透かさず、明石(あかし)と酉蔵(とりぞう)の名を上げた。

「いずれが、より詳しい？」

明石が進み出た。

五明は明石に先導を、西蔵に追っ手の案内を命じた。五明らが発った後で、何か不測の事態が起きた時の追っ手である。不眠不休で走り続けることが求められた。

「ふたりで高野山までの、一に道筋を決め、二に道筋にいる透波の名を書き出しておけ」

その間に、《かまきり》の中から景虎暗殺に同道する者を選んだ。

「仁右衛門、源作、長九郎、そして用宗」用宗は四鬼の生き残りである。「後は、小頭の五条坊と俺の計六人で行く。それぞれ得物と七日分の糧を整えておけ。帰りは何とでもなるからな。後のことは、寒洞、頼んだぞ」

寒洞は、二ツに倒された那宜の後を継いで小頭の地位に就いた者であった。思いを己のうちに閉じ込める癖が強いことから、春日弾正忠には気に染まぬ人選だったが、

──我らは人を生かすためにあるのではなく、殺すためにある身。寒洞の腕は余人に勝っておりますれば、ここは是非にも。

と言って押し切ったのは、五明だった。

第一報に遅れることほぼ一日、越後から第二報が届いた。館にいる透波から城下に隠れ住む透波に、その透波から更に次の透波へと申し送られて来た知らせである。春

日山館から六月二十八日早暁に僧侶姿の者が出て行った。その者は郷津の港に向かったと思われる。それが景虎であるのは、本庄実乃と近習の者らが直ちに高野山に向かったことからして間違いない、という内容だった。

「やはり高野山か」

俺たちも行くぞ。万が一高野山でなかった時は、直ちに知らせろ。五明らの姿は、七月二日の夕刻、甲斐から消えた。

「……違うな」と寒洞が、沈み掛けている夕陽を見ながら言った。「高野山ではないな」

「では、どこだと？」儀助が訊いた。

「それが分かれば、疾うに言うておるわ」

同一日。夜。

一貫斎は苛立っていた。景虎が首を縦に振ろうとしないのだ。

無理強いは出来ない。相手は国主である。それに己が得心しなければ、梃でも動かないことは熟知している。

「いつお戻りくだされましょうか」

「何度言えば分かるのだ。あのような我欲の塊どもの許へ戻る気はない」

「されど……」

景虎は一貫斎を手で制すと、この小屋は誰のものだ、と月草に訊いた。

「四三衆が建てたものですが、何とお答えしたらよいのでしょうか。恐らく山のものかと」

「無坂、其の方の領地はどれくらいあるのだ？」

「何もございませんが」無坂が、彫り物の手を止めて答えた。

「領地など、考えたこともございません」真木備が言った。

「聞いたか」と景虎が一貫斎に言った。「これが、身共の求める者よ。身共はもう暫くこの者らとともにいる。だが、その先は分からぬ。高野山に行き、出家するかもしれぬし、この俗世を義で建て直そうと思うかもしれぬ。それは、今は分からぬ」

「いつお決めいただけますでしょうか」

「分からぬ。明日かもしれぬし、一月先かもしれぬ」

「その間に、戻るところがなくなるかもしれませぬが、それでも、でございますか」

「誰ぞが国主になるなら、それでよいわ。だから、其の方らは戻れ」

「そうは参りません。御館様の身辺を警護するが我らの役目、戻られるまでお側を離れる訳には参りません」

と言うことだ、と景虎が月草と真木備と無坂に言った。

「狭苦しいが、引き続き頼むぞ」

常時小屋で寝起きするのは、無坂ら三人と景虎、右近、一貫斎の計六人で、亦兵衛、矢作、甚八、夜兎、小伝次、名栗ら六人は昼夜交代で見張りに立っていた。

「食するものは足りておるのか」右近がそっと月草に訊いた。

「ふいのお越しでしたので、何の用意もなく……」

小屋の前にいきなり景虎が現れた時、月草らは仰天した。暫く小屋暮らしを味わいたい、との言葉に否も応もなく招き入れたのだが、もし小屋に誰もいなかったら、勝手に使うつもりでいたのだろうか。

「米が後数日分でなくなります。買い足さないと、蕎麦の実か稗になりますが」

「御館様。お聞き及びになられましたか」

「では、買い足して山に入り、草庵なるもので寝起きをしようではないか。どこぞ、これが山だ、というところに案内せい」

里から高みに登れば、どこでも山である。これが山だ、とはどこだ？　三人が顔を見合わせていると、近くだぞ、と一貫斎が言った。

「その日のうちに着けるところだ」

この辺りに一番詳しいのは月草だった。月草が幾つかの場所を口にした。無坂の知っているところもあれば、初耳のところもあった。

その中で、真木備が膝を打ったのが、龍穴と言われている窪地だった。そこならば、無坂も聞いたことがあった。景虎の足でも一日あれば着ける。

「越後と信濃の国境というのは、いかがでしょうか。少し下ると上州になりますが」

「三国峠辺りか」

「三国から見ると乾（西北）の方角になります」

「御館様、いかがですか」

「行く途中は何もないのか」

「いいえ。川などございますので、楽しめようかと存じますが」

「よし。五、六日掛けてでよい、ゆるりとそこに行け。途次を楽しもうではないか」

よろしいでしょうか。月草が一貫斎に訊いた。

「そのように春日山に知らせておきますが、お気が済まれましたら、お戻りいただけるのでしょうか」

「その時に考える……」

一貫斎は月草に頷くと、見張りに立っていた名栗を呼び、夜明けとともに春日山に使いに発つように言った。行き先を教え、

「だが、春日山に敵の間者がおらぬとも限らぬゆえ」

山に入った、とだけ伝えるように言い、更に続けた。

「戻って来た時には、儂らはおらぬだろうが、ここで待て。遅くとも七、八日で戻る。万が一のことを考え、犬伏から五、六人連れて来るがいい。心配は無用だ。甲斐も相模も遠い。彼の者どもが先手を取ることはあり得ぬ」


七月二日。夕刻。

《かまきり》の五明らが躑躅ヶ崎館を発った頃――。

夜明けとともに月草の小屋を走り出た名栗が春日山館に着き、宇佐美定満、長尾政景と金津新兵衛に一貫斎からの言付けが伝えられた。

「棟梁らが付いているのだ。先ずは心配ないであろう。御館様が戻って来られた暁には、二度と軽挙に出られぬよう、きつくお諫めせねばなるまいな」

「まさに、まさに」

政景は新兵衛に、飲むか、と訊いたが、戻られるまでは飲みませぬ、と言われ、興醒めた顔を隠そうともせずに、屋敷に引き上げて行った。

「新兵衛殿」宇佐美定満が言った。

「はっ」

「腹の底が見えぬ……」

「上田殿の、ですか」

上田殿とは坂戸城主・上田長尾家当主の政景のことである。政景は、天文二十年（一五五一）に降伏するまでは、景虎との対立を繰り返していた経緯があった。

「長尾家当主の座が転がり込むこともないではない。此度の御館様の出奔に、内心ほくそ笑んでいるようにも思えるのだが。いや、これは儂ひとりの存念だ。そなたの胸に収め、聞かなかったことにな」

「承知しております」

その夜、宇佐美定満の屋敷に、長尾政景と金津新兵衛が訪れた。

「夜分にどうなさった？」

新兵衛が口を開く前に、政景が床に手を突き、済まぬ、と言って頭を下げた。

「何とされた？」

御館様が高野山でなく山に入られたこと、いずこかの間者に知られてしまった、とのことでございます。新兵衛が言うと、次いで政景が、固めた拳で床を叩いた。つい憂さ晴らしに酒を飲み、側近の者に御館様の居処を話しているのを立ち聞きされてしまったのだ。

「その者は？」

「捕らえた。今どこの者か責めているところだ」

「捕らえたなら、よいではありませぬか」

「ところが屋敷内を逃げている間に、もうひとりの間者に告げられたらしいのだ」

「ふたりも潜られていたのですか」

「面目ない」

「で、告げられたと、何ゆえ分かったのです？」

「屋敷から、膳部の者がひとり消えていたのだ。騒ぎが起こる前まではいたのだが」

「追ったのでしょうな？」

「勿論だ。だが、見付け出せなんだ」

「どこの間者であろう？　甲斐か、相模か。いずれにせよ、急いでもここからは三日は掛かる。来るのにも三日は掛かろう。御館様とて遠くへ行かれるはずはない。とすれば、都合六日の間に御館様を見付け、連れ戻せばよいことになる。分かり申した。後は儂に任せ、上田殿は間者が甲斐の者か、相模からの者か、責め落としてくだされ」

「承知した」

しかし、この時には、捕らえられた間者は、いずこの者と白状することなく死んでいた。

長尾政景を帰すと、軒猿を呼ぶように命じた。

「名栗なる者もだぞ」

四半刻（約三十分）後、小頭の間淵（まぶち）と名栗が、宇佐美定満の屋敷へ駆け付けた。

奥に通し、四囲を厳重に見張らせた。

定満は、景虎が月草の小屋に行ったことを間淵に告げると、名栗に尋ねた。

「山に入られる、とのことだが、棟梁から何ぞ指図を受けておるか」

「大伏から人数を連れて行き、小屋で待て、とのお達しでございました」

「では、そのようにいたせ」

次いで、間淵に言った。

「其の方は七ツ家を存じているか」

「七ツ……。落としの？」

「そうだ」

いずことも知れぬ深山に住み、五年、十年と狩りを続けた後、その地を捨て、またいずこかへと去る。しかし、どこに移ろうとも山の稜線の南に七軒の家を構えるところから、南稜七ツ家と呼ばれている者たちだった。

その七ツ家が武将らに知られるようになったのは、山城に籠城している兵への兵糧の輸送を請け負ってからだった。いかに厳重に城を取り囲んでいようと夜霧のように忍び込み、任を遂げるのだ。その技量を買われ、いつしか人質や捕らわれ人を敵城から落とす仕事を請け負うようになった。《落としの七ツ》と呼ばれる所以(ゆえん)である。

「七ツ家を呼び出し、御館様を山から春日山に落とすよう雇うのだ」

「枇杷島様」間淵が床に突いていた手を膝に上げ、見据えた。

「言うな。分かっておる。軒猿を信じぬのか、と言いたいのであろう」

「左様でございます。我らこの日のために修練を重ねて来たのでございます」

「だが、御館様が御座すのは、山の中だ。山の中にあっては、あの《かまきり》の棟梁を見ろ。暁斎(ぎょうさい)、槐堂という名だたる者が、ことごとく山の者に後れを取ったではないか。山はまた別物と見た方がよいのではないか。御館様の御命が懸かっているのだ。しくじりは許されぬのだ」

「承知いたしました」

「どのようにして七ツ家を呼び出すか、存じているか」

「聞いたことがございます」

方法は、ただふたつ。信濃の各所にある道祖神に《七ツ》と書いた木札を結わえておき、七ツ家の誰かが気付くのを待つか、あるいは峠から鏑矢(かぶらや)を射続けるか、だった。寸刻を争うことゆえ、鏑矢で急ぎ知らせるしかない。

「懸念がございます」

「それも承知している。《かまきり》が七ツ家憎しで罠を張ってから、ここ何年と七ツ家が現れておらぬことだ」

「もし現れぬ時は、何日待てばよろしいでしょうか」

「今日から六日後だ。六日を過ぎれば、《かまきり》が山に入ってしまう。後は軒猿に任せるしか策はない」と言い、定満は続けた。「いずこの峠にする？　急ぎの知らせは、そこに送る」

「沼田近くの黒根峠(くろねとうげ)を考えております」

「相分かった」

「直ちに駆けますれば、明後日から鏑矢を射ることが出来ましょう。吉報をお待ちください」

「よう言うた。頼んだぞ。七ツ家へは、儂の名を出し、落としてくれれば両の手に溢れる程の金の粒を差し出すと言っていた、と申し伝えてくれ」

「委細承知いたしました」

間もなくして間淵と名栗がそれぞれ軒猿を引き連れ、春日山を発った。


七月四日。夕刻。

間淵が、沼田の西方にある黒根峠から鏑矢を打ち上げ始めて二刻（四時間）――。

五明らが甲斐を発って二日。既に尾張に入っていた頃――。

北条幻庵は、馬を乗り継いで上州平井城から小田原に戻ったところであった。

六月二十八日の夕刻、景虎出奔を知った風魔が春日山を発った。人を換え、馬を乗り継ぎ、八十四里（約三百三十キロメートル）の道程を二日と半日で小田原まで駆け抜けた。

知らせを受けた小太郎は、小田原城から四十里（約百五十七キロメートル）にある平井城に、城将として詰めている幻庵に使いを走らせる一方、城に上がり、氏康から幻庵の本城帰還の許しを得、平井城に伝える。その報を待って、幻庵が発つ。小太郎は、幻庵到着までに、更に詳細を調べるよう、越後に風魔を戻すとともに、甲斐や駿河に新たな風魔を送り込んだ。

久野の屋敷に着いた幻庵を、小太郎が待ち受けていた。

「大凡（おおよそ）の話は聞いた。領地争いとまとまらぬ家臣どもに嫌気が差したか」

「そのようでございます」

幻庵が平井城から小田原に来るまでに第二報が届いていた。天室光育が書状を届けたことと、本庄実乃が高野山に向かったことが記されてあった。

それとは別に、躑躅ヶ崎館に潜らせている風魔からも、五明が《かまきり》を伴って高野山に走った、という知らせが着いた。暗殺のためである。

「どうしても殺したいのだな」

「それはいずこも同じで」

「まさにな」幻庵は嬉しげに笑うと、それにしても、と言った。「人騒がせな国主様よな」

「我らは高野山へは？」

「遠いわ。《かまきり》が始末をしてくれると言うのなら、致し方ない。任せるしかあるまい」

廊下を踵で蹴るようにして歩み来る足音がした。火急の際の歩き方である。

御免。小太郎が廊下に向き直った。風魔の下忍だった。

「何とした？　申せ」

躑躅ヶ崎館の風魔からの知らせであった。

本庄実乃の高野山行は目眩ましで、景虎は越後の山に入ったと思われること。これは、長尾政景が酔って側近に漏らしたことゆえ、間違いないと思われること。また《かまきり》は、高野山行で駒が足りなくなっているため、急遽《かまりの里》に駆け、人数を揃えて山に入ることを伝えて来たのだった。

「何と面白いことになって来たの」

「では、我らも？」

「も、ではない。我らの手で、御命を縮めてやろうではないか。あの若僧が山に入る。頼る者は無坂か月草であろう。夜駆けするに風魔はいらぬ、と言ったあの月草だ」

天文十二年（一五四三）恵奈衆での《集い》で、風魔を貸し出そうと申し出た幻庵に、月草が断りの言を口にしたのだ。《集い》は二年毎に開かれる集落の長の集まりで、四年毎に長の中の長、即ち大長が選ばれた。今の大長は、巣雲衆の八尾久万だった。

「どこが気に入ったか知らぬが、春日山に招いたこともあった程だ。行くなら、招かれるところにいるあの者どものところであろう」

「無坂のいる木暮衆は、確か信濃のはず。春日山からはいささか離れ過ぎております。仰せのように、月草がところと存じます」

「となれば、巣雲衆に案内させるのが良策よな」

「巣雲が知っておりますでしょうか」

「知らずとも、儂らが探すより、早いであろう」

「まさに」

「案内は、月草がところまででございましょうか」

「そこが思案のしどころよ。最後までいられても困るが、行き着けぬでは話にならぬしな。成り行きに任せるしかあるまい」

「御意」

「儂はこれから城に上がり、御館様に知らせて来る。思いは同じだと思う。よいか。これは、越後の若僧を殺すにまたとない好機だ。必ずやり遂げねばならぬ」

明朝巣雲に向けて発つ。景虎が会った山の者は、儂の知る限り、無坂と月草と真木備の三人だ。いずれかの許に行ったに相違ないからの。仕度を頼むぞ。

「殿も？」

「儂が行かんでどうする？　一国の国主を闇に葬るのだ。礼を失してはならぬわ」

「承知いたしました」

小太郎が幻庵の居室から下がるのと同時に幻庵も立ち上がり、登城する旨の使いを城に走らせ、着替えの仕度をするよう命じた。

「着替えながらでよい。湯漬けを持て」

幻庵、六十四歳。己の年のことは頭から噴き飛んでいた。

三

七月五日。早朝。

《かまりの里》は、躑躅ヶ崎館の北方二里（約八キロメートル）余の地にあった。館を出、一里弱にある要害城を過ぎ、更に一里程登ると太良峠に至る。その手前の断崖を下った谷の底に、谷川に沿って村落が細く延びている。それが《かまり》、即ち透波を育成する里であった。

年老いた《かまきり》や透波らと、若い透波らが腕を磨きながら暮らしていた。その者らに透波としての心構えや技を教える者の中には、里から出ることを禁じられた者もいた。信虎や晴信の逆鱗に触れた者、あるいは《支配》に逆らい、命に従わなかった者らである。その者らは襟に赤い布を縫い付けた小袖を着ているので、赤襟と呼ばれていた。中には、いずれ棟梁になるとか、棟梁を超える技の持ち主と言われた者もいた。しかし、透波として《かまきり》として一団で動くことが求められている組織である。腕が達者だからと勝手が許されることはなかった。だからと言って、八分にされている訳ではない。他の者らと同様、一族の中に混じって日々の暮らしを続けていた。

腕達者の赤襟を使え、と寒洞に命じたのは、《支配》の春日弾正忠であった。五明らに、景虎は高野山ではなく越後の山に入った、と知らせを送ってはいたが、高野山までの途次で追い付くのは無理だった。高野山から戻るとなると、五日は掛かる。

――五明らが戻るのを待っている暇はない。赤襟を解き、里の出入りも許す、と言えば従うであろう。直ちに赤襟どもを使い、始末せい。

景虎の居処だが、思うところがあらば聞こう。春日弾正忠が、試すような目をして寒洞を見た。

――館を出れば狙われること、ご承知のはず。川中島、三国峠、栃尾城の外ということはなかろうかと。そして、山でございます。山に入るならば、案内の者が要りましょう。景虎様と山の者を結び付けると、ある者どもが浮かび上がります。

天文十八年（一五四九）のことでございます、と寒洞が続けて言った。

春日弾正忠が馬場民部の屋敷を訪ねた時、屋敷に忍んでいた軒猿を追った《かまきり》片瀬が、来合わせた山の者の手に掛かって果てたことがあった。山の者の名は、月草と真木備。

――その者らは、春日山に呼ばれております。

――其奴らのところか。

――と存じます。片瀬が倒されたところは、分かっておりますので、辺りを隈無く探せば、居処は知れるか、と。その場所は、儀助も聞き及んでおります。

絞れるな。弾正忠の眉がぴくりと上がった。

――いずれにしても敵地だ。軒猿との戦いはさけられまい。心して掛かれ。五明らは戻り次第、送る。

寒洞は、直ちに《かまきり》ふたりと透波九人を伴い躑躅ヶ崎館を発ち、《かまりの里》へ向かった。《かまきり》のふたりとは、天龍の近くで無坂に倒された比木間の弟・加久間と、二ツに敗れた壮四郎の兄の壮十郎だった。また透波の中には、月草の投じた手槍を肩口に受けたが、真田配下の忍びに助けられた伝三と、比木間や壮四郎が敗れた時、唯一生き残った小六が含まれていた。

里の見張りが気付いたらしい。蝉の鳴き声を圧して、指笛が谷に鳴り渡った。

丸太小屋の前にいた者や川辺にいた者たちが、手を翳して、崖の細道を下りてゆく寒洞らを見上げている。寒洞や加久間ら数人が見え始めた頃は、手を振る者もいたが、続いて透波が九人纏まって細道を下るのを見て、手が止まった。何事か、と身構えたのである。

数人が隅にある小屋に走った。《かまりの里》の束ねの小屋である。

順位で言うと、《支配》、《かまきり》棟梁、《かまりの里》の束ね、《かまきり》、透波頭、透波となる。つまり、里の束ねは《かまきり》の上位に当たった。

小屋から白髪頭を無造作に束ねた男が現れ、日に焼けた顔と鋭い眼差しで寒洞らを迎えた。束ねの千々石(ちぢわ)である。

「仰々しく何かな?」

「《御支配》の命で参りました」

「では、中で聞こう」

千々石が、寒洞らを小屋に招じ入れた。寒洞は、五明が高野山に向けて発っており、甲斐を離れているので、自身が名代で来た、と手短に経緯(いきさつ)を話した。

「長尾景虎を狙うとなれば、赤襟を解き放つのももっともなことだな。儂でさえ、血が騒ぐわ」

「では、早速にも……」

「何人要る?」

「三人くだされば」

「日疋(ひびき)、仟吉(せんきち)、それに四方津(よもつ)ではどうだ?」

「四方津でございますか」

「必ず仕留めたいのであろう? 軒猿も葬れるぞ」

「しかし……」

「仕留めたくないのか」

四方津が関わると、四囲は血の海になった。四方津に操られた者は、たとえ手足を失おうと、腸を掴み出されようと、傍目には死人になったように見えようと、己の痛みに気付くことなく、任務を遂行しようとするからであった。既に《かまきり》五人と透波十人が巻き込まれて死んでいた。それがために危なくて使えぬからと、赤襟になっていたのである。九人いる透波たちを見た。この中の誰かが使われるのかと思うと、頷くことが躊躇われたが、致し方なかった。景虎を葬るためである。

「では……」

千々石が、三人を連れてくるように小屋の張り番に言った。

間もなくして、野良着に赤い襟を付けた三人が、側に寄られることを避けているのか、間合を空けてやって来た。千々石の横にいる寒洞を見て、蔓の仟吉が、

「何だ？」と寒洞に訊いた。

「後で話す。中に入れ」千々石が答えた。

後ろで聞いていた闇の日疋は、何も言わずに小屋に入った。

「殺しに来たのかと思ったぞ」

死人の四方津が、黄色い歯を覗かせた。四方津が一番の年上で五十五歳になる。

同五日。朝。

寒洞らが《かまりの里》を発った頃——。

幻庵は、小太郎以下宇兵衛（うへえ）、余ノ目（よのめ）らと久野の屋敷を出、巣雲衆の集落へと直走っていた。

幻庵が走っている訳ではない。風魔の担ぐ駕籠に乗っていた。竹で作った軽い駕籠である。風魔が走りから歩きに換えると幻庵も歩き、走りになると、また駕籠に乗る。そうして距離を稼いだ。

その夜は、蒲原（かんばら）にある風魔の寺に泊まり、翌六日夕刻、うるさい程の蜩しぐれの中、巣雲衆の集落へ着いた。

棟梁・八尾久万が小屋から飛び出してきた。北条家初代・早雲の実子であり、当代・氏康の叔父である幻庵が、小太郎ら十人の風魔を連れて突然現れたのである。小屋に招じ入れる間ももどかしげに、何ゆえの来訪なのか、意を尋ねた。

「隠さずに言う」

越後国主・長尾景虎が山に入ったこと、景虎の命を狙って《かまきり》が甲斐を出立したことを話し、力添えを頼んだ。

「長尾景虎は目の上の瘤。しかし、山中で亡き者にするは、好むところではない。何としても里に下ろしたいのだ」

「口幅ったいことを申し上げますが、それは越後衆がすればよいことかと存じますが」

「里者が山に入っても、役に立たぬであろうが」

「それは、仰せの通りかと……」

「偉ぶったことを言うたが、それは我らも同じこと。山の中では右も左も分からぬ」

「何をすればよろしいのでしょうか」

「景虎が山に入るには助けが要る。恐らく、月草を訪ねたはずだ。あの者がところを教えてもらうために、ここに参ったのだ」

「よう月草の名を覚えておいでございました。驚きました」

だが、八尾久万は月草がどこにいるか、場所を知らなかった。弥蔵と小頭の常市に訊いたが、やはり分からなかった。

「無坂ならば、知っているかと存じますが」

「儂もそう思う。無坂の集落は、近いのか」

秋葉街道の脇にあるので、遠いし、行くのに難儀なところです。駕籠は使えないところもございますが。

「構わぬ」

もうひとつ、無坂でございますが、果たしていてくれるか、と八尾久万が首を捻った。

「案ずるな。この四月は駿府におったが、集落に戻ったらしい」

いるはずだ、と幻庵が言った。

「そうとなれば、案内をお付けいたしましょう。明朝発てば、遅くとも明後日には着けるはずでございます」

「頼む」

「心得ました。では、粗末なものですが、夕餉を差し上げましょう。終えられましたら、ゆっくりとお休みください」

七日早暁。小頭の常市と、弥蔵と雁矢に庄平の四人が案内として幻庵に従い、巣雲の集落を発った。

先導が常市と弥蔵、力のある雁矢と庄平が交互に幻庵を乗せた背負子を担ぐことになった。

「これは、よいな」と背負子の腰板に横座りした幻庵が言った。

「駕籠と違い、藪の中も思うまま進めます」

成る程、首を竦め、身を縮めると、枝を躱すことも出来た。

だが、話していると舌を嚙みそうになる。幻庵は、雁矢の背に張り付き、呼吸に合わせた。

その日は秋葉街道の手前の山中で露宿し、翌八日の夕刻前に木暮衆の集落に着いた。

無坂はいなかったが、月草が三国街道の坂戸の先にある四三衆の遺した小屋にいることは分かった。坂戸である。春日山に近い。景虎は、そこだな。手応えを感じていた幻庵に火虫が、百太郎ならば詳しい場所を知っているかもしれない、と告げた。幻庵らは、氷室の氷と湯浴みの馳走を受け、翌九日夜の明ける前に発ち、百太郎の小屋に向かった。

百太郎の言で、月草の小屋は、坂戸の先にある宇田沢川を遡った奥だと分かったが、まだ茫漠としていた。しかも、先はまだ遠い。

「さて、いかがいたすか」

迷ったが、ここまで来たのである。引き返す訳にはゆかない。白湯と燻した鹿肉と蕎麦の実の雑炊の昼餉を受け、下諏訪を目指した。下諏訪までは僅かに八里（約三十一キロメートル）。訳もない距離である。更に長窪（ながくぼ）から海野（うんの）へと駆けた。この間十三里（約五十一キロメートル）。日は疾うに落ち、とっぷりと暮れていたが、常市と弥蔵の先導で海野の手前に着いた。大岩の陰で油紙にくるまり、百太郎から夕餉の足しにともらった蕎麦餅と燻した鹿肉を食べながら眠り、夜明けに白湯を飲み、残りの鹿肉を食べ、また走り出した。

海野から鳥居峠まで七里半（約二十九キロメートル）を駆け抜け、大笹（おおざさ）を過ぎ、吾妻（あがつま）川と白砂（しらすな）川が合流するところで弥蔵が一行を止めた。常市に北の方を指差して話している。

「何といたした？」幻庵が、庄平が負う背負子から下りて、常市に問うた。

「真っ直ぐ北に向かうと、信濃から越後に流れる大川（信濃川）に出るという話を聞いたことがあると申すもので」

「出るのか」

「途中道はございませんが、川沿いに行けば迷わぬとも聞いたことがございます」

「どう思う？」幻庵が小太郎に訊いた。

「これまで、流石（さすが）、山の者と感心いたしておりました。任せれば間違いないかと存じますが」

「坂戸辺りに出るには、近道になるのか」

「そのはずでございます」

「賭けるか」

「無茶かもしれませんが」弥蔵が幻庵に言った。

「無茶は好むところだ。任せる。行け」

弥蔵が勇んで地を蹴った。七月十日の昼前のことになる。


遡ること五日。

幻庵らが久野屋敷を発ち、蒲原の寺に向かっていた七月五日――。

《かまきり》らは、一旦甲斐府中に戻ると、若神子(わかみこ)から甲州往還に入って平沢峠を越え、一気に野辺山原(のべやまはら)を横切り、海ノ口に出た。

ここまで十六里(約六十三キロメートル)。既に日は沈み掛けていたが、行く先は甲斐府中から六十二里(約二百四十三キロメートル)の三国街道の関(せき)である。遠い。

「だから、俺がいるのよ」

闇の日疋が言った。日疋は、闇夜でも道端の小石の大小を見分ける目を持っていた。

「先導を頼む」

千曲川沿いに五里（約二十キロメートル）走って、その夜は露宿した。

翌六日。夜明け前には走り出した寒洞らは、沼田の手前まで二十六里（約百二キロメートル）を走り、余力で三国峠を越え、二居峠に差し掛かっていた。

日は落ちている。暗闇と化した木立の中から時折四つ脚の獣が走る物音がしていた。

「参ったな」と寒洞が呟いた。

総勢十五名が山犬に取り囲まれていた。

「三十か四十四はいるぞ」日疋が言った。

「そんなに、ですか」

寒洞に応え、四方津が懐に手を入れた。

「何匹いるか炙り出してやるから、皆、木に上がれ」

十五の影が木立に跳び移った。

ぽっと闇の底に小さな火が灯った。それは僅かな風に乗って漂いながらひとつがふたつになり、十ばかりの火となって、木立の合間を流れて行った。綿に縒りを掛け、燐を塗って乾かしたものを流したのである。火の明かりを宿し、山犬の目が緑に光って見えた。数は、木立の上に逃げた影の倍よりたくさんいた。

「集めるか」

仟吉が細い蔓を放り上げた。太い枝を越え、落ちて来た蔓の端を掴むと、一匹目掛けて棒のように投げ付けた。山犬の首に回っている。牙を剝き、四肢で踏ん張ろうとするが、仟吉の力に負け、ずるずると引き寄せられ宙に浮いた。数匹の山犬が、吊り下げられ伸び切った山犬の下肢のにおいを嗅いでいる。一匹が嚙み付いた。二匹目がもう片方の脚に嚙み付いた。三匹目が腹に飛び付いた。腹が裂け、腸が汚れた帯のように垂れた。血のにおいに誘われたのか、山犬どもが集まり始めた。

「仕上げは任せた」

仟吉が日疋に言った。

「礼を言うのか」

「似合わぬものはいらん」

日疋は枝から枝に飛び移り、風上に回ると、数間離れた木の幹に棒手裏剣を投げ付け、追うようにして二本目の棒手裏剣を投じた。二本目が一本目の棒手裏剣に当たり、火花が散った。その瞬間辺り一面が火の海になった。微粉末にした火薬が宙を埋め尽くして漂っていたのだ。炎に包まれた山犬どもが、逃げ場を失い、飛び跳ねている。

十五人の手から棒手裏剣が飛び、すべての山犬が骸となった。

「やはり血のにおいはよいな」四方津が寒洞に言った。「心が安まる」


《かまりの里》の者が、山犬を退治した六日――。

幻庵らが蒲原の寺を発ち、安倍川を渡り、藁科川に入り、巣雲衆の集落に向かって駆けていた頃――。

軒猿の小頭・間淵は、配下の軒猿三人と沼田近くの黒根峠にいた。

虚空目掛けて鏑矢を射続けて二日になっていた。宇佐美定満の屋敷に呼び出された日を含めると五日目になる。指定された六日目は明日である。沼田では、射る場所が悪かったのか。だが、今更場所を変えてもどうなるというものではないだろう。

「もそっと高く射上げてみよ」

間淵が白い雲を指差して軒猿に命じていた時、足許で堅い音がした。小石が跳ねたらしい。

何だ？

辺りを見回した。誰もいない。気のせいか。落ちた鏑矢を拾いに行っていた軒猿が戻って来た。誰ぞ見なかったか、と訊くと、答える前に軒猿が間淵の背後を指し、誰だ、と叫んだ。

慌てて振り向いた間淵の目にひとりの男が映った。柿渋を塗り重ねた笠を被り、濃い藍色の筒袖を身に纏い、背丈程の杖を手にしている。山の者の姿である。

「七ツ家の御方か」

「お手前は？」男が言った。

「某は、越後国春日山長尾家から参った者で、名は間淵と申す」

「すると軒猿と呼ばれている忍びの衆ですかな？」

身のこなしで分かる、と男が言い添えた。

「まさに。ここへは役目で参ったのだ」

「手前は七ツ家の泥目。お手前をここに使わしたのはどなたであろう？　国主様か」

「枇杷島城主・宇佐美定満様でござる」

「では後のことは、別の者が宇佐美様から伺うことにいたす」

背から藪に潜ろうとする泥目を呼び止め、それでは間に合わぬのだ、と間淵が言った。

「どういうことか」

間淵は、景虎がいずこかの山に入り、そのことを他国の間者に知られてしまったことを話した。

躑躅ヶ崎館に忍ばせていた軒猿の知らせが春日山に届き、《かまきり》が景虎を追って山に入ったことを、宇佐美定満の使いから間淵が聞くのは、この翌々日の早朝になる。

「居所の分からぬ御館様を、一刻も早く春日山に落としてもらいたいのだ」

「話は分かったが、ここには我らしかおらぬでな。暫し待ってくれぬか」

「我らと言われたが、どこに？」

「それは言えぬ。まだお手前を十全に信じられるか否か、分かりませぬゆえ」

「ひとつ、そなたらは武家の出なのか。話しようが山の者とは思えぬが」

「それも申し上げられません。では、暫時ここでお待ちくだされ」

「待てぬ、と申したではないか」

「手前の役目は終わった。お手前の申しようは、伝えておく」

「泥目殿……」

泥目が藪に消えると間もなく、四囲の藪が微かに騒いだ。そこに別の者がいたと知らせたのだ、と間淵は思った。気配がまったく読めなかった。七ツ家の力を見せ付けられた気がした。

泥目が藪に消えた頃――。

景虎らは、月草の小屋を発って四日目の夕刻を、大川の畔の鹿渡から僅かに山中に分け入った窪地で迎えていた。

草庵はふたつ建てた。

ひとつには景虎、堀部右近、一貫斎と無坂、月草、真木備のうちのふたりが、もうひとつには亦兵衛、夜兎、小伝次、甚八、矢作と無坂、月草、真木備のうちのひとりが入り、毎夜軒猿と山の者が四方を見張った。

景虎は余程山に惹かれたのか、近くにいる無坂らにいろいろ尋ねた。

――川の近くの方が、水汲みが楽であろう。何ゆえ、離れたところに草庵を建てる？

水辺は里の者が通る。姿を見られては厄介であること。また、ふいの雨降りで川が

増水することなどを話すと、山に入って三日目、即ち五日の午後に雨が降った時、

――どれくらいで水嵩(みずかさ)は増えるのか。

と訊き、増える様を見たいからと川辺で水嵩が増えるのを待ったことがあった。川上で降ると、凡そ一刻半(約三時間)から二刻で濁流になる。待っていると、ゆるやかに水嵩が増え始め、増えたと思った途端、今まで半分程川面から出ていた岩を呑み込み、濁流が音立てて流れてきた。

景虎が膝を打って、成程、と声を上げた。

――川中島でも雨降りの後、水嵩が増えたことがあったが、川幅があり過ぎてもうひとつはっきりとは分からなかった。このように山中で見ると、よう分かる。ために なったぞ。

もう降らぬか。景虎が空を見上げた。

雲の流れなどから、雨雲が去ったことを教えると、ならば、と川辺での露宿を求めた。一貫斎が渋々頷いたので、その夜はその地に草庵を建てた。

――雨は面白いの。

翌朝になっても言う景虎を見て、

――雨がお好きなようだから、雨の森をお教えしたらどうだ？　真木備が無坂に小声で言った。

一貫斎が素早く真木備を見たが、遅かった。

――それは何だ？

朝餉の雑炊を啜りながら景虎が言った。

――覚えておけ。身共の耳は、囁き声も聞き逃さぬのだ。

月草が代わって答えた。

――龍穴に行く途中にございまして、
夜露や川霧が枝や葉を濡らし、雫となって落ちてくる様が雨降りのように見えるところだった。

――見たことがないぞ。そのようなものは。

景虎が右近に、どうか、と訊いた。右近も見たことがないと答えた。

――甲斐の釜無（かまなし）川の奥にも、雨の森と呼ばれるところがございますが、こちらの方はもっとすごいものです。

――甲斐よりすごいとは気に入ったぞ。

――霧は秋か冬ではないのか。右近が月草に言った。

――水の中と外とで、中の方が温かいと湯気が立ちます。それが川霧でございます。秋冬とか夏とかに関わりなく、よく晴れて風が凪いで冷え込んだ早朝に、川霧は湧くようでございます。

――見たことは？

――ございます。

身を乗り出している景虎に一貫斎が言った。

――御館様。これ以上寄り道をいたしますと、春日山へ戻るのが遅うなりますが。

――身共は、帰るなどと一言も言っておらぬぞ。

――では、ございますが……。

――身共は幼き頃、寺に入った。その後、館と城に入った。だが、どこにあっても足らぬものはなかった。何でも揃っていた。それが、ここではどうだ？　住む屋敷どころか、食するものも揃うておらぬ。酒も飲み尽くせば、ないと言う。こんなことは初めてなのだ。この足らぬ心地よさをもう少し味わわせてくれ。その後のことは、また後で考えるゆえ。

――承知いたしました。

雨の森は大川を渡り、中津川に沿って一里（約四キロメートル）余南に下った東にあった。中津川と釜川というふたつの川に挟まれた森で、ふたつの川を繋ぐ小さな川が網の目のように流れていた。

「龍穴は、この先なのか」

中津川沿いに歩いていた時に、景虎が前方を指差して月草に問うた。

「左様でございます。凡そ四里（約十六キロメートル）程かと……」

答えていた月草がふいに言葉を切り、あっ、と声を上げた。

「何とした？」

「…………」月草が、無坂と真木備を見た。

「申せ」景虎が足を止めた。

「龍穴でございますが、あの龍穴は吉をもたらすだけではなく、凶をもたらすこともある、と聞いたことを忘れておりました」

「何だと」

月草に詰め寄ろうとした右近と一貫斎を、景虎が制した。

「却って面白いではないか。身共は毘沙門天の生まれ変わりだ。凶なるものが湧いて出たならば、吉に転じてくれよう」

楽しみがひとつ増えたぞ。景虎が、大きく足を踏み出した。

「雨の森を見たら、龍穴ぞ」

第三章　龍穴

一

一

翌七日。《かまきり》の寒洞らは、残る八里（約三十一キロメートル）を走り抜き、片瀬が山の者・月草と真木備に倒された地に辿り着いた。

七年前の天文十八年（一五四九）、馬場民部の屋敷に潜んでいた軒猿を追った片瀬が、ふたりの手に掛かり果てたのだ。

「間違いないか」

寒洞が透波の伝三に訊いた。片瀬の亡骸を見付けた、追っ手唯一の生き残りである。

「相違ございません」

「この辺りで山の者を見掛けた者がいないか、探せ」

加久間と壮十郎に透波九名が四方に散った。

「片瀬に忍びの太刀捌きを教えたのは儂だ」と四方津が言った。「彼奴が山の者連れに後れを取るとは思えぬが」

「背後から刺されたと聞いております」

「そうだろう。正面から向き合うて負けるはずがない」

「しかし、槐堂様と牧瀬に那宜、菅引の三兄弟も倒されているのですから、油断はならぬ方が……」

「と言うておるぞ」四方津が日足と仟吉に言った。「槐堂のことだ。詰めが甘かったのだろうよ。が、儂らは違う。いいか。《かまきり》は最強でなければならぬのだ。今に儂らの力の程を見せてくれるから楽しみにしておれ」

日足に合わせて仟吉が笑った。

透波らが聞き歩いたが、その日は月草と真木備はおろか山の者を見たことのある者すら見付けられなかった。

「そんな馬鹿なことはない。恐らく関わり合いになるのを恐れ、嘘を吐いているのだ。明日もう一度聞き回れ。少しでも不審な素振りがあれば、責めてでも聞き出せ」

八日になった。

夜明けとともに散った透波のひとりが、一刻後、古刹・関興庵に薬草を届けている山の者がいることを聞き付けて来た。

「任せろ」

四方津が、薬草を求めている老爺に化け、関興庵の住持から月草と真木備の名を聞き出したが、住持にしてもどこに塒を構えているかまでは知らなかった。

どこを探すか。思案を巡らせている寒洞に仟吉が言った。

「景虎は酒好きと聞いたが」

「そのようです」

「酒なしでいられるのか」

「粟と稗という訳にもゆかんだろうな」日足が言った。

「街道筋を当たれ」寒洞が透波に命じた。「皆を集めたら、俺たちも行く。先に行け」

飛火炬(とびひこ)が虚空に放たれ、破裂し、赤い煙が流れた。戻れ、の合図である。壮十郎や透波らの足音が近付いてきた。

寒洞がこれまでの経緯を話していると、四方津が西の方を見遣り、こっちだな、と言った。

「山が濃い……」

言い終わらぬうちに街道に走った透波が、跳ねるような足取りで戻ってきた。

「五日前、軒猿と覚しき者が酒と米を買っております。その者らは山の者が使う蔓の籠に、瓶と米と味噌、塩に干した菜などを入れていたそうです。言葉遣いも違い、脚(あし)

拵(ごしら)えをしていたので、他国の者であろうと申しておりました」

「いずこの方に向かったか、訊いたか」

「大川の方ではないか、と」

西か。寒洞が、四方津を見てから西の山を見上げた。五日前と言っても、歩き続けている訳ではない。いずれ近くにいるはずだった。

「追い付いたようなものだな」と四方津が寒洞に言った。「儂らも大川に向かってみるか」

走りながら景虎の気配を探る。そうと決め、走り出したところで、西方の十二(じゅうに)峠を下りてくる女の群れに目がいった。七人いた。杖を持つ者もいれば、山刀を帯に差している者もおり、半分の者が背に籠を負っていた。際立っていたのは脚拵えだった。厚手の脚絆と足袋(たび)が目を引いた。山の者であるらしい。

先頭にいた女が寒洞らをちらりと見てから、後続の女どもに道の隅に寄るように言い、行き過ぎようとした。

「其の方らは、山の者か」寒洞が先頭にいる女に声を掛けた。

女が挑むような目をして頷いた。女の額に古い傷痕があるのを寒洞は見逃さなかった。傷痕は×の形をしていた。

「どこから来た？」

「……鹿渡でございます」

大川の畔にある村落の名だった。

「その辺りか、ここまでの間で山の者を見なかったか」

「……その者の名は？」

「聞いて何とする？　庇い立てするとためにならぬぞ」

「あしらに、庇う者などおりません」

鼻先で笑った女が、ふと真木備の名を口にした。

「まさか、ね」

「どうしてその名を。仲間か」

「本当に真木備なのですか」女が寒洞らを見回した。「探しているのは？」

「だったら、何とする？」

「仲間だなんて、冗談じゃない」

奴らに、集落の者が皆殺しにされたんだよ。あしらは、その生き残りだよ。何で仲間なんぞであるもんかい。あっ、と呟いて女が寒洞を見た。

「もしかすると、越後の国主様と関わりがある話なのかい？」

男どもが息を呑み、ざわと揺れた。

「汝(うぬ)は、何ゆえそれを？」

「皆様は、武田の御方ですか」

「聞いたら命はないぞ。それでも訊くか」

「槐堂様をご存じで？」

まさか女の口から前の棟梁の名が出るとは思いもしなかった。再び寒洞らが、驚きの声を上げた。

「其の方、何ゆえ槐堂様を知っているのだ？」

「ご覧ください」

女が懐から革の袋を取り出し、差し出した。

天文二十二年（一五五三）、北信濃の葛尾城で槐堂から手渡された碁石金を入れた袋だった。

「この碁石金のお蔭で、あしらは今生きていられるのです。槐堂様は恩人でございます」

「槐堂様のものに間違いない」壮十郎が言った。

「その頃、確かに葛尾城に詰めておられた」加久間が言った。

「槐堂様は？」

一瞬言い淀んだ後、寒洞が無坂と二ツなる者に殺されたことを話した。

「その無坂は、憎い仇の片割れにございます」

「其の方の名を聞かせてくれ」

「あしは鳥谷衆の野髪。棟梁を務めております」

「男衆はおらぬのか」

「真木備らに皆殺しにされました」

「それだけではございません」伊吹が言った。「九日前になります。ともに生き延びてきた者が、国主様の供の者に斬られてしまったのです」

野髪が続けた。

「供ひとりを連れて春日山を出てきた僧を見て、国主様だ、と気付いたからです」

六女の亡骸に土を被せ、急いで後を追った野髪であったが、まさか犬伏に軒猿屋敷があり、そこに寄り、身形を変えようとは思いもしなかったので、見失ってしまったのだった。それでも、まだ近くにいるはずだから、と歩き回っていたのである。

「どうして景虎の顔を知っている？」

「あしらは高田の近くの者です。出陣するお姿を見たことがあるのです」

何て巡り合わせなんだい、と野髪が拳を握り締めた。

「あしらは、真木備にも国主様にも恨みがあるのです。何でもいいですから手伝わせてください」

「走れるのか」

「あしらは山の女でございますよ。足手纏いにはなりません」

ところが、と寒洞が言った。

「居所が分からぬのだ。山の中としかな」

「この先の山は深い。どこから探したものかと思案していたところだ……」壮十郎が言った。

「あしらの来た方へ行ったのですか」

野髪が峠に続く道を振り返った。

「らしいのだ」

「真木備が案内しているのですね？」

「そのはずだ」

「国主様です。兵も連れずに遠出はしないですよね？」

「であろうな」

「ならば、見当が付きます」

野髪が、頬を吊り上げるようにして笑った。

「実か」日疋が訊いた。

「供ひとりで山に入る。そんな国主様を案内するとしたら、あしならあそこしか思い当たりません」

「どこだ？　早く言え」寒洞が責付いた。

「龍穴と言われているところです」

この辺りを朝発てば、日暮れまでには着けるところだ、と野髪が言い添えた。

「何ゆえ、そう思う。事と次第によっては信じよう」四方津が言った。

「聞いた話ですが、よろしいでしょうか」

「申せ」寒洞が言った。

「あしらの周りにも、あしらが動き回っているこの地にも気というものが流れています。あしらが病に罹るのは悪い気が流れているからで、至極心地がよい時は、よい気が流れているからだそうです。地にはたくさんの気が流れています。山の頂で生まれ、峰伝いに走っている、その気の流れを龍脈と言うのだそうです。それらあちこちに流れている龍脈が集まり噴き出してくるところを龍穴と言い、その龍穴に住めばよい気に包まれるので栄えます」

　手短に話せ。寒洞が言った。

　ここからで、ございます。野髪が続けた。

「ですが、その地を龍穴だと言っているのは限られた衆だけで、多くの衆は違うと言っています。留まっていると分かるのですが、何かがいるというか、あるというか、他とは何かが違っている。確かに吉穴の相に見えるのですが、時には凶穴にもなるという恐いところなのだそうです。皆が恐れて行かない。だからこそ、国主様は引かれるに違いない、と思ったのです」

「女」四方津だった。

「はい……」

「そこだ。間違いない」

「信じてくれたのですね」

「其の方、行ったことは？」

「一度ございます。先程の話は、その時に聞いたことでございます」

「うむ」

　龍穴とは、越後の龍の喜びそうなところではないか。四方津が寒洞に言った。

「凶穴にしてくれましょう」

寒洞は透波の吉兵衛に沼田まで走るように命じた。沼田にある忍び小屋に行き、小屋番を甲斐まで走らせるためである。五明ら高野山に向かった六人が甲斐に戻るにはまだ日にちはあったが、どこでどうなっているのか分からない。己らの行き先を知らせておかねばならなかった。

「どれくらいで着く？」

「夕刻頃には着けるか、と」

「小屋で甲斐の指示を待ち、我らを追え」

「承知いたしました」

「龍穴に行くぞ。案内せい」野髪に言った。

「走るよ」

野髪が女たちに言った。女たちが一斉に駆け出した。脚が上がっている。速い。足袋の底にも、草鞋の裏にも厚い綿が入っているらしい。小石を構わずに踏み、蹴散らしている。

寒洞らは、十二峠を越えると、清津川沿いに大川へと駆け、西に折れた。中津川の瀬音を聞きながら息を整える。残すところ四里（約十六キロメートル）程である。

下草が折れ、人が通ったと思われる獣道が、東に延びている。寒洞は見逃さなかった。足を止め、野髪に訊いた。

「こっちには何がある？」

「確か雨の森と呼ばれるところがあったと覚えております」

野髪が名の由来を話した。

「龍穴に通じているのか」

「いいえ」

人の気配があったのである。どうするか、行ってみるか。瞬時迷ったが、寒洞は先を急ぐことにした。景虎が館を出た二十八日を含めると、既に十日になる。龍穴を確かめることが先だった。

「出立だ」

寒洞は、野髪に言い、跳ねるようにして続いた。

もしこの時、雨の森に行けば、川霧を待って二日目を迎えていた景虎らと行き合ったのである。

その雨の森では——。

「霧は出ませんな」

一貫斎が、岩に座って森を見回している景虎に言った。

そこは栃の古木が朽ちて倒れ、ぽっかりと空が広がっている場所だった。草庵は、古木と大岩の間に建てられている。火を焚いても、古木が一方の壁となり、明かりを漏らさぬからである。

「明け方だが、冷えたと思わぬか」景虎が、一貫斎に訊いた。

「幾分かは？」

「いや、冷えた。春日山ならば、九月の末か十月の頃合であろう」

蟬の鳴き声も昨日から聞いていない。

「後一日か二日でお諦めいただきたく存じますが」

「空を読めるか」

「いささかならば」

「明日は晴れるか、曇るか」

「晴れましょう」

「よう分かるな」

筋雲やうろこ雲が出ていれば翌日は雨とか、朝焼けは雨になり、夕焼けは晴れるとかございますので、それらを見ておくのです。例えば煙ですが、と言って焚き火から立ち上っている煙を指した。

「真っ直ぐ上れば晴れ、西に棚引くと雨になる、と言われております」

「霧は、いつ出るのだ？」

「はて、霧までは……」

「訊いてみようではないか」

景虎が、辺りを見回し、月草に目を止めた。

「霧だが、いつ出るか分かるか」

「大凡は」

「大凡とはどういうことだ？」

「霧は、その土地土地で出方が違いますが、出るか否かの見当は付くのでございます」

「明日はどうだ？」

「暫しお待ちください」

月草は真木備と無坂を呼び、三人で空を見上げたり地面を見てから、明日は、と言った。

「もしかすると、霧が出るかもしれません」

「おうっ」と景虎が、小さく吠えた。「して、その訳は？」

夜中に、僅かだが雨が降った。地面に湿り気がある。明日は晴れそうな具合である。もし今朝のようにか、それ以上に朝方冷えた時には、霧が出るはずだ、と答えた。

「何分、ここは住み慣れた土地ではございませんので、確かなことは申せませんが、そのように思います」

「どの土地でも、大凡なら分かるか」

「はい。しかし、正確なところは土地に長く住んでいる者にお尋ねになるのがよろしかろうか、と存じます」

「霧は必ず晴れるものだが、晴れる刻限も分かろうか」

「土地の者なら、ほぼ分かりましょう」

「霧は待っていれば必ず晴れ間か、切れ間が来ます。待てずに動くと、迷子になります」真木備が言い添えた。

「それでも動きたい時は、何とすればよい？」

「道に目印を付けておけばよいのです。例えば、石仏を置くとか、岩に印を彫るとか」

「ためになった。やはり訊くものよな」

「ようございました」月草が答えた。

「いつか、先のことだが、其の方の小屋に呼び出しを掛けることがあるかもしれぬ。その時は、直ぐに春日山に駆け付けてくれ」

「はっ」月草と真木備が答えた。

月草らが離れるのを待ち、一貫斎が小声で尋ねた。

「お戻りになられる、と解してよろしいのでございましょうか」

「勿論だ。此度のことは、彼奴どもを懲らしめてやるだけだ。戻る」

「ようございました。安堵いたしました」

「決めた。明後日の朝には龍穴に移るぞ」

まだもう一日ここにいるのか。すると……。一貫斎は景虎が春日山を出てからの日数を数えた。出奔したと探し始めたのが二十九日。その日を含めると、今日で九日になる。甲斐か相模が出奔に気付いたとしても、まずは高野山を調べているはずだ。まさか、山に入ったとは考えまい。景虎を春日山に戻すだけの刻(とき)は十分にある。

「承知つかまつりました」

一貫斎は、地に片手を突いた。


その頃――。

透波の吉兵衛は、日の落ち掛けた三国街道を沼田に向けて直走っていた。夜になろうとしている街道を行く者は、他にはいない。振り返らなくとも、尾けて来る足音はない。思う存分、足を前に蹴り出した。

しかし、足音を立てずに尾けている者がいた。七ツ家の泥目だった。厚く綿を仕込んだ草鞋で足音も立てずに走っていたのである。離れて七ツ家と軒猿の間淵らが追っている。

この少し前、泥目が間淵と束ねの勘兵衛らを引き合わせていた。七ツ家は、束ねの勘兵衛に小頭の源三、そして泥目、市蔵、天鬼坊、土蜘蛛、樫鳥という顔触れであった。依頼を受けた勘兵衛が、月草の小屋に向かおうと三国街道に出たところで、三国峠を越えて来た忍びに気付いたのである。

「軒猿ですか」

「いや」間淵が言った。

「ならば、甲斐の透波ですかな」

「捕らえねば」

「様子を見ましょう。あの走りは、遠駆けではないようです」

足の上がりと跳ねに無理がある。あれでは一日しか走れない、と源三が言い添えた。

勘兵衛が泥目に尾けるように言った。儂らは、後から行く。

吉兵衛は沼田に入ると歩みに換え、利根川の畔にある小屋の戸を叩いた。

「甲斐の忍び小屋だな」

追い付いた勘兵衛が、泥目に囁いた。戸口まで五間（約九メートル）。中の声は聞こえない。闇が濃くなり始めている。

《かまきり》や透波らが寝泊まりする時のための無住の小屋の他に、《支配》の命を受けた透波が土地の者のように暮らしながら透波働きする機を待っている小屋も各地に用意されていたのである。春日山から甲斐へと知らせに駆けた透波も、こうした土地に根付きながら透波働きをする者であった。

「どうしましょうか」泥目が勘兵衛に訊いた。

「何人いる？」

「気配からすると、待っていたのがひとり。併せてふたりでしょう」

「裏口は？」

「まだ調べておりません」

「気付かれるといかん。このまま待つぞ」

「配下の者に調べさせるか」間淵が言った。

「今は動かずに」

「しかし……」間淵が言った。

「向こうは先を急いでいます。今頃は心急くまま甲斐への言付けを伝えているはず。出て来たところを捕らえて吐かせましょう」

「刻がない。直ちにやっては？」

「秘密はひとりよりふたり知っていてもらった方が吐かせるのに楽。ほんの暫しのことです。待ちましょう」

勘兵衛が風向きを見た。小屋に向かって僅かに吹いている。

「市蔵、《風泣き》だ」

市蔵は頷くと、皆から離れた。干した竹を細かく碾き、風に載せて飛ばす。それが

《風泣き》だった。目潰しである。当てるのは、胸でいいぞ」

「源三、飛礫の用意をしろ。当てるのは、胸でいいぞ」

「俺にも何かさせてください」天鬼坊が言った。

「お前は駄目だ。殺したら聞き出せなくなる」

天鬼坊の得意技は、三日月型をした細身の山刀を投げることだった。それは父親から受け継いだもので、市蔵も同じであった。

小屋の戸口に人の気配が生じた。と同時に、市蔵の手許が煙り、小屋に向かって霞のように棚引いた。

戸が開き、足拵えをした野良着の男が辺りを見回すようにして出て来た。男と、見送ろうと戸口に立った男が、うっと呟いて目を押さえた。ふたりの胸に飛礫が飛び、飛んだ時には源三が五間の間合を詰めていた。

崩れ落ちたふたりを小屋の中に運び入れている間に、市蔵と土蜘蛛と天鬼坊と軒猿の三人が見張りに散った。

ふたりを縛り上げ、口に竹を嚙ませた。ひとりずつ目に入った細かい竹を洗い流してやり、己らの顔を見せた。儂らが誰か、分かるか。

竹を嚙まされていても舌は動く。呻くような声で訊いた。

「風魔、か」

勘兵衛が首を横に振った。

「今川、か」

「武田と縁のある山の者だ」勘兵衛が言った。

「七ツ家か」

天文十一年（一五四二）のことになる。諏訪総領家の当主・諏訪頼重の正室・禰々(ねね)御料人の依頼を受け、躑躅ヶ崎館から諏訪家の継嗣・寅王(とらおう)君を駿府の武田信虎の許に落としたことが、七ツ家と武田の忍び、《かまきり》と透波の戦いの始まりであった。

「儂らは忍びとは違う。正直に話せば、殺しはせぬ。甲斐に何を知らせようとした？」

「命が惜しくば、話せ」源三が言った。

「話しても話さなくても殺すつもりであろう。誰が話すか」

「話してくれれば、儂らは殺さぬ」勘兵衛が言った。「だが、済まぬが、縛ったまま置き去りにする」

「近くの者と付き合いはあるか」源三が野良着に訊いた。

「ない」

「訪ねて来ることは？」

「滅多にない……」

「気の毒だが、その滅多に来ない者が来てくれることを祈れ。賭けだ」源三が言った。

「儂らは、お前が話してくれたことを信じ、動く。お前らが助かり、甲斐に走ったとしても間に合わぬ。儂らの動きは速いからな。甲斐で何が待っているか、分かるな。透波の命など、ないも等しいはず。見せしめで殺されるだろう」

「西国に逃げろ。透波としての技量を生かし、どこぞに仕えるのだ。運が開けるかもしれぬぞ」源三が、それぞれに諭すように言った。

「今、話してくれた時のことを言ったが、話さなかった時のことを教えよう」

勘兵衛が刀を抜いた。

「刺す。刺して抉る。それだけだ」

「決めろ」源三が言った。

三国峠を越えて来た透波が、野良着の透波を見た。互いに見詰めている。

「言う……」と野良着が言った。

「お前は？」走って来た方の透波に訊いた。

「言う」

「では、ひとりずつ訊く。もし話が違っていたら、ふたりとも血達磨になるだけだ。よいな」

野良着の襟を摑み、外に引き摺り出した。

ひとり残った透波に訊いた。

「彼奴の名は？」

「……仁三郎」

「お前の名は？」

「……吉兵衛」

「何を知らせようとした？」

「…………」

「今更、どうした？」

「景虎は、龍穴に向かった。それだけだ」

「龍穴？」間淵が訊いた。

後で、と間淵に言い、いつどこから駆けて来たのか、と勘兵衛が畳み掛けた。

昼前に、十二峠の手前からだ、と吉兵衛が答えた。

吉兵衛を外に出し、仁三郎に訊いた。同じことを話した。

「よく話してくれた。約した通り、このまま去るゆえ、上手く生き延びてくれ」

ふたりを柱に縛り付け、猿轡を外すと、それぞれの傍らに水を入れた桶を置いた。

「水を飲んでいれば、五日、六日は保つ」

「殺さんのか」間淵が訊いた。

「約定は守らねばなりません」

「……やはり山の者よな。御館様が肩入れするのも無理はないの」

肩入れ、の意味が分からなかった。尋ねた勘兵衛に後で話す、と答えると、急ごう、と間淵が言った。間に合わねば、首が飛ぶ。

勘兵衛らは、小屋を後にした。

「このままでは、とても落とせぬ。こっちも賭けに出るぞ」

三国峠を越え、浅貝を過ぎた辺りから山に入ることにした。西に四里半（約十八キロメートル）も行けば、中津川に出るはずだった。龍穴は中津川を越えた先だ、と間淵に教えた。

「道は、あるのか」

「そんなものは、ありません。それが山です」

二

同八日。夕刻。

《かまきり》の寒洞らは倉前を過ぎ、中津川を渡ったところであった。日は既に山の端に掛かっている。日没まで僅かである。更に行こうとする野髪を、寒洞が止めた。

「後、どれくらいだ?」

「日は落ちてしまいますが、一刻半(約三時間)もあれば着けるかと」

寒洞が目の前にそびえている倉高山を見上げた。倉高山は、龍穴の北を守る玄武の山である。

「山を越えるのか」

「裾野を巻くように行きます。龍穴への北の入り口、玄武口に出るのです」

「そこにいると言うのか」

「いいえ。その少し奥です」

気が噴き出す龍穴のあるところは、明堂(めいどう)と言って木立に囲まれた気持ちのよい開けたところです。人の背丈程はある大きな岩の底に穴が開いていまして、そこから気が噴き出すのだ、と言われています。腰程の高さの岩はたくさんありますが、背丈程の岩はそれだけですので、直ぐに分かります。間違いなく真木備や国主様は、その岩の近くにいるはずです。

「分かった。今夜はここで休み、夜明けとともに襲う。いかがですか」

寒洞が四方津らに訊いた。

「暗くなると日疋が喜ぶが、ここは明朝襲うべきだろうな」仟吉が言った。

「俺もそれでいい」

日疋が頷いて答えた。

「夕餉の仕度だ」

寒洞の命を受け、三人の透波が取り掛かった。

「鳥谷衆のもだぞ。となると、すごい量だな」

寒洞らが十四人、野髪らが七人。併せると二十一人分になる。

「ありがとう存じます」

野髪らは、夕餉の仕度が整うまでに、夜露を凌ぐだけの草庵を建てた。雨は降りそうになかったので、油紙は屋根には掛けずに、身体に被せることにした。

粟と稗と野草の味噌雑炊が直ぐに出来た。三つの鍋一杯に作った雑炊を食べ終えると、野髪は寒洞に呼ばれた。

「玄武口の先がどうなっているのか、話してくれ」

「あしも、国主様たちが明堂にいない時のために、周りの様子を話しておこうと思っておりました」

「いないことなどあるのか」

寒洞らの目に焚き火が映り、きらきらと燃えている。

「吉穴と見れば必ずおられましょうが、凶穴と感じれば、吉凶が転ずるのを離れて待つかもしれませんので」

「そうか……」

「ご覧ください」

焚き火脇の地面に楕円を描き、北に当たるところに×を描いた。

「これから行く玄武口です」

右側に×を描いた。この辺りに龍穴を守る小高い砂がありますさ。砂とは山のことです。東を守るので、青龍。対して、西にも砂があります。白虎です。南にもあります。朱雀すざくです。

「四方を山に囲まれているのですが……」

それぞれに、通り道があります。これからあしらが通るのは玄武口。他のは、青龍口、白虎口、朱雀口です。口と言いましたが、獣道があるだけで、木立に覆われていますので、そのおつもりでいてください。

「それぞれの口はどこに通じているのだ？」

「青龍口の先は中津川で、今あしらのいるここに通じています。白虎口は南に回ると朱雀口に繋がっています。朱雀口を南に下ると湯治場に、更に下ると大笹から沼田に通じている街道に出る、と聞いています」

幻庵らがその道を強引に北上して来るのは、二日後のことになる。

「よし、呑み込んだ」

「奴どもを討ち取った時は、褒美をやらんとな」日疋が言った。

「そんな、あしらは真木備たちを殺れればそれだけで十分ですので」

「その気になったらでいい」と寒洞が言った。「甲斐に訪ねて来い。細作として身を立てさせてやるぞ」

野髪は丁寧に礼を言い、草庵に戻った。小さく切った囲炉裏の火を囲んで、伊吹や真弓らが寄り添うように寝ていた。

明日になったら仇を討てるんだ。

ふと、太郎はどうしているだろう、と思った。思っても、詮無いことだった。気を取り直し、目を閉じた。

九日。夜がまだ明け切らない暗がりの中で透波が火を熾し始めた。

「熾がございます」草庵から出て行く真弓の気配で、野髪は目を覚ました。

真弓が枝を火箸にして熾を持って行った。すまぬ。いいえ。何気ない受け答えだった。随分久し振りに聞いたような気がした。

そんな日もあったんだね。思った時、暗がりの底で火が灯った。起き上がると油紙がばさっと音を立てた。真弓と透波が離れた。

草庵を壊しているうちに朝餉が出来た。熱い雑炊が腹に沁みた。急いで食べ、出立の仕度をしていると、真弓の声が聞こえた。

「姉さ、霧が出て来たよ」

「嫌だね。見通しが利かなくなっちまうじゃないか」

「行くぞ」

寒洞が、ここからは、と野髪らに言った。

「後ろに付け」

寒洞は先頭に立つと、科（しな）の木や栃の木の枝を掻い潜るようにして駆けた。背後に続く足音を今更ながら聞き付け、ちっと舌を鳴らした。人数が多過ぎるのだ。しかし、舌を鳴らした半分は、霧に対してでもあった。濃くなっている。

藪を、木立を擦り抜け、山裾をうねるように続く獣道を駆け、下りに入った。木立の先が霧で見えない。足許を見詰めながら走った。

獣道は栃の巨木の根方で途切れ、そこから霧に閉ざされた藪が広がっていた。

透波のひとりが南を指差した。黒い大きな影があった。大岩であるらしい。

あれか。野髪に龍穴か、と訊いた。野髪が頷いた。

「龍穴か何か知らんが、気など出ているようには見えぬが」四方津が言った。

「行けば、心持ちがよくなるので分かると存じます」

「水の気配がするな」仟吉が霧を透かし見ながら言った。

野髪が霧に埋もれた藪を指し、倉高山に源のある幅一間（約一・八メートル）の川が流れていることを教えた。

「龍穴の脇を流れ、そのまま明堂の中程で小さな池を作り、朱雀口まで流れています」

「三方に分かれ、龍穴を取り囲むようにして襲う。川沿いを《かまり》のお三方に頼みます。加久間と壮十郎は透波三人と西から回ってくれ。相手が敵か味方か分からぬ時の合い言葉は、鎌と鍬だ」

「承知」壮十郎が言った。

「俺は青龍側から行く。鳥谷衆も離れて付いて来い」

野髪と女どもが頷いた。

「では、龍穴で」

加久間と壮十郎と透波三人が、霧に煙る藪に飛び込んだ。《かまり》の三人も霧の中に消えた。

「続け」

寒洞は透波に言い、藪へと入った。野髪らが少しの間を空けて続いた。

木立の先に、霧に霞んだ大岩が見えた。

「《かまり》らに臆せず、景虎を倒し、名を上げろ。よいな」

　寒洞は低く答えた透波らとともに藪を潜った。野髪らは、音を立てぬよう足許に気を付けながら寒洞の後を追った。

　野髪らが大岩に着いた時には、寒洞と四方津らを残し、透波らは霧の中を四方に散っていた。

「おらぬではないか」寒洞が野髪に言った。

　霧の中から人影が浮き出て来た。透波だった。透波が、辺りに人のいた痕跡がないことを告げている。

「この先に湯治場があると申していたな？」四方津が野髪に訊いた。

「そこは、ここを通らねば行けぬのか」寒洞が訊いた。

「いいえ。中津川を南に下った方が早いですが」

「そこかもしれぬ」

「此奴(こやつ)らを信じてよいのか」日疋が言った。

「致し方あるまい。ここまで来てしまったのだ」

「雨の森へと人の通った気配があったが、まさか追い越したのでは？」寒洞だった。

　雨の森を調べるのなら、戻らなければならない。先に湯治場を調べることにした。追い越したものなら龍穴で相見(あいまみ)えるはずである。

「湯治場は遠いのか」

「二里半(約十キロメートル)程です」

「よし。霧が晴れたら、直ちに行くぞ」

霧がうねるようにして流れている。薄らいでいるのか、濃くなっているのか、分からなかった。晴れるのを待つしかない。寒洞は己に言い聞かせた。


その頃――。

景虎は、草庵を飛び出し、狂喜していた。

「見ろ。毘沙門天の御加護だ。霧が湧いたぞ」

景虎は手で霧を掻き分けながらずんずんと進んだ。濃霧である。四囲が白く閉ざされている。

「すごいものだな。右も左もまるで分からぬの」

天地の間に、ぽっかりと浮かんでいるような思いであった。

傍らにいた一貫斎が月草らを呼んだ。

霧が出たところで、月草と真木備と無坂は三方に散り、見張りに付いていたのである。

「ここに」

傍らに歩み寄って来た無坂が言った。

「草庵に戻る。どっちだ？」

「こちらでございます」

無坂が迷いのない歩みで草庵に向かった。

「見えるのか」景虎が訊いた。

「いいえ」

「草庵の在り処がどうして分かるのだ？」

「地面をご覧くださりませ」

線が引かれていた。見張りに立つ時に目印となる線を引いたのだ、と無坂が言った。

「濃い霧の時は、こうでもしないと分からなくなりますので」

「引いたのは、これだけか」

「いいえ。あちらこちらに。ここは狭いところなので線を引きましたが、広いところは昨日月草の叔父貴が申し上げましたように、岩などに印を彫ったりいたします」

そこに月草と真木備が駆け付けて来た。

「この霧の中を走ったのか」景虎が言い、笑った。「流石、山の者よ」

訳が分からないでいる月草と真木備に、

「用は済んだ。見張りを続けてくれ」と一貫斎が言った。

白い霧の向こうに栃の倒木と大岩が見えた。傍らに寄り添うようにして草庵があった。

「恐らく後半刻（約一時間）程で、霧は消え始めると存じます。そうなりましたら、いよいよ雨の森の始まりでございます」

「うむ」

景虎と一貫斎の許を離れ、無坂はまた見張りに戻った。

無坂の見張り所は栃の若木の下の岩陰だった。油紙を仕込んだ引き回しを頭からすっぽりと被ると、自身もひとつの岩になった。

静かだった。

身動きもせずにいると、手足の先から岩になっていくような気がした。

望みはあるかと訊かれ、山の中にぽつんとある岩になりたいと答えたことがあった。相手は、甲斐の山本勘助と勘助付きの透波・鳥越の丹治だった。三人で春日山の城下に向かっていた時のことであった。

岩になるのは無理でも、白骨になって岩のように誰とも交わらずに歳月を送ることは出来るはずだ。肉は鳥や獣や虫にくれてやる。今までもらった分を返すと思えば、惜しくない。そして骨となって野面を渡る風を聞き、雨に打たれ、雪に埋もれ、日に照らされ、やがて粉となって宙をさまようのだ。悪くない。まったく悪くない。

こそり、と草が鳴った。踏まれた音だった。軽い。人ではない。

小鹿だった。霧で親とはぐれたのだろうか。草のにおいを嗅ぎながら、ゆっくりと近付いて来る。無坂がいることに、まるで気が付いていない。

小鹿の足許の霧が縞になって流れた。霧に切れ間が出て来たらしい。

小鹿との間合が、気付いた時の半分程になった。更に近付いて来る。霧がうねった。無坂のにおいを嗅ぎ分けたのか、立ち止まり、凝っとしている。怯えているに違いない。潮時だろう。無坂は手を伸ばし、上下に振って見せた。驚いた小鹿は、その場で三尺（約九十一センチメートル）程飛び上がると、一目散に森の奥へと駆け込んだ。尻の白い毛が、ふわふわと揺れながら霧の中に消えて行った。

日が射し、霧の切れ間から青い空が見え始めた。

ぽたっ、と雫の落ちる音がした。枝や葉に付いた霧が、雫となって落ちて来ているのだ。

見張りを軒猿と代わり、草庵に戻った。

囲炉裏の火を熾し、景虎は霧で濡れた小袖を乾かしていた。ずっと外にいたらしい。

「そろそろ雨の森が始まりますが」

直ぐに参る。草庵から飛び出して来た景虎が森を見て、息を呑んでいる。

葉先や枝先で結んだ雫に光が宿り、きらきらと輝きながら垂直に落ちていた。雫が落ちた時には、次の雫が結び、後を追うように落ちて行く。それがひとつの枝先だけでなく、一本の木だけでもなく、森中で、目に見えるすべての木で、絶え間なく続いて起こっているのだ。

「一貫斎、このようなものを見たことはあるか」

「ございませんでした」

「身共も、だ。京にもこのような、心が洗われるようなところはなかったぞ」

京を見たことはあるか、と景虎が、雨の森から目を移さずに無坂に訊いた。

「ございません。しかし、人が住んでいるところは汚れますゆえ、仰せの趣は分かりましてございます」

「難しいものだな。気に入ったからと、この森を移し替えては雨の森にはならんのだろうな」

「仰せの通りかと存じます。野の花は野にあってこそ、と申します」

「今、この森の中を歩くとどうなる？」

「雨に打たれたように濡れそぼちます」

「であろうな」では、と景虎が言った。「心ゆくまで見るといたすか。もう二度と見ること叶わぬかもしれぬでな」

無坂は引き回しを脱ぐと、裏に返して折り畳み、岩に置いた。景虎は、引き回しに腰を下ろすと、雫が間遠に落ちるようになるまで、見詰めていた。

その夜を雨の森で過ごし、翌十日、龍穴に向かった。

三

十日。早朝、湯治場を発った《かまきり》の寒洞らは、急ぎ龍穴へと向かった。

湯治場は無駄足だった。景虎らの気配など微塵もなかった。

「やはり、龍穴だ」

闇に目が利く日疋を先頭に、木立に覆われた道を直走り、朱雀口に出た。

朱雀口に着く前から、尾けていた者がいたのだが、己らの足音に鳥谷衆の足音が加わっていたため、足音と気配を忍ばせて尾けていた者らに誰も気付かなかった。尾けていたのは、谷伝いに朱雀口に下りて来ていた七ツ家の勘兵衛らであった。

休みを取ったのか、一行が止まった。

「あれも、軒猿ではないようですな?」

「違うな……」間淵が答えた。

「吉兵衛は十二峠の手前から走ったと申していました。となると、透波どもは北から来るはず。奴どもは南から龍穴に向かって来ましたが……」源三が言った。

「ふたつ考えられる。挟み撃ちしようとしているのか、中津川を上って来て、行き過ぎてしまったか。そのどちらかだろう」勘兵衛が言った。

「ということは、奴どもは甲斐の《かまきり》と透波……」

「だろうな。歩き方も身のこなしも、忍びだ」

「では、まだ御館様を見付ける前ということになる。間に合うたのだな？」間淵が言った。

「恐らくは」

「どうする？　早く御館様の無事なお姿を見たいのだが」

「彼奴どもが甲斐の者だとしても、あの女どもも透波なのかどうか。何か違うような気もしますが、いずれにしても相手の数が多過ぎます。少し減らしてからにしましょう」

勘兵衛ら七ツ家が七人に、軒猿が四人の計十一人であるのに対し、甲斐の者どもは女七人を含めて二十一人いる。二対一と、二十一対十一は違う。勝てるとは言い切れなかった。

小頭らしい男が、透波に岩を指して命じている。少しの水を口に含むと、一行は再び走り出した。透波がふたり残り、岩陰に身を潜めた。朱雀口の見張りらしい。

「あのふたりを始末します」

「今襲ったのでは、先の者に聞こえぬか」間淵が言った。

「お任せを」

勘兵衛が源三と樫鳥に、行け、と命じた。ふたりの姿が背後の藪に消えた。

暫し後、朱雀口にある岩の近くで、何かがことり、と鳴った。小さな木の実が落ちたような音だった。岩陰から透波の頭がちらりと覗いた。音のする場所と正体を探っているらしい。音は近付いたり遠退いたりして、間遠に続いている。苛立ったひとりが、棒手裏剣を手にした。いつでも投じてくれようと構えている。ふいに岩が鳴った。落ちたものが跳ねている。樫の実だと分かったのだろう。思わずふたりが目を見交わし、息を抜いた瞬間、彼等の頭部を源三の投じた飛礫が打った。ふたりが岩に寄り掛かるようにして地に滑り落ちた。

「今度は、もらうぞ」

駆け寄った間淵が素早く止めを刺した。

源三らを促し、朱雀口に向かった。透波の亡骸を藪に隠し終えた軒猿らが後に続いた。

「来ておらぬではないか」

寒洞が龍穴前の地面を調べた。己らが付けた足跡しかない。昨日から誰も来ていないことになる。女どもの言を信じたのが間違いだったのか。

「国主様と真木備とやらが、憎いか」と四方津が野髪に訊いた。

「憎うて憎うて、狂い死にしそうです」

野髪に続いて伊吹が、真弓が、憎しみを口にした。

「其の方らの恨みが、国主を凶穴に導くよう祈っておれ。儂は玄武口で見張る。何人かくれ」四方津が言った。

「では、俺は青龍口を見張ろう」仟吉が言った。

「残りは白虎口か。仕方あるまい」日疋が言った。

「人数を分けるのは……」

寒洞は躊躇っていた。しかし、四方津らは《かまりの里》に幽閉の身だが、《かまり》の先達である。強くは出られなかった。

「見張るだけだ。気配がしたら直ぐに知らせに戻る。それならば、文句はあるまい？」

四方津の言葉に、俺もそうしよう、と仟吉と日疋が倣った。

「必ずですよ」寒洞が念を押した。

「俺たちも生き抜くために必死なのだ。嘘は吐かぬ」

四方津には壮十郎と透波ふたりを、仟吉には加久間と透波ひとりを、日疋には透波ふたりを付け、自身には透波ひとりを残した。

「あしらにも手伝わせてください」

野髪らには、龍穴近くに潜んで待つことを命じた。

四方津らが三方に散った。


気付いたのは、《かまきり》の加久間だった。

「前から誰か来ます」

青龍口に向かうには、途中まで朱雀口への道を通らねばならない。

足を止め、気配を探った。朱雀口に残してきた透波ふたりのものではなかった。

「知らせましょうか」加久間が訊いた。

「その暇はない。隠れるぞ」

仟吉が藪に入り、伏せた。加久間と透波が倣った。

勘兵衛を先頭に、十一人の者が地を掠めるように走って来る。手にした杖の先に山刀が付いていた。山の者が使う手槍である。

「槐堂らを倒したという奴どもか」

「それは分かりませんが、仲間かもしれません」

前を行く七人と、後に続く四人とでは、身に付けているものが違った。前を行く者らは足袋と脚絆で足許を固めた百姓風体で、後の者は杖を持たず、刀を差し、裁着袴(たっつけばかま)を穿いていた。

「後ろのは、山の者ではないらしいな」

「そのようです」

「そいつらを少し間引いてくれようか」

「しかし……」

「まあ、見ていろ。後から来い」

仟吉は道に躍り出ると、背に差していた吹き矢を取り出し、駆けながら最後尾の軒猿の足目掛けて矢を吹き飛ばした。ちくりとした痛みに、速度を緩めた軒猿の首に、宙から滑るように降ってきた蔓が生き物のように巻き付いた。

えっ、と驚き、目を剝いた時には、蔓の端を手にした仟吉が木立の向こうに飛び降りていた。蔓が引かれ、声を上げる間もなく咽喉を締め上げられ、縊(くび)り殺された。

斜め後ろを走っていた者の気配がない。

どうした？　振り向いた軒猿の首に、腰に、足に、蔓が巻き付いた。げっ。思わず抜刀した手首にも蔓が巻き付き、そのまま首から宙に引き上げられた。

三人目の軒猿は、名を亀蔵と言った。後ろのふたりがひどく遅れていることに気付いた亀蔵が、小頭の間淵に走り寄り、どうするか、訊いた。昨夜から仮眠を取っただけで走り詰めである。

間淵は、前を行く七ツ家をそっと目で追い、「軒猿が侮られる、死ぬ気で走れと伝えい」ときつく言い渡した。

亀蔵は走りを緩め、ふたりが追い付くのを待った。来ない。どうしたのか。足を止めていると、頭の上から木の葉が散ってきた。見上げた亀蔵の頭に、肩に、蔓が降ってきた。一瞬蛇かと思い、身を竦めた己に叱咤(しった)をくれた時、落ちてきた蔓が、亀蔵を巻き込んで宙に飛び上がった。その時には、亀蔵の首は縊られていた。

間淵が、前を行く市蔵に、足を止めるよう言った。市蔵が、皆に伝え、走りが止まった。

「おかしいのだ」と間淵が勘兵衛に言った。「来んのだ」

晴れ渡った空からの日差しが木漏れ日となって、地表に揺らめいていた。

入道雲が湧き出している。

亀蔵らの走って来る気配がない。それどころか、生き物がいる気配さえない。

「妙ですね」

源三が言いながら、草をむしって宙に放った。草は舞いもせず、地に落ちた。風が凪いでいる。源三が市蔵に向かって、首を横に振った。《風泣き》は使えぬ、と言いたいのだろう。

「見て参ります」天鬼坊が言った。

「俺も行こう」土蜘蛛が言った。

「よし。泥目と市蔵は、少し後から左右の藪に気を配りながら付いて行け」

「俺は、どうしましょう？」樫鳥が言った。

「お前と源三は、ここを見張れ」

「承知しました」

天鬼坊と土蜘蛛が先に立って、来た道を引き返してゆく。

「容易く殺られる者たちではないのだが……」間淵が言った。

「とは思いますが、とにかく戻るのを待ちましょう」

最後尾を行く泥目の姿が木立の陰に消えた。

間淵が四囲を見回し、刀の鯉口(こいぐち)を切った。

「多分、配下の方々は殺られていると思います。でも、もう襲っては来ないでしょう」勘兵衛が言った。

「なぜ分かる？」

「甲斐の者は二十一人いました。朱雀口に透波を配したように、四方に散らしたと見ていいでしょう。南から来たから、南はないと踏み、透波だけにしたようですが、他のところはそれなりの人数を分けたと思います。そこに我々が来た。十一人です。青龍口に配された者よりも多かったので、まともには戦えない。しかし、黙ってやり過ごすには、腕に自信があり過ぎた。そんな訳で後ろの方を襲ったのでしょう」

勘兵衛が続けた。

「これで分かることは、甲斐の者は一枚岩ではなく、寄せ集めだということです。我らを泳がせておいて、その間に仲間を集め、二十一人揃ったところで襲えば済むことなのに、愚かなことです」

木立が騒ぎ始めた。風が出て来たらしい。木の間から空を見上げた。入道雲の上が平たくなっている。ことによると雷雨が来るかもしれない。

「これは拙いですな」

勘兵衛が指笛を吹いた。戻れ、の合図である。答えるように指笛が聞こえて来た。

指笛は、三人の亡骸を見付けた、と言っていた。

引き返してきた天鬼坊らを追うように、空が陰り始めた。風雨から身を守るところを見付けなければならない。

「探せ。話は後で聞く」

落雷にも備える必要があった。木の下は使えない。間もなく市蔵が雨を凌げる程の大きな岩を見付けた。上の岩が庇（ひさし）のように張り出しているらしい。岩も喬木同様、雷の的になりやすかったが、落ちない方に賭けることにした。

岩に向かって走っている間に、大粒の雨が落ち始めていた。風も巻いている。

泥目と市蔵と天鬼坊が素早く辺りに目を配った。

「三人とも吊り下げられておりました」と土蜘蛛が言った。

いきり立とうとする間淵を制して、勘兵衛が続きを話すように、と土蜘蛛を促した。

「敵は《かまきり》と透波だけではないようです。どうやら《かまりの里》から仟吉を解き放ったと見てよいかと」

「蔓の仟吉か……」源三が言った。

土蜘蛛が、《かまりの里》と仟吉のことを間淵に話した。

「仟吉だけではないはずだな。他に押し込められているのは、四方津か……」

「死人の四方津もでしょうか」源三が言った。

「越後の国主様を闇に葬れるとすれば、出すわさ」

「それは……」間淵が問うた。

「噂だけで、どのような術を使うのかは分からないのですが、敵だけでなく味方も殺してしまうとか、死人を遣うとか言われている者です」

「この地のどこかに四方津がいるのですね」源三が木立を見詰めて言った。

「なぜ、そこまで詳しいのだ？」間淵が訊いた。

「《かまきり》は敵だからです」勘兵衛が言った。

俄(にわか)に森が暗くなり、稲光が走った。


その頃、景虎らは倉前を過ぎ、玄武口に向かって倉高山の裾野を巻いているところだった——。

「様子を見ましょう」

先頭にいた無坂が足を止め、暗くなり始めた空を見上げた。

「ここは中途半端であろう。抜けてしまった方がよくはないか」景虎が言った。

悪くすると嵐になる、と無坂が雲と、風に騒ぐ枝を指した。

「抜けた先がどうなっているか、知りません。ここは、先を急がぬが得策と存じます」

景虎が一貫斎を見た。一貫斎が頷いた。

辺りを探したが、風雨を凌げるところはなかった。

「戻りましょう」と月草が言った。「二町程引き返すことになりますが、崖下にいいところがございました。あそこなら、雨と風をやり過ごせるかもしれません」

迷っている暇はなかった。即座に、駆け出した。風が唸りを上げて追って来ている。

雨になったら、足許が滑り、思うように走れなくなる。今のうちだ。木の間を飛ぶように走った。

月草が指したのは、傾斜のきつい崖下だった。刃物で抉り取ったように窪んでいた。景虎始め皆で入っても、引き回しなどを身に付けていれば、雨を凌げるだろう。

飛び込み、火薬で火を熾し、虫を払った。と同時に、ばちばちと雨が音を立てて葉を叩き始めた。雨の粒が大きい。雨に打たれた葉が、跳ねている。瞬く間に、木立が白く煙った。後少しでも迷っていたら、ずぶ濡れになってしまっただろう。

「止むのか」と景虎が訊いた。

「半刻か一刻、長くても一刻半で、また青空になりましょう」真木備が言った。

崖上に降った雨が滝のように流れ落ちてきた。滝を裏から見ていることになる。

「山は計り知れぬの」

景虎が呟くように言った。


そこから半刻余のところに、四方津らはいた——。

「駄目だ」と四方津が、壮十郎と透波に言った。「ここでは、身を隠せぬ」

空の上で、太鼓を転がすような音がしている。雨は強さを増すばかりである。

「一旦戻りますか」

「あちらには、雨を凌げるような穴などあったか」

「ここよりは増しかと」

「俺は濡れるのが嫌いなのだ。油紙を寄越せ」

「お持ちでは？」

「俺のは持っている。お前のを寄越せ、と言っている」

壮十郎は懐から油紙を取り出し四方津に渡し、己は透波のを取り上げた。

雨が幕となって生き物のように棚引いている。その中を稲光が走った。

「儂は、雷も嫌いなのだ」

四方津が言ったが、壮十郎も透波も雷鳴で聞こえなかった振りをして足を急がせた。

寒洞は、野髪らと油紙を纏い、藪の中にいた。

「もっと濡れぬところはないのか」四方津が訊いた。

「雷雲が来ています。木の下や岩陰よりも、身を低くして藪にいるべきです」

「それが嫌だから来たのに、面白くない奴だな」

四方津は野髪ら鳥谷衆を追い出すと、己の油紙で身体を包み、壮十郎の油紙をすっぽりと被って蹲（うずくま）った。

野髪らは雨の中を少し離れた藪の下に移り、油紙を被り、腰を屈めた。膝許は雨の跳ね返りを防ぐために、寝茣蓙（ねござ）を巻いた。

白虎口に行った日足と、青龍口の仟吉は、雷雨になっても戻って来る気配はない。

「何だい」と伊吹が舌打ちをして毒突いた。「雨で逃げて来たくせに威張っちまってさ」

「いいから、放っておきな。お蔭で仇が討てるんだ」

「でも……」伊吹が声を潜めた。「もしこれで、国主様たちが来なかったらどうなるんだろう……」

「殺されるなんてことは……」五十女が言った。

「ないとは思うけど。万一の時は、野髪の姉さひとりだけでも逃がすからね。皆頼むよ」伊吹が言った。

「逃げるって、どこに？」可自が訊いた。

「藪に駆け込むしかないだろうね」伊吹が顎を横に振った。

「龍穴の中は？」鈴女だった。

「穴の入口が狭かないかい？」伊吹が言った。

「ぎりぎり通れるかもしれないけど、中はどうなっているんだい？」野髪が訊いた。

誰も覗いたことがなかった。

「穴は、恐いよ……」

俄に雨脚が強くなった。油紙を打つ雨音で、野髪の声が掻き消された。

地面を叩く雨粒が跳ねる。降った雨が、小さな川になって草の間を流れている。

壮十郎が寒洞に言った。

「景虎は、来るのでしょうか」

「今更、違うところを探しに行っても、越後の者どもに先を越されているだろうしな」

「女どもに騙されたんじゃないのか」四方津が言った。

「まさか。槐堂様のことを知っていたではないですか」壮十郎が言った。

「雨が上がったら、問い質してみるか」

「いや、その前に使ってやりましょう」

雨が小降りになってきた。

透波が藪から出、雲の流れ具合を見た。黒い雲が吹き飛ばされるように流れている。透波がひょいと戻ろうとした時だった。稲光がした途端に、光の筋が下りて来、透波を打った。透波が撥ね飛ぶのと同時に、野髪たちも何か足の裏を蹴り上げられた感じがし、悲鳴を上げて飛び上がった。

雷に打たれた透波が、よろりと起き上がり、辺りと空を見回し、這うようにして藪に戻った。

「落ちたよね？」野髪が訊いた。

「落ちました……」と伊吹が答えた。

「すごい……」

真弓らが口を揃えて、雷に打たれた透波を見た。顳顬の辺りを指で圧さえている。

雨が更に小降りになった。

「もういいだろう」

寒洞が空を見上げてから、野髪を呼んだ。

野髪も流れてゆく雲を見上げてから、寒洞のいる藪に向かった。

「見張りを呼んで来てくれ」

狼煙を上げる訳にもゆかぬでな。四方津が言い添えた。

「お易いことです」

白虎口に五十女と留女を、青龍口と朱雀口に鈴女と可自を走らせた。

寒洞が足許にいる透波に、立て、と命じた。が、動かない。雷に打たれた透波だった。

「おいっ」

肩に手を当てると、横倒しに崩れ落ちた。野髪らが、ひっ、と息を吸った。

泥目が、ぴくりと肩を震わせて龍穴に続く道に目を遣った。水を吸った草鞋の立てる音がした。音を消そうとしていない。女だった。

透波の走りではなかった。泥目が勘兵衛を見た。勘兵衛も気付いたらしい。

鈴女と可自は、七ツ家と仟吉らが道を挟むようにして潜んでいようとは思わず、青龍口へと急いだ。青龍口で仟吉らを見出せなかった鈴女らは、雷を避け朱雀口の透波と合流しているのかと思い、南に下った。

その頃から、日が射し始め、鳥が鳴き出した。雷雲が流れ去ったのである。


景虎らが崖下を出た。

同じ時──。

幻庵と風魔の衆は、切明(きりあけ)の湯治場を目指し、ひたすら北上していた。思った以上に足場がよく、見る間に距離を稼いでいた。峠の向こうにある切明の空に雷雲が掛かり、落雷の音もしていたが、そのまま北の方へと流れて行ってしまったらしい。峠のこちら側には、雷どころか雨の一滴も落ちていない。

助かった、と弥蔵は胸を撫で下ろしていたが、それは幻庵も小太郎も同様であった。雨で川の水が増せば、沢に慣れている山の者ですら、難儀するのが沢歩きであった。

足場の悪い川沿いの岩場では、幻庵も背負子を下り、草鞋に滑り止めの縄を巻き、風魔の手を借りずに進んでいる。

弥蔵も常市も、改めて幻庵の足腰の強さに驚嘆していた。風魔を使う殿様だけのことはある。

「後、どれくらいで切明に着くのだ？」小太郎が先頭を行く弥蔵に訊いた。

初めて歩く山峡の地である。確(しか)とは分からなかったが、これまで山を渡って来た者として割り出すと、凡そ二刻半（約五時間）もあれば峠を越せると思われた。

「そのためにも、難所を越したら、殿様には背負子にお乗りいただきたく存じます」

「世話を掛けたくないと思うと、却って世話を掛けることになるか」

岩場を抜けたところで、幻庵が渋々と庄平の背負子に乗った。

「駆けます」弥蔵が言った。

遠くから雷鳴が小さく届いた。まだどこかに居座っているらしい。

「しつこいな」勘兵衛が言った。

遠雷のことであるのは、直ぐに分かった。

「さっきのは近かったですね」市蔵だった。

「龍穴の辺りのようだったな」源三が言った。「急ぎますか」

「頼む。気が急いてならぬのだ」軒猿の間淵が言った。

「仟吉らがことより、先ずは御館様の無事を確かめねばな」

岩陰をするりと出、藪の下を抜け、半町程離れたところで勘兵衛らは地を蹴った。

雨に濡れた葉が音を吸う。勘兵衛らは、木立の間を走り抜けた。

第四章　龍穴　二

一

龍穴の近くにいた四方津が寒洞に言った。

「誰か、来るぞ」

気配はひとりではない。奴どもかもしれぬぞ。

「俺たちが仕掛けるまで、隠れていろ」

寒洞は野髪らに言うと、透波ふたりに、半弓の用意を命じた。それぞれが藪の奥に消えた。

間もなくして、木立の間から滲むように男が姿を現した。龍穴の周りと辺りの様子を窺っている。軒猿の小頭・亦兵衛である。亦兵衛が、寒洞らの残した足跡に気付いたらしい。暫くの間、足跡を調べていたが、まさか先回りされたとは考えもしなかったのだろう。大岩の傍らへと身を移すと、振り向いて頷いた。軒猿が左右二手に分かれて散り、年の頃は五十を幾つか過ぎたくらいの、鋭い眼光の男が進み出て来た。

「軒猿の棟梁・一貫斎だ」

寒洞が囁いた。

一貫斎と亦兵衛が、足許に落としていた目を四囲に転じて、じっくりと見ていたが、大事ないと踏んだのだろう、亦兵衛が木立に向かって丁寧に頭を下げた。長尾景虎と堀部右近が、その後ろから山の者三人が出て来た。山の者どもが辺りを見回している。

「多いな……」と寒洞が言った。

景虎らは、近習の堀部右近に、山の者三人、一貫斎率いる軒猿が亦兵衛、間淵、夜兎、小伝次、甚八、矢作と警護の者が十一人いるのに対し、寒洞らは四方津に壮十郎、透波がふたりと鳥谷衆の女どもが三人。女どもを除くと、五人いるだけである。

「皆が戻るのを待ちますか」

壮十郎が寒洞に訊いた。

「いいや」答えたのは四方津だった。「この方が技を遣い易い。済まんが、お前らの命をくれ」

俺もか……。寒洞は努めて冷静に四方津を、壮十郎を、透波らを見た。まさか、己に声が掛けられようとは考えてもみないことだった。今ここに透波はふたりしかいない。始めに九人いた透波を散らしてしまったのは、己であった。どのみち、景虎殺しを命じられた時に、死ぬ覚悟は出来ていたのだ。躊躇う訳にはいかなかった。

「やりましょう」

寒洞の言葉に壮十郎も頷いて見せた。

よしっ。四方津は低く叫ぶと、ふたりの透波に言った。

「要るのは後ひとりだ。決めろ」

伝三が、是非に、と申し出た。

「あれからずっと、死に場所を探していたのでございます」

あれから、とは、天文十八年（一五四九）のことだった。犬伏にある軒猿屋敷に逃げる名栗を《かまきり》の脇谷らと追い、月草の手槍を肩口に受け、危うく死に掛けた時のことであった。

四方津は、残るもうひとりの透波・惣兵衛に半弓を射続けるように命じると、懐から革袋を取り出し、寒洞と壮十郎と伝三に少量の粉を飲ませた。

「白屈菜と曼陀羅華を粉に碾いたものだ」

白屈菜は頭を痺れさせ、曼陀羅華は妄想と興奮を引き起こす。粉が効き出す前に、四方津がそれぞれに催眠の術を掛けた。お前は死なない。斬られても死なない。狙うはただひとり。景虎の止めを刺すまでは、例え手足をなくそうと追い立て、必ず殺せ。よいな。

額に汗を浮かべている三人に、もうひとつの革袋に入っている粉を飲ませた。走野老(はしりどころ)と麻黄(まおう)を主成分とした粉だった。異様に興奮し、命尽きるまで突進することになる。

「目が霞んで景虎の顔立ちが見えなくなるかもしれんが、人の形は分かる。形が分かれば襲える」

四方津は、それぞれの目を見詰めながら続けた。

「最後に大切なことを言っておく。今飲んだ粉のどれが効くのか分からぬが、飲むと思わぬ力が湧くことがある。皆が皆、必ずそうなる訳ではないが、今までの己にはなかった力が湧くのだ。不死の身となった己を楽しめ」

惣兵衛に離れたところに移り、三人が飛び出した隙を狙って射込むように言い、三人の顔を見詰めた。白目が赤くなり、瞳孔が開き始めている。頃合だった。

「行け。走れ」

低く言うと四方津は、棒手裏剣を取り出し、皆の後を追った。

先頭を行く壮十郎に気付いた軒猿らが棒手裏剣を投げ付けている。五本は食らったはずだったが、壮十郎の足の運びは鈍っていない。目の前の動く者に飛び掛かり、斬り付けている。寒洞と伝三が、唇の端から涎を糸のように垂らしながら、刀を振り回し、景虎に向かっている。そこに惣兵衛の放った矢が飛んだ。

右近の肩と、真木備の義手に刺さった。どこだ？　あそこだ。右に左にと走りながら射続けている惣兵衛を見付け、任せろ、と小伝次が走った。

「ここは我らに」

寒洞と壮十郎と伝三の刃を、一貫斎と亦兵衛、夜兎、甚八、矢作が受け止め、斬り結んでいる。

景虎と右近が下がった。月草が右近の肩から矢を引き抜き、布を押し当てている。

無坂と矢を抜き捨てた真木備が身構えた。

「行くよ」

野髪と伊吹と真弓が山刀を抜き、真木備目指して突き進んだ。

小伝次が投じた棒手裏剣を危うく躱し、惣兵衛が半弓を引き絞った。間合は五間（約九メートル）。この間合だと、生死は呼吸ひとつの差ではなく、その半分の呼気か吸気の差となる。矢を放った瞬間、相手が動いて躱せばこちらが死に、動けなければ向こうが死ぬ。それだけだった。矢が弦を離れた。矢がくの字、逆くの字と、蛇のように矢柄をくねらせて、小伝次目掛けて飛んだ。勝った、と思った瞬間、惣兵衛の胸に激痛が奔った。矢と擦れ違いに棒手裏剣が飛んで来ていたのだ。

俺の矢は？　当たったのか。五間の間合にいた男の姿が目の前にあった。駄目だ。諦めた時、刀身がきらりと横に閃き、惣兵衛は骸となった。

小伝次の脇を摺り抜けて飛んでいった矢は、そのまま空を切り裂き、伊吹の腕に刺さって止まった。

「どこを狙っているんだい？」

透かさず伊吹の前に出た野髪が、腰を割り、藪に向かって叫んだ。

「あしは、大丈夫。仇を」

伊吹が、矢を引き抜いた。鏃が腕の中に残ったらしい。一瞬手が止まり、真木備と目が合った。

「畜生」

伊吹が叫んで真木備に斬り掛かった。

野髪と真弓は無坂に腕を叩かれ、足を払われている。

血飛沫が上がった。

壮十郎の腕が撥ね飛んだのだ。腹を斬られ、腸を引き摺っている。

「殺せ。まだ戦えるぞ」

四方津が、壮十郎と寒洞と伝三に檄(げき)を飛ばしながら、隙を見て棒手裏剣を投げている。躱し切れずに、甚八と矢作が、腕と足に棒手裏剣を受けていた。

その時だった——。

「御館様っ」

龍穴に辿り着いた間淵が、叫び、抜刀し、只中に躍り込んで来た。

「七ツ家の衆と加勢に参りました」

勘兵衛ら七人が横に広がった。

寒洞と壮十郎と伝三には、見えていないのか、荒い息を吐きながら、ひたすら景虎目指して進もうとしている。寒洞は顔を半分斬られ、顎がない。伝三は右の足首から先がない。それでも、進もうとしている。樫鳥が思わず足を退いた。市蔵の顔は蒼白になっている。勘兵衛が叫んだ。

「怯(ひる)むな。これが死人(しびと)遣いだ。息の根を止めろ」

「彼奴は俺にください」

天鬼坊が四方津を指した。

「仕留めろよ」勘兵衛が言った。

源三と泥目が、市蔵と土蜘蛛が、そして勘兵衛と樫鳥が寒洞らの前に立ち塞がった。

「何ゆえ七ツ家と……」

一貫斎が間淵に訊いた。

間淵の口から宇佐美定満の名が微かに聞こえたが、聞いている余裕はなかった。勘兵衛らは、己らが斬り結んでいる者に鳥肌を立てていた。

疾うに倒れているはずの傷を負いながら、尚も向かって来ているのだ。

「不死身だ。掛かれ」

四方津の声に、寒洞らが足を踏み出した。足首をなくした伝三も、である。応えているのだ。確かに命に応えているのだが、四方津は心の中で、違う、と呟いていた。

奴どもは化けない。身体の底で眠っていた力を湧き出させていない。奴どもには、薬が十全には効いていないのだ。

歯噛みをしていた四方津に、

「死ね」

天鬼坊が三日月型で細身の山刀を投げ付けた。山刀は四方津の頭を掠め、円弧を描いて天鬼坊の手に戻った。

「待てっ」

木立の中に逃げ込んだ四方津を追おうとした天鬼坊に勘兵衛が叫んだ。

「深追いはするな」

分かっています。口には出さず、片手を上げて答え、藪に飛び込んだ。十間（約十八メートル）先を四方津が逃げて行く。

「無駄な足掻きよ」

頭を覆う枝を潜り抜け、起こした顔の先を、小さな火の玉がふわり、とよぎった。

何だ……？

別の火の玉があるかなしかの風に乗って流れて来、ふっ、と消えた。その時には、天鬼坊は四方津の催眠の術に掛かっていた。

棒のように立ち尽くしている天鬼坊の前に四方津が現れた。

「口を開けろ」

天鬼坊が、言われた通り口を開いた。

四方津は両端が切られている竹筒にふたつの革袋の粉を入れると、端を天鬼坊の口に差し込み、吹いた。天鬼坊の目が赤くなり、瞳孔が開き始めた。

「これから、儂の言う通りにするのだ。よいな?」

天鬼坊が、額から汗を滴らせながら頷いた。


真木備と無坂が手槍の杖尻(つえじり)で、野髪と伊吹と真弓の腹を突いた。三人が腹を抱えて倒れたところに、天鬼坊が四方津を捕らえて引き返して来た。

「よくやった」

泥目が血達磨になっている寒洞の側から後退りながら、天鬼坊に吠えた。寒洞は、顎だけでなく、両腕をなくし、腸を垂らしながら、まだ景虎に向かってじりじりと進んでいた。壮十郎と伝三も、もはや得物を待つ腕はない。

「早く引導を渡してやれ」源三が叫んだ。

源三が寒洞の脳天に長鉈を叩き付けた。頭蓋が割れ、血に塗れた脳漿が飛び散り、崩れるように倒れた。源三が、茫然と見ている土蜘蛛に、殺れ、と叫んだ。

我に返った土蜘蛛が、壮十郎の背から腹に山刀を突き立てた。壮十郎の足が止まった。離れようとした土蜘蛛が壮十郎の腸を踏み、滑った。尻餅を突いている土蜘蛛に壮十郎が倒れるように飛び付き、残る命のすべてを懸けて咽喉に噛み付いた。源三が引きはがそうとしたが、血で指が滑り、離れない。駆け付けた市蔵が髪を摑み引きながら鉈で壮十郎の首を斬り落とした。

「土蜘蛛っ」

咽喉を噛み切られ、土蜘蛛は息絶えていた。

「おのれっ、化け物ども」

よろと踏み出している伝三の胸に、勘兵衛の手槍が飛んだ。心の臓を射抜いたのだろう。血を噴き出して、仰向けに倒れ、動かなくなった。

「死人遣いに操られているのだ。動かなくなるまで油断するな」勘兵衛が叫んだ。

「冗談じゃねえな、まったく。こんなの相手にするのは、まっぴらだぜ」

泥目が天鬼坊に話し掛けながら、傍らに寄った。引き連れている四方津には縄も掛けられていなければ、背帯に差した刀も取り上げていない。

「何やっているんだ……？」

天鬼坊の目を見て、泥目が言葉を途中で切った。赤く充血した白目の中央で、瞳が異様に黒い。瞳孔が開いているのだ。

「天……」

天鬼坊の山刀が一閃したのと、泥目が飛び退いたのがほぼ同時であった。腹から胸に掛けて、逆袈裟に斬られていた。

「叔父貴」樫鳥が泥目に駆け寄った。

「離れろ……」

泥目が血潮に染まりながら言った時には遅かった。一歩踏み出した四方津が、背帯に差していた刀を抜き払い、樫鳥の首筋を斬り下げていた。

「殺れ」

四方津は天鬼坊に命ずると、背後に回った。天鬼坊が三日月型の山刀を景虎に投げ付けた。それはくるくると円弧を描いて景虎に向かうと、庇おうとした右近の額を斬り割って、天鬼坊の手の中に戻った。

勘兵衛は、市蔵とともに目の前にいる天鬼坊と対峙しながら、駆け付けて来た亦兵衛と夜兎に叫んだ。

「其奴が四方津だ。死人遣いだ。逃がすな」

亦兵衛と夜兎が、四方津に向かい、身構えた。

　天鬼坊の山刀が市蔵の山刀を払い飛ばした。

「すごい力です」

　市蔵が慌てて長鉈を抜いて構えた。

「こんな天鬼坊は見たことがありません」

　勘兵衛も斬り掛かり、払い除けられた。

　天鬼坊の手から山刀が飛んだ。飛んだ瞬間、景虎目指して走り出した。速い。七ツ家のうちでは、走りでは遅れを取ることが多い天鬼坊とは思えぬ速さだった。

　勘兵衛と市蔵が追った。山刀が空を切り裂き、勘兵衛らの後ろをぐるりと回って天鬼坊の手に戻った。

「投げます」

　市蔵が、長鉈を振り翳して勘兵衛に言った。

「やれ」

　長鉈が市蔵の手を離れた。重い風音に気付いたのか、天鬼坊が宙に飛び上がって振り向き、手で払い落とした。ぱっと血煙が上がり、指が三本斬れて飛んだ。何事もなかったかのように、血を滴らせながら再び駆け出している。

「…………」

「射殺(いころ)します」

走り寄って来た小伝次が、透波の惣兵衛から取り上げた半弓を引き絞った。吸い込まれるように天鬼坊の背に三本の矢が刺さったが、足の運びに変わりはなかった。更に矢と刀が飛んだ。矢は首筋を射抜き、刀は切っ先を腹から覗かせたが、構わずに走り続けている。

景虎が刀を抜き払い、構えた。

その前に手槍を持った無坂が立ち塞がった。

「防げるか」

額に布を巻いた右近が、溢れ、流れ落ちてくる血潮を拳で拭いながら言った。

「熊狩りで慣れております」

「熊……」

右近が黙ったまま後退った。

天鬼坊が口から泡を噴きながら突き進んで来る。駆け付けて来た月草が、天鬼坊の足許に滑り込み、手槍で斬り払った。天鬼坊はふわりと宙に浮いて手槍を躱すと、身を回転させながら山刀を投げた。山刀が地を車輪のように転がり、月草の腿(もも)を斬り裂いて宙に跳ね上がった。天鬼坊の手が山刀の柄を摑んだ。

「あんな技、奴にあったか」

勘兵衛が市蔵に訊いた。

「初めて見ました」

「危ない。行くぞ」

勘兵衛と市蔵が天鬼坊を追った。

天鬼坊を見据え、無坂が半身になった。ぐいと前に出した足で手槍の杖尻を固め、間合が詰まるのを待っている。

「何をする気だ？」

勘兵衛が独り言のように呟き、熊だ、と言い直した。

「奴は熊殺しのつもりでいるんだ」

十間の間合が八間になり、五間が三間になり、間合が消えた。瞬間、無坂が手槍をぐいと前に倒した。山刀が天鬼坊の腹に刺さり、己の身体の重さで腹を貫き通している。天鬼坊の足が止まった。無坂の身体が擦れ違うように前に飛び、長鉈が天鬼坊の首筋を打った。皮一枚を残し、天鬼坊の首が横に倒れ、追うようにして身体が地に落ちた。

勘兵衛らの上げた、おうっ、という声は、刃の噛み合う音で掻き消された。

亦兵衛と夜兎が四方津と斬り結んでいるのだ。四方津の脇腹が赤く染まり、夜兎の腕からは血が滴り落ちている。

加勢しようと駆け出した市蔵の足に、吹き矢が刺さった。勘兵衛らを追って来た仟吉が放ったものだった。

仟吉と加久間と透波が、憤怒の形相で血潮に濡れた辺りを見回している。

「何ゆえ、俺たちを待たなんだ？」

叫びながら仟吉の手から蔓が伸びた。それは、棒になり、鞭になり、絡み、離れ、自在に動き、市蔵を打ち据えている。源三が助けに走った。

それらの動きを見計らっていた加久間が鎌を投じた。地を這うように飛んだ鎌は、景虎のいる方を逸れ大岩に向かった。

「下手糞め」

小伝次は矢を番（つが）えると、数歩前に出て、四方津に狙いを定めた。

動くな、と唱えている後ろで、かつん、と鎌が大岩に当たる音がした。

鎌は大岩に当たると飛び行く向きを変えた。その先にいるのは、景虎であった。危ない。小伝次の声に右近が素早く動いたが、脇を掠め、鎌は景虎の腿に吸い込まれた。

それを見た加久間と透波が景虎の倒れている方へと走り、四方津と仟吉が亦兵衛らの動きを食い止めようと攻め立てた。朱雀口から戻って来た鳥谷衆の鈴女と可自も、山刀を手に景虎と真木備目掛けて走っている。倒れている野髪らを見たが、死んでいると思ったのだろう。金切り声を上げて、裾を乱して駆けている。鈴女の目の前を小伝次が放った矢が掠め、それが可自の首に刺さった。可自は顔から地面に落ち、勢いで一回転して動かなくなった。鈴女は、可自の手から山刀を取ると、両の手に山刀を握り締め、真木備に向かった。

「止めろ。無駄に死ぬな」

真木備の叫びには答えず、山刀を振り翳している。

景虎の腿をきつく縛り終えた一貫斎が、間淵に鈴女を顎で指した。

間淵が棒手裏剣を鈴女に投げた。咽喉に刺さった。膝を突き、血の塊を吐いている。

止めの棒手裏剣を投げようとした間淵を真木備が止めた。

「お待ちください」

振り向いている真木備に、鈴女が抜き取った棒手裏剣を投げた。棒手裏剣は真木備の足に刺さって止まった。

「情けは無用」

間淵の投じた棒手裏剣が、鈴女の額に深々と刺さった。鈴女が、膝を突いたまま背から落ちた。

「敵は残り僅かだ。掛かれ」

間淵が叫びながら走り出した。

四方津と仟吉、加久間、透波を向こうに、源三と市蔵、亦兵衛と夜兎と小伝次が刃を打ち合わせていた。

腕から血を滴らせた甚八と足に手傷を負った矢作が、間淵に続いた。

景虎の周りには一貫斎と勘兵衛がいる。真木備を残し、無坂は、腿の傷口を布で縛った月草と、争いの渦中に向かった。

「駄目だ」と四方津が仟吉に言った。「一旦、逃げるぞ」

「逃げん。俺はここを死に場所と決めた」

仟吉が蔓を木立に投げ上げ、簾(すだれ)のように垂らしながら言った。

「鎌をもう一本景虎にぶち込むまで退きません」

加久間が鎌を両手に構えた。

「後をお頼みいたします」透波が言った。

「骨は拾ってやる」

四方津は小伝次が射って来た矢を払い落とすと、背から藪に消えた。

即座に源三と市蔵が後を追った。

藪をしごき、枝を潜り抜けてゆくと、四方津の走る気配がふっ、と消えた。身を潜めているのである。市蔵が風向きを見た。追い風になっていた。市蔵が懐から袋を取り出し、口を開いた。針のように細く碾いた竹が、風に乗って流れた。《風泣き》である。

藪の奥で気配が動いた。遠退いてゆこうとしている。

「追うぞ」

源三に続いて市蔵が飛び出した時、何かが赤く光って見えた。綿毛に灯された火のようであった。火がゆらりと揺れて地に落ちた途端に、一帯から炎が立ち上がった。火薬が撒かれていたのである。市蔵の竹は燃え尽きた。

「これまでだ。深追いは危ない」

引き返してゆく源三と市蔵を、四方津と日疋が凝っと見送った。

「上手い具合に来合わせたものよ」日疋が言った。

日疋は白虎口から戻る途中であった。藪の中に人が潜む気配を感じ取り、透波と鳥谷衆を残し、ひとり藪の中に調べに入り込んで来たのだった。


透波から奪った半弓の弦が鎌で切られた。小伝次は弓を投げ捨てると、弧を描いて飛ぶ鎌の軌道に入り、加久間に向かった。加久間を挟むように亦兵衛と夜兎が左右から斬り掛かった。夜兎の背後から透波が迫った。夜兎と透波が組み合い、転がった。縺(もつ)れているふたりの頭上から、甚八と矢作の攻めを凌いだ仟吉が、蔓と枝を伝って回り込み、夜兎の背に飛び降りた。背骨の折れる音とともに血が飛んだ。草鞋に鉄の爪が仕掛けられていたらしい。爪が夜兎の咽喉を裂いた。夜兎が藻搔(もが)いている。駆け寄った甚八が、刀を仟吉に叩き付けた。仟吉は刃を躱すと、蔓を手に取り、蜘蛛のように登った。素早い。人の身のこなしではない。

「来られるものなら、来てみろ」

叫んで見上げた枝に、源三と市蔵がいるのに気付いた。

瞬間、仟吉の目が泳いだ。どこに逃げるか、と迷ったのだ。それが生死の分かれ目となった。抜刀した源三と市蔵が、飛び降りながら仟吉の背と胸を、縦に斬り裂いた。地に着いた源三と市蔵を追うようにして、仟吉の腸が降って来た。腸に遅れて、仟吉が頭から落ちた。

加久間と透波にも最期が近付いていた。ふたりは背中合わせになり、血潮のにおいの只中にいた。腕からも足からも腹からも、血が滴り落ちている。背中を支え合っていなければ、立っていられなかった。

「名は？」と亦兵衛が加久間に訊いた。

「ない……」加久間が答えた。

亦兵衛が顎で透波を指した。

「俺にも、ない……」

「ならば、黙したまま土に還れ」

亦兵衛が言うと同時に、四方から刃がふたりの身体を貫き、抉った。

加久間と透波が赤い木のようになって倒れた。

二

亦兵衛が夜兎に駆け寄り、肩を揺すっていたが、やがて立ち上がると一貫斎に首を横に振って見せた。

間淵が、勘兵衛が、そして遅れて一貫斎が辺りを見回した。

《かまきり》や透波が潜んでいる気配はどこにもなかった。

「朱雀口を通った時は、女どもを含めて二十一人いた。《かまきり》どもの亡骸を引き摺り出し、何人生き残っているか、数えろ」

勘兵衛が、源三に命じた。その横で一貫斎が叫んだ。

「こっちに、手傷を負うた者を集めろ。急ぎ手当てをするぞ」

亦兵衛が鍋に湯を沸かし始めている。一貫斎は、懐から革袋と油紙を取り出した。革袋には金創の塗り薬が、油紙には針と糸が収められていた。塗り薬は、黒文字の根皮と芍薬(しゃくやく)の根と蒲(がま)の花粉を粉に碾き、胡麻油で練ったもので、無坂らの使うものとほぼ同じだった。傷口を縫い、塗り薬を切り分けた油紙に塗って、傷口に貼り付けるのだ。

　一貫斎が、景虎を寝かせ、腿の傷口を縛っていた布を外した。血が盛り上がって流れ落ちた。一貫斎は枝に布を巻き付け景虎に噛むように言うと、傷口を縫い始めた。一針縫い、縛り、糸を切る。それを五度繰り返して終えた。一貫斎は、続いて堀部右近の傷も縫った。手慣れていた。ふっと息を吐くと、傍らにいた無坂に訊いた。

「縫えるか」

「はい」

「では、後は頼む。針と糸は鍋のを使うとよい」

　景虎と右近の他に、縫う程の傷を受けていたのは月草と泥目だった。月草が腿を、泥目が胸を斬られていた。傷の具合からして、月草、泥目の順で縫い始めた。暴れぬよう、月草の足を真木備が押さえた。

「無坂の叔父貴ですね。二ツから話は聞いていました」と泥目が言った。

　二ツとは、龍神岳(りゅうじんだけ)城城主・芦田虎満(あしだとらみつ)の嫡男・喜久丸のことである。叔父・満輝(みってる)の裏切りに遭い、両親と姉を殺され、城を盗られた喜久丸は、市蔵の父に助けられ、南稜七ツ家の力を得て、仇を討ち、今では二ツと名乗る山の者となっていた。

　二ツが今どこにいるのか、泥目に訊いた。

「分かりません。いつもひとりで出掛け、時折ふらっ、と戻って来るので」

「そうらしいな……」

「他の者なら許されないのですが、二ツは特別なのです」

泥目が目だけを動かして、月草の腿の手当てをしている無坂に言った。

「それを不快に思うている訳ではありません。それが二ツの生き方だと納得させるものが、二ツにはありますからね」

「地獄を見て来た者だからだろうな」

「かもしれません……」

縫い終えた月草の傷口に金創薬を塗った油紙を貼り、布で巻き、次いで泥目の胸の傷を縫い合わせた。真木備と、痛みを堪え脂汗を流していた月草が、泥目の手足を押さえ付けた。手当てを終えた時には、泥目は気を失っていた。

「深傷はこりごりだ」

と、既に片腕を斬り落としている真木備が零した。

真木備の足の傷の手当てを終え、立ち上がろうとした無坂を、真木備が呼び止めた。

「気が付きそうだぞ」

野髪らが、小さく呻きながら身体を動かし始めていた。

軒猿と七ツ家の死体と、手傷を負った者が、運ばれて来た。

七ツ家は土蜘蛛、樫鳥、天鬼坊の三人を亡くし、泥目が刀傷を受けていた。

軒猿は、夜兎が死に、甚八と矢作が手負いとなっていた。

少し離れたところに、《かまきり》と透波の死体が並べられた。

寒洞、仟吉、壮十郎、加久間に透波が四人と鳥谷衆の鈴女と可自であった。透波のひとりは、市蔵が藪の中から見付けて来た、雷に打たれた者だった。

「朱雀口の見張り二名と、そこに縛られている女三人を足すと十五人ですので、残るは六名。うちふたりは女です」

「六人か」一貫斎が言った。

「こちらは無傷の者が八人。浅傷の者も数名おります」亦兵衛が言った。

「新手が来なければ、切り抜けられる……」

直ぐ発つか。だが、途中で襲われた時のことを思うと、直ぐ動かすことは躊躇われた。せめて、一日様子を見るか。景虎は腿の傷を縫ったばかりである。

一貫斎は景虎に、明日春日山に向けて発ちたいが、と申し出た。

「任せる」

「では、そのようにいたします」

御前を離れると一貫斎は勘兵衛に、春日山まで同道してくれるのか、問うた。

「春日山へお連れするとの約定ですので、ご懸念には及びません」

「そうか」

一貫斎が、野髪らを囲んで立っている無坂と真木備の傍らに来た。

「この女どもは」

鳥谷衆の者だ、と真木備がこれまでの経緯を手短に話し、どうして、と目を開けた野髪に訊いた。

「《かまきり》といた？」

「ここへの道案内と、仇討ちだよ」

「俺か」

「お前と無坂、それに国主様と、あの若僧だよ」

野髪が、景虎と、肩と額に布を巻かれている右近を目で指した。

「六女を斬り殺したんだ」

「お前たちにも、いろんなことが起こるようだな」真木備が言った。

「それもこれも、すべては……」

「己らから出たことだ」月草が言った。

「分かっているよ。そんなことは……」

「もの分かりがよくなったではないか」真木備が言った。

「前の時、気になったんだが、その腕はどうしたんだ？」

天文二十四年（一五五五）、川中島の陣中で真木備に襲い掛かった野髪の小刀を義手で受けたことがあった。

「蝮に嚙まれたのだ」

「そりゃいい。罰が当たったんだ」野髪が咽喉を震わせて笑った。

「其の方ら、此奴どもをどうする気だ？」一貫斎が問うた。

それを話そうとしていたところだった。

「《かまきり》といたのだ。儂なら殺すが」

「と言われたぞ」月草が野髪に言った。

「そうすればいいだろ」

野髪は、鈴女と可自を見た。鈴女の額には、まだ棒手裏剣が刺さっていた。鬼の角のようであった。

「あしらだけ生き残ったら、済まないからね」

「お前もか」真弓に訊いた。

「太郎様はどうしているか、知っているのか」真弓は、月草の問いには答えずに、逆に訊いた。

「岩鬼（いわき）だよ」野髪が言った。鳥谷衆の次の棟梁となるよう、太郎に与えた名であった。

「若様として暮らしておられる」

「会ったのか」

「春にな」

「あしのことは何か言っていたか」

「周りを取り囲まれておったので、そのような話をする暇はなかった……」

「若様だからね……」

「そうだな……」

「一度だけ礼を言っておく」と真弓が言った。

「礼だと……？」無坂が聞き返した。

「あしが太郎様を刺そうとしたのを止めてくれたことだ」

鳥谷衆を離れ、駿府の隠居館に戻ると言った太郎の脇腹を、小刀で刺そうとしたところを無坂が刃を握り締めて防いだのだった。

「生きていれば会えるかもしれん」一貫斎が、無坂に言った。「敵に加担した者は殺す。それが軒猿の遣り方だ。山の者に押し付けようとは思わぬが、知っておけ」

儂らは夜兎を亡くした。此奴らは、その憎い敵の片割れでもあるのだ。殺すのが嫌なら、儂らが喜んで殺す。それだけ言うておく。一貫斎はくるりと向きを変えると、夜兎の屍の方へと歩いていった。

「どうする気だい？」

「そうよな」

真木備が野髪の前髪を摑み、持ち上げた。

「何するんだい？」

「姉さ」

伊吹と真弓が叫んだ。

「傷も随分薄くなったな。それと知らなければ分からないくらいだ。いつか、この命くれてやると言ったが、その日が来るまで、どこぞで生きていろ。死ぬ前には、会いに行ってやるでな」

「放してやりますか」無坂が訊いた。

「俺たちが発ったらな」いいか、と真木備が月草に訊いた。

「生きろ」と月草が、頷きながら言った。「この乱世、生きるのは死ぬより難しいぞ」

「決まりだ」

となれば、おい、と真木備が伊吹の小袖をたくし上げた。左の腕が肩まで露になった。二の腕に矢傷があった。まだ、血が流れている。

「鏃を取らねば、腕が腐るぞ」

「放っといておくれ。あしの腕だ」

「そう言うな」

真木備は無坂に手伝うように言った。無坂は伊吹の口に生木の枝を嚙ませると、二の腕を摑み、押さえ込んだ。真木備は山刀の切っ先を拭うと、我慢せい、直ぐだ、と言い、突き立てた。鏃は間もなく取れた。

「甲斐の鏃は抜け易いと言われているが、まっことだな」

無坂が伊吹の腕に布を巻き終えると、真木備が伊吹の掌に鏃を落とした。

「矢を射られた時は、そっと抜け。乱暴に抜くと、此度のようなことになる」

伊吹が唇を嚙み締めながら目を閉じた。野髪と真弓が、無坂を見てから真木備に目を遣った。

亡骸の始末とともに、草庵作りと夕餉の仕度をしなければならなかった。無坂と真木備が手早く草庵を作り、腿を負傷した月草は夕餉の仕度から加わることになった。

軒猿と七ツ家が墓穴を掘っている。それぞれの仲間の分と、《かまきり》と鳥谷衆の分である。土を切り、掘り起こす音に混じって伊吹と真弓の啜り泣く声が聞こえた。

日が落ちてからの見張りは、寝の足りている無坂と真木備が主にすることにした。まだ日は山の端よりも上にあった。湯を沸かすにしても、早い。出来上がった草庵に景虎と右近を入れている頃――。

四方津と日疋らは、藪の奥で、いつ攻めるかを話し合っていた。闇を得意とする日疋は夜を、四方津は今を主張して、互いに譲らずにいた。

「儂の秘薬には弱点がある。黒目が開くと、昼のうちでも物がよく見えなくなる。それが夜となっては相手がどこにいるのかさえ、分からなくなってしまうのだ」

「だから、今なのか」

「奴らは、まさか今我らが来ようとは思わずにいるはず。そこを襲うのだ」

「ひとりか」

「いや」と言って、ふたりの透波を見た。「命をくれ。勿論儂も命を捨てる覚悟だ」

「お気遣いは無用でございます。ご覧ください」

透波のひとり・小六（ころく）が首筋を見せた。棒手裏剣の傷痕があった。ただひとり生き残り、小頭・那宜らの死体を埋め、甲斐に戻った経緯（いきさつ）を話した。

「この日を待っておりました」

小六の隣で、もうひとりの透波の彦馬（ひこま）が頷いて見せた。

「あしらにも、その薬をいただけますか」五十女が訊いた。

「四方津様のお話だと、仲間は皆死んだ。そうでしたね？」

「額に棒手裏剣を打たれた者たちが転がっていた。棟梁も倒れておった。この目で見た」

「でしたら、あしらだけ生きていても仕方ありません」五十女が言った。

「鳥谷衆の女の意地を見せてやりとうございます」留女が続いた。

「死ぬぞ。よいのか」

「構いません。疾うに覚悟は出来ております」

「得物は?」

背帯に差してあった山刀を取り出した。

「命を惜しまぬ者が五人か……」

懐から革袋をふたつ取り出した。皆で飲む分は十分あった。

「今死ぬと言ったが、儂は、これを飲んで二度生き残った。何となれば、儂はな、これを飲むと異様に高く跳べるようになるからだ。分かるか。これを飲むと、皆が皆ではないが、思わぬ力が出るようになる。足が速くなる、力が強くなる、飛び跳ねる力が増すなど、その者によって効き目の出方は違うようだが、それまでの己にはなかった力が出るようになる。その力を信じて斬り進め。よいな」

四方津は日疋に向き直ると、最後の死人遣いを見せてくれる、と言った。

「しくじった時は、後は任せる」

四方津は、四人にひとつ目の袋の粉を飲ませると催眠の術を掛け、己も口に含んだ。額に汗が浮かんできた。四人の額にも汗が浮いている。ふたつ目の袋の粉を五人で飲んだ。

「もう暫く経つと、どんなに斬られても、痛みなど感じなくなる。不死身だ。そして人を殺したくて我慢出来なくなる。我慢はするな。殺せ。見境なく、動く者は殺せ」

更に熱気が出て来たのか、四人の顔が紅潮し、黒目が開き始めた。四方津の目も少し霞み始めている。

「頃合のようだな」

四方津は革袋に残った粉を己と彦馬ら四人の肩に振り掛けた。

「粉を奴どもに吸わせてやれ。同士討ちするかもしれぬでな」

行くぞ。四人の後から、四方津も走り出した。


額を伝った汗が、粒になって流れて飛んだ。熱い。身体が燃え出すようだった。だが、身は軽かった。行く手に立ち塞がる木立の間を、足の運びを鈍らせることなく擦り抜け走っている己を、五十女は誇らしげに思いながら駆け足を続けた。

留女も似た思いなのか、十間（約十八メートル）の間合を取って、同じ速さで走っている。

「いいね。いいね」

叫び、木立を見上げた。猿のように枝から枝を伝っている者がいた。彦馬だった。

四方津は少し間を空けて、遠回りをしているらしい。南から襲おうとしているのだろう。

小六は遅れているのか、姿が見えなかったが、気にはならなかった。己は己のことをすればいいのだ。走るにつれ、何か黒く重いものが込み上げて来た。怒りだった。憎しみだった。

六女の笑顔が瞼(まぶた)の裏に浮かんだ。何か言っているのだが、聞こえない。殺されたんだ。あの景虎のお供の者に斬り殺されたんだ。

額に受けた痛みが甦(よみがえ)った。×の印を刻まれた、あの時だ。滴(したた)る血で目が見えなくなった。叔父貴たちが怒鳴っている。懇願している。子供らが泣いている。無駄だった。すべて殺された。

憎い、憎い、憎い。怒りが、憎しみが炎となって、頭の中に噴き上がってきた。

殺す、と五十女は呟いた。殺す、とはっきり口にした。殺す、と叫んだ。

殺す、と叫んでいる留女の声が聞こえた。

どこか、藪の向こうで指笛が鳴った。切迫した音だった。あしたちのことかい？待ってな。直ぐ行くよ。

亦兵衛の吹いた指笛と同時に、一貫斎に勘兵衛と、泥目ら手傷を負った者たちが草庵の四囲を固め、後の者が散った。草庵の近くにいた無坂と真木備は先を越されてしまい、手薄になっていた南に向かった。

藪の中から五十女と留女が、木立を伝って彦馬が、南の朱雀口の方から四方津が飛び出して来た。

五十女には源三が、留女には市蔵が、そして彦馬には亦兵衛と小伝次が、四方津には無坂と真木備が向かい合った。

「殺せ」

叫んだ四方津の口から唾が飛んだ。彦馬らの顔が変わった。憑かれたように、目が吊り上がっている。

「景虎を殺せ」

四方津が地を蹴り、宙を飛びながら刀を閃かせた。素早い動きだった。切っ先が無坂の肩口を掠め、刺し子がぱくりと口を開けた。地に下りた四方津は跳ね返るように跳び上がり、再び宙空から真木備に刀を打ち下ろした。刃を躱そうとして真木備が尻から落ちた。間に飛び込んだ無坂の顔を、四方津の刃が掠めた。四方津には見えた。

舞い散る粉を此奴どもは気付かずに吸っている。四方津が目を光らせながら、刀を振り翳した。無坂の顔が微かに歪んだ。吸っている。もっと、吸え。

五十女は――。

躊躇いもせずに源三の間合に飛び込み、山刀を突き立てた。躱されたが、躱した方へと執拗に刃を繰り出した。源三が長鉈で五十女の山刀を払い飛ばした。血煙が上がった。指が二、三本飛んだらしい。源三の足が腹を蹴った。五十女は一間（約一・八メートル）程飛び、背から地に落ちたが、直ぐに起き上がると飛び付いた。源三の長鉈が五十女の肩を打ち据えた。骨が折れたはずだが、ひるまずに組み付き、源三の腕に噛み付いた。源三が長鉈の柄頭で五十女の額を打った。額が割れ、鮮血が流れた。だが、噛み付いた歯は離さない。源三が柄頭で二度額を打ち、三度目に目を打った。ぐにゃりとした感触を残して、柄頭が眼窩に食い込んだ。五十女の口が開き、身体が離れた。源三が飛び退くと、五十女は山刀を拾い上げ、草庵目掛けて駆け出した。

「待て」

源三が追った。五十女は目の前の岩に足を掛け、宙を飛びながら源三に山刀を振り下ろした。寸で躱した源三が地に転がった。五十女の足は、即座に草庵に向いた。

「姉さ……」真弓が野髪に言った。

「五十女の動きじゃないね……」

「あんなの見たことない……」

「…………」

源三の投げた長鉈が五十女の首に当たり、血が噴いた。首が傾いでいるが、痛みが分からないのか、それでも尚進もうとしている。泥目が、五十女の行く手を塞いだ。五十女が泥目に突きをくれた。泥目は刀を躱すと、五十女の腹に山刀を深々と突き刺した。肉が締まり、山刀が抜けない。五十女の歯が覗いた。笑ったのだ。泥目の胸許を五十女の山刀が掠めた。これ以上斬られてたまるか。飛び退いた隙に、五十女が景虎目掛けて再び走り出した。源三は長鉈を拾い上げると、再び五十女に投げた。五十女の頭がふたつに割れた。

留女も血達磨になっているのに、倒れようともせず、山刀を振り回している。腕と足に棒手裏剣が刺さっているが、抜こうともしない。

「止めさせて。死んじまうよ」真弓が野髪に言った。

野髪が月草に、行かせてくれ、と頼んだ。

「駄目だ。あの目は己が誰かも分からなくなっている。止まらん」

「頼まないよ」

野髪が飛び出した。

「動くな。動けば殺す」一貫斎が叫んだ。

「留女」

近付こうとした野髪の腕に、一貫斎が投じた棒手裏剣が刺さった。

「動くな」

市蔵に手を払われ、留女の山刀が落ちた。留女は腕と足に刺さっていた棒手裏剣を引き抜くと、両手に振り翳し、野髪に向かった。

「留女、あしだよ」

野髪を見る目が、憎しみに燃えている。

「分からないのかい？」

両の手を野髪の顔に振り下ろそうとした。思わず目を閉じた野髪の顔を血が濡らした。源三の投げた長鉈が留女の頭蓋を割っていた。

「留女」

抱き起こそうとした野髪を、彦馬が蹴り倒した。亦兵衛と小伝次の刃を躱して逃げて来たのだ。小伝次の左手からは血が滴っている。深傷を負っているらしい。彦馬の足に真弓が飛び付いた。

真弓と縺れるようにして転がった彦馬が、跳ね起きた。

亦兵衛が、棒手裏剣を矢継ぎ早に投じた。彦馬の胸に腹に足に腕に刺さり、最後の一本が顳顬(こめかみ)に飛んだ。彦馬の足の動きが鈍くなった。だが、止まってはいない。一歩一歩踏み締めるように景虎のいる草庵目掛けて歩いてゆく。踏み出す足毎に、血の跡が付く。

「後はもらおう」

一貫斎が彦馬の首を刎ねた。どん、と音がし、首が地に落ちた。小伝次が膝を突いている。

真弓と伊吹が野髪の許に駆け寄った。

地を擦るような音がした。振り向いた真弓が悲鳴を上げた。頭蓋を割られ血だらけになった留女が、彦馬の亡骸に向かって這い寄っているのだ。

「留女姉さ」

駆け寄ろうとした真弓を野髪が止めた。留女は彦馬の足を摑むとずりずりと引き寄せ、頭をなくした首にかじり付いている。

野髪は月草の長鉈を拾い上げると、留女の首に叩き付けた。

三

無坂と真木備は四方津に梃子摺っていた。

「加勢するぞ」

亦兵衛と駆け寄った間淵が無坂らの両側に付いた。無坂が手槍を突いた。跳ねて躱すところを亦兵衛と間淵が棒手裏剣で仕留めようとしているのを読んだのか、四方津が横に滑るように逃げて躱した。源三と市蔵が、回り込んでいる。

「それまでだ」

源三が言った。と、その時、藪が鳴り、小六が這い出して来た。青ざめ、瘧のように震え、頭から汗を流し、吐いている。

「四方津様……」

吐くものがないのか、草を毟っては口に入れ、吐いている。

「役立たずめが」

四方津が跳ねた。亦兵衛と間淵と源三と市蔵の手から放たれた棒手裏剣が、四方津の身体に吸い込まれた。

「死ぬか。こんなもので」

四方津は飛び上がると宙で回転し、身体に刺さった棒手裏剣を抜き取り投げ返した。一本が間淵の右肩に刺さった。間淵も透かさず抜いて投げ返した。四方津の額を掠めた。

地に下りた四方津が、手負いと思えぬ足の運びで景虎に向かった。

四方津の手と足に、無坂と真木備の長鉈が飛んだ。片腕が撥ね飛び、片方の足首がもげた。

「景虎っ」

尚も跳ねるようにして草庵に向かった四方津の胸に、月草の投じた手槍が刺さった。

「いいものをくれた」

四方津は手槍をずるりと抜きながら、無坂と真木備に言った。

「汝(うぬ)らには薬をたっぷりと吸わせてやった。どうなるか、見ておれ」

四方津の肩口から粉が舞うのが見えた。

「粉薬だ」と無坂は口許を拭いながら、真木備に言った。「奴は、身体に付けて、撒き散らしていたんだ」

「今頃気付いても、遅いわ」

四方津は手槍を引き抜くと、それを杖にして、草庵へ駆け出そうとした。軒猿らの足が地を蹴った。


「これまでか……」

木立の上から見ていた日疋が呟いた。

軒猿らが四方津を取り囲み、寄ってたかって斬り付けている。四方津の身体は、肉の塊になって飛び散り、辺りの地面を赤く濡らし、動かなくなった。

亦兵衛が、小六を指し、どうするか、訊いている。小六が縛り上げられた。彼奴はまた生き残るのだろうか。それとも軒猿から責めを受けた後、殺されるのか。しかし、それは日疋にとっては、どうでもよいことだった。

見付からずにいる。それが今の己のすべてだった。気配を断ち、寄り添う木と溶け合い、夜を待つのだ。日疋は目を閉じた。見ようとしていると、たとえ姿が芥子粒程の大きさにしか見えぬ遠くでも、相手に気配を悟られることがある。

乱れた足音を聞き付け、日疋は細く目を開けた。山の者ふたりと軒猿の三人が蹲っており、他の者らが水を飲ませている。蹲った者らは、水を飲んでは吐いている。四方津の粉を吸い込んだ者たちなのだろう。

日疋は風向きを見た。己が風上にいた。今、火薬を風に流せば、奴どもは火の海に沈むことになる。

やるか。相手は無傷の者が六人、手傷は負っていても戦える者が六人残っている。多い。仕掛けるとすれば、己の命は捨てることになるだろう。

そこに至り、迷った。己は《かまりの里》に押し込められていたのだ。甲斐のために、どうして死なねばならぬのか。四方津の斬り刻まれた死体に目を落とした。ああなりたいのか。このまま去れば、《かまきり》と透波とともに死んだと思われるだろう。抜けた者として追われることなく、生涯を送れるかもしれない。

いや、と小六を見下ろした。彼奴が万一解き放たれたとしたら、俺は戦わず逃げたと言われ、死ぬまで追われることになる。逃げるならば、夜陰に紛れて忍び寄り、彼奴を殺してから逃げねば……。

いずれにせよ、夜を待つしかなかった。

木肌に背を当て、身を隠していると、二十間（約三十六メートル）ばかり離れた薮陰が微かに騒いだ。野兎だった。何かに怯えたように走っている。別の藪からは鹿が走り出てきた。やはり追われているように見えた。

何だ？

襟首にひやりとしたものを感じた。寒気である。

日足は、藪の中を、木立の中を擦り抜けるようにして流れて来る、人の形をした黒い影に目を凝らし、息を呑んだ。

それは龍穴の地を囲むようにして押し寄せて来ていた。

影だ……。

日足は、己が地を這う影の上にいる幸運を噛み締めた。叫び声を上げそうになるのを堪え、影を見詰めた。龍穴に向かって、影が輪を縮めている。

無坂が、藪を凝っと見ている。月草が、どうしたのか、と訊いた。

「何か変ではないですか」無坂が言った。

月草と真木備が、耳を澄まし、無坂に倣って藪に目を遣った。

「分からぬが」

藪から兎と鹿が飛び出して来た。無坂らや軒猿らの間を素通りして、反対側の藪に駆け込んだ。と俄(にわか)に、寒気がしてきた。纏(まと)い付くような粘り気のある寒気である。月草と真木備も気が付いたらしい。

「叔父貴」

無坂に応え、

「あの時と同じだ」と真木備が言った。

真木備らは、去年、信虎の庶子・太郎を連れて川中島から引き上げて来る時に影と出会っていた。

「塩だ」

月草が足を引き摺りながら、放り出してあった籠に急いで向かった。

「お集まりください」

無坂は叫び、間もなく影が来ることを話した。

亦兵衛と甚八と矢作も、太郎の探索行の途次、天龍川の畔で影に襲われたことがあった。

「またか」

草庵にいた景虎と右近に、そして一貫斎らに、塩を足に塗るように告げている。景虎と右近が草庵の外へと出て来た。

「影と申したな」景虎の声が弾んでいる。

亦兵衛らが月草から塩を受け取り、景虎の足許に屈み込んだ。

無坂は勘兵衛にも塗るように言った。

「話には聞いたことがあったが、まさか出会そうとは思ってもいなかったぞ」

勘兵衛らも塩を取り出し、足に塗り付けている。

「足りますか」無坂が月草に訊いた。

「四、五日のつもりでいたからな。あまりたくさんの持ち合わせはないが」

「此奴どもは、どうする?」

一貫斎が野髪らを顎で指した。

塩の残りを見た。これから越後に戻るまでに、また影に襲われることも考えておかねばならない。どうするか。そこに至り、籠の底に入れておいた赤い小石を思い出した。本当に影に効くのか分からなかったが、効かないとも言い切れなかった。少なくとも石のお蔭なのか、俺は生きている。取りに行き、戻ると、

「手前どもが抱えましょう」真木備が言い、野髪を立ち上がらせている。

「これを持っていろ」ひとつを野髪に渡した。

「何？」

「もしかしたらだが、影に効くかもしれぬ石だ」

「あしに？」

戸惑いを見せている野髪から離れ、もうひとつの石を伊吹と真弓に、繋いだ掌の中に入れておくように言い、無坂が伊吹の、月草が真弓の傍らに立った。

背後の藪が、がさと鳴り、兎と鹿が走り出て来た。さっきの兎と鹿かは分からなかったが、やはり逃げて来ているような、怯えた目をしていた。

「まさか……」

亦兵衛がぐるりを見回した。藪の奥から黒いものが取り囲み、押し寄せて来ている。囲まれたのは初めてのことだった。

「逃げ場はないようだな」景虎が言った。

白虎口の方から来た人の形をしていた影が、藪を抜けたところで波濤のように砕け、地を嘗めるように這い、冷気とともに流れて来た。

「死にたくなければ、来い」真木備が野髪に言った。

「畜生、お前にだけは助けられたくないよ」

「贅沢を言うな。我慢しろ」

真木備が野髪を抱きかかえた。無坂も月草も、伊吹と真弓を抱き上げた。後退ろうとした無坂らの後ろの藪から冷気が塊となって這い出て来た。後ろにも影がいた。解け、地を這い、足許まで来ている。

「あちらからも……」

源三が玄武口を指差した、

「南からも来ます」

小伝次が朱雀口の方を見た。

ぐるりから影が厚い波となってこの龍穴の地に入り込んで来ていた。

「影が集まってきているよ。ここはやっぱり凶穴だ」野髪が仰け反るようにして叫んだ。「大笑いだね」

「動くな。叩き落とすぞ」真木備が言った。

逃げ場を失っていた兎と鹿が影に呑まれて動かなくなった。

ひっ、と声が上がった。透波の小六だった。縛り付けたままであった。

思わず走り出そうとした小伝次を一貫斎が止めた。

「遅いわ」

影は小六の足許に達しようとしていた。少しでも逃れようと身を縮め、藻掻いていたが、影が瞬く間に呑み込んでしまった。

野髪が赤い小石を握り締め、真木備にしがみついた。伊吹も真弓も繫いだ手を硬く結んだまま、無坂らの刺し子を摑んでいる。影は小六を覆い尽くすと、流れ行く方向を探し、南へと回った。朱雀口の方から来た影は青龍口の方へ、青龍口から流れ込んで来た影は玄武口の方へ、玄武口からの影は小六が倒れている白虎口の方へと流れ、龍穴の前に佇（たたず）んでいる景虎や無坂らを中心にして渦を巻き始めた。

「こうなのか」と景虎が叫んだ。「いつもこうなのか」

「いいえ。このような荒々しい影は初めてでございます」

「其の方、これは里の戦で死んだ者の血と、浮かばれぬ霊が結び付いたものだと申したそうだな？」一貫斎が無坂に訊いた。

「手前は、そのように聞いておりました。だから、命を欲しがるのだ、と」

「影に呑まれたあの者は、死んだのか」

一貫斎が小六を指した。

「左様でございます」

「もうひとり試してくれよう。其奴を投げ捨てろ」

伊吹を指した。

刺し子を摑む伊吹の指の力が増した。影は冷気を発しながら、足許を擦り抜け、大岩の周りを回っている。

「出来ません」

「其の方らに斬り掛かった者だぞ。何ゆえ庇う？」

「懸命に生きている者をむざむざ死なせることは、手前どもには出来ません」

「其の方は？」月草に言った。

真弓が背を震わせ、月草の首にしがみ付いた。

「出来かねます」

一貫斎は真木備を見たが、何も言わずに、ちっ、と呟くと、前に進み出た。

「棟梁」亦兵衛が叫んだ。

「一貫斎、何をするつもりだ？」景虎が言った。

「この世に刀で斬れぬものはございません。斬れなければ、この世のものではない、ということでございます」

一貫斎は更に足を進めながら刀を抜くと、影の間近で腰を割り、裂帛の気合とともに、刀を振り下ろした。

と同時に、渦を巻いていた影の先端が跳ね上がり、延び、地に落ち、無坂や景虎の足許を擦り抜け、冷気とともに龍穴へと潜り込んで行った。

しんと静まり返った地が残った。

絶えていた風がそよと吹いた。鳥の気配も遠くから聞こえてきた。途絶えていた森の気配が、遠くから甦ってきていた。

吐息とともに、無坂と真木備と月草が座り込んだ。野髪らは抱き付いたまま頭だけ回して辺りを見ている。

「姉さ……」

真弓が野髪に手を伸ばした。野髪は突き飛ばすようにして真木備から離れると、真弓を抱き締めた。駆け寄った伊吹も真弓を背から抱いている。

「ここが、龍穴が、影の住処なのか」

景虎が龍穴を覗き込んだ。慌てて亦兵衛が離れるようにと叫び、駆け寄った。

「龍穴は、影のような禍々しいものの住処ではございませんから、ここは龍穴ではなかったようでございます」無坂が答えた。

「では、ここは何なのだ？」

「今は影の住処としか。山を歩いていると、時折穴がございます。そこが繋がっていて影の出入り口だとすると、思わぬところで出会すのも得心がゆきます」

「戦が終われば、大地が血を吸わなくなれば、なくなると思うか」

「恐らくは……」

「身共は今、強く思うた。義だ。我欲に狂うた者を倒し、義で天下を治めれば、二度と影が徘徊(はいかい)することはないであろう」

「と存じます……」

「分かった」

景虎が再び龍穴を覗こうとして、右近に押し止められている。傷口が痛んだのか、景虎が顔を顰(しか)めた。

「無坂……」

呼ばれて振り向くと野髪がいた。手を差し出している。掌の中に赤い小石がふたつあった。

「返す」

「ん……」

「礼を言うが、この場限りだぞ」

「分かっている」

野髪は伊吹と真弓のところに戻ると、傍らに腰を下ろした。

「御館様」

一貫斎と右近が、景虎の手を引き、岩に座らせている。

四方津と小六の亡骸を片付け終えた亦兵衛と小伝次が、無坂に目配せをした。近くに寄ると、小声で兎と鹿の死骸は食えるのか、と訊いた。

「毒や病で死んだ訳ではないですから、食べられるとは思いますが」

「気は進まぬな」

答えようとしたが、目眩(めまい)がし、頭が割れるように痛んできた。

「どうした？」

まだ四方津の粉が抜けていないようだと答え、吐いていると、真木備と亦兵衛、小伝次に甚八が、腰から砕け落ちるようにして蹲った。

「暫し、休んでおれ。七ツ家の衆は見張りを頼む」

一貫斎は無坂と真木備を顎で指し、診(み)てやれ、と野髪ら三人に言った。

「投げ捨てろとか診てやれとか、随分勝手な言いようですが」

「過ぎたことをつべこべ言うな。その者らは命の恩人であろうが」

「少し前までは仇だったんですよ」

姉さ……。どうしようか、と伊吹と真弓が野髪に目で訊いた。

「仕方ないね。今日だけだよ。あしは真木備を診るから、無坂を頼むよ」

真弓に水を分けてもらって来るように言い付け、真木備の頭を膝に乗せた。

「膝にですか」伊吹が野髪に言った。

「抱き付いていたの、あしは見たよ」

伊吹が無坂の頭を抱えるようにして膝に置いた。

それらの動きを、日疋は喬木(きょうぼく)の上から見下ろしていた。

まともに動いている者を数えた。ふたり減って四人になった。後は四方津の粉を吸い込み、ぐったりとしている者か手傷を負った者である。

夜陰に紛れれば、景虎を襲うことは難しいことではない。それらしい殺しはしてきた己である。

日疋は、そろりと幹を回り、大きく傾いた日を見詰めながら手順を考えた。

その目に、湯治場の方から来る十五人の群れが見えた。草鞋の底に綿が編み込まれているのか、走りが軽い。中程に背負子に乗った年嵩(としかさ)の者がいた。その者を取り囲むように直走(ひたはし)って来ている。

先頭にいた男が、止まれ、と合図をした。身のこなしから、己と同じ忍びの心得のあることが見て取れた。

誰だ？　思った瞬間、げっ、と日疋は声を漏らした。風魔であった。合図をしたのは、棟梁の小太郎である。とすると、あの背負子に乗っているのは、

「幻庵。北条幻庵ではないか。相模の北条が、何でこのようなところまで……」

背負子から下りた幻庵が、小太郎とともにするすると藪に潜り込み、龍穴の地を見ている。軒猿や七ツ家はまだ気が付いていない。見張りの手が白虎口には置かれていないのだ。

隠れて様子を窺うということは、

襲うつもりか……。

日疋に笑みが生まれた。

景虎の出奔を甲斐が好機と捉えたのと同様、相模も景虎を亡き者にしようとしているのだ。風魔が景虎を倒してくれるというなら、願ったり叶ったりではないか。

日疋は気付かれぬよう、幹に貼り付いた。

「長尾景虎様に相違ございません」

小太郎が、草庵の前の岩に腰を下ろしている景虎を指して言った。幻庵は景虎を戦場で遠くからしか見たことがなかった。

「あれがそうか」

目を凝らし、景虎と周りを見た。

亡骸を埋めたのか、土饅頭が盛られていた。《かまきり》どもとの戦いを終えたばかりであるらしい。朱雀口にも透波ふたりの亡骸があった。どうやら《かまきり》は景虎暗殺をしくじったと見える。

「いかがなさいますか」

「殺れるか」

「ざっと見たところですが、手負いが多いようでございます。我ら風魔は十一人なれば、まず為損(しそん)じることはなかろうかと」

「来た甲斐があったというものだな」

「御意(ぎょい)にございます」

「あれは」と小太郎に、女の膝枕で横になっている者を目で指した。

「無坂のようですが……」

それに、と小太郎が言った。月草もおります。

「景虎め、やはり月草を頼ったのであろうが、無坂までいようとはの……」

「しかし、膝枕とは解せませんが」

「斬られでもしおったのかの。槐堂に、飛び加当に、鶴喰を倒した者が」

「どうなのでございましょう……」

「他にも、山の者らしい者がおるようだな」

「顔立ちまで見えませぬので、よくは分かりませんが、恐らく無坂が連れて来た者でございましょう」

「そのようなところであろう……」しかし、と幻庵が言った。「彼奴らがいるとは、厄介よな」

「幻庵様に逆らうとは思えませんが」

「だとよいのだが……。万一の時は、殺れるか」

「命に換えまして」

「それを聞きたかったのだ」

幻庵は小太郎と藪を抜けて戻ると、風魔を集めた。弥蔵は、小頭の常市や庄平と雁矢とともに、少し離れた草の上に腰を下ろし、話が終わるのを待っている。

「この先の龍穴の地に、景虎殿がおられる」

風魔の顔が引き締まった。

「どうやら、《かまきり》どもとの戦いを終えたところであるらしい」小太郎が後を継いだ。「動ける者は、多く見積もっても七、八人。他は手負いだ」

「我らは十一名。勝てまするな」小頭の宇兵衛が言った。

「さて、そこでだ」と言って幻庵が、常市を呼んだ。「無坂と月草らがいるのだが、あの者らを巻き込むは本意ではない。分かるな?」

「…………」

常市が振り向き、弥蔵に頷いて見せた。弥蔵が常市の斜め後ろに進み出た。

「無坂と月草の叔父貴らがいなさるらしい」

「実で。よかったではないですか」弥蔵は笑い掛けたが止め、尋ねた。「それが何か」

「巻き込みたくない、と仰せなのだ」

「どういうことでございますか」

幻庵を、小太郎を、風魔の衆を見た。殺気があった。

「お待ちください。まさか……」

「目を瞑れ」小太郎が言った。

「鳥谷衆を捕らえた時の恩義、忘れてはおるまいな？」宇兵衛が言った。「八尾久万が大長として面目を施せたのも、すべて殿様のお蔭だぞ」

天文十五年（一五四六）のことになる。八神衆と名を偽って、鳥谷衆の男たちが幻庵の許に仕官してきたことを八尾久万に知らせ、罠に嵌めるようお膳立てしたのは幻庵と風魔の衆であった。

「あの時のご恩は忘れるものではございません。されど、あれはあれ、でございます」

「今我らは穏やかに話している。いつまでも穏やかとは参らぬが、それでもよいか」

宇兵衛が、僅かに身構えた。余ノ目が横で刀の鯉口を切った。

「弥蔵」

常市が小さく首を横に振り、どうせよと仰せで、と小太郎に尋ねた。

「小頭」

弥蔵が抑えた中にも強い口調で言った。

「俺は、嫌です」

「控えろ、弥蔵」

常市が窘めたが、弥蔵は続けた。

「幻庵様は、巣雲にいらした時、《かまきり》が景虎様の命を狙って甲斐を発った。景虎様は目の上の瘤だが、『山中で亡き者にするは、好むところではない。何としても里に下ろしたい』と仰せになりました。覚えておいででしょうか」

「あの時は、確かにそう言った……」幻庵が言った。

「手前どもは、そのお気持ちに打たれ、ここまで案内をして参りました」

弥蔵はぐいと顔を上げ、幻庵を見詰めた。

「幻庵様は、他の御館様とは違います。手前ども山の者を侮り、見下すこともなく、里者以上に力をお認めくださっておいででした。手前どもは、幻庵様のためなら集落一同、命を懸けることも辞さないつもりでおりました。その幻庵様が、前言を翻し、景虎様を亡き者にされようとする。巣雲で仰ったことは、あれは嘘だったのでございますか」

「儂は、北条のためにのみ動く。景虎はいつか小田原に来る。今、その芽を摘む好機だと分からぬ其の方ではあるまい」

「それ以上の物言いは許さぬ。斬るぞ」小太郎が言った。

余ノ目が刀を抜き、常市の首に当てた。雁矢と庄平の首にも風魔の刀が延びている。宇兵衛が弥蔵の前に立った。

「手前は間違ったことは申しておりません。幻庵様、ここで景虎様を討てば、越後は三国峠を越え、関東へ来ることはなくなるでしょう。しかし、北条の名を貶めることになります。北条は関東の雄でございます。思い止まりください」

「小頭、弥蔵をおとなしくさせよ。斬りとうはないのだ」幻庵が常市に言った。

「申し訳ございません。手前が言わねばならぬことを弥蔵が言うたまでのことゆえ、手前には止められません」

四人雁首揃えて、死ぬか。小太郎が迫った。

「逆らいも、声を上げたりもいたしませぬゆえ、集落にはお咎めなきようお頼み申し上げます」

常市が言い、弥蔵とともに深く頭を垂れた。

「死ぬのだぞ。弥蔵、其の方、死ぬには若いがよいのか」

「人は、いつかは死にます。それが多少早いか遅いかに過ぎません。手前は己に恥じずに死ねますゆえ本望でございます。ただ、死ぬに際し、ひとつだけお願いがございます」

「申してみよ」

「これからは、里の戦を山に持ち込まぬよう、お願い申し上げます」

「………」

瞑目して天を仰いだ幻庵が、しくじったわ、と小太郎に言った。

「山の者に案内させるではなかったの」

「今更何を。何のために相模からここまで走ったのでございますか。殿のお指図がなくとも、我らの一存で」

「ならぬ。迷いであった。弥蔵が申すこと、正しい」

「悔いが残りますぞ」

「殺しても殺さぬでも、悔いは残る。ならば、人として、武士として、潔くありたいではないか。殺すと悔いが残る。それを一生引き摺るは苦しい」

小太郎が拳を握り締めている。

「出過ぎた物言いをいたしました」常市が言った。「申し訳ございません」

「よい。目を覚ましてくれたのだ。其の方らには、礼を言わねばなるまい」

低頭している常市と弥蔵に、それからな、と幻庵が小声で言った。

「儂が、ここで、この場に至りて迷った、などと言うてくれるなよ。北条幻庵の名が泣くでな」

「心得ております」

「では、先導を頼む。我らでは、信を得るに手間取るでな」

「承知つかまつりました」

立ち上がると、巣雲衆を先頭にして、藪を抜け龍穴の地に入った。


吐き気は収まったが、頭の芯が疼いていた。伊吹に水をもらい、飲んだ。空っぽになった胃の腑に棒のように落ちてゆくのが分かった。

酷い目に遭った、と言おうとして、無坂は足音に気付いた。ひとりふたりの足音ではない。重なり、響いている。

無坂と真木備は、長鉈と手槍を摑んで跳ね起きた。

月草の指笛が鳴った。ざわとした気配と殺気が龍穴の地を覆った。

藪から男が飛び出して来た。透波の身形ではない。刺し子を纏い、手槍を持っている。男が無坂を見て、叔父貴、と叫んだ。

「弥蔵か」

「加勢に参りました」

「おうっ」

背後の殺気が解けて消えた。振り向くと、片足を引き摺りながら駆け寄ろうとしている月草が見えた。迎え撃とうとしていたのだろう。一貫斎と勘兵衛が刀を鞘に納めている。

弥蔵ら巣雲衆の後ろから、忍びらしい身のこなしの者が滲むように姿を現し、横に並んだ。十一人いた。

誰だ？　一瞬立ち竦んだ無坂らを見て、

「味方だ」と幻庵が声を張り上げた。「襲おうと思うて来たのではない」

「合力に参ったことお伝えいたす」小太郎が大声を上げた。

無坂らと勘兵衛が幻庵を、一貫斎が小太郎を、それと見て取った。

勘兵衛は天文十一年（一五四二）に諏訪総領家の嫡子であった寅王を躑躅ヶ崎館から駿府に落とす時に、幻庵率いる風魔によって追いすがる《かまきり》から逃れたことがあった。それ以来の出会いである。

「まさか、ここで七ツ家の束ねと会おうとは思いもせなんだぞ」幻庵が笑って見せた。

「しかし、どうして幻庵様が……」一貫斎と勘兵衛が同時に訊いた。

「ここは山だ。儂らの戦いは里でするもの。《かまきり》が襲うと知り、彼の者どもを追い払いに来たのだ」

「かたじけのうございます」

手当てを、と幻庵が風魔に言い、言葉を継いだ。

「北条は、戦はするが、闇討ちはせぬ。左様心得られい」

長尾殿は、と一貫斎に訊いた。

「腿に手傷を負われましたので、あちらに」

龍穴近くの岩を掌で指し、頭を下げた。

景虎が岩に下ろしていた腰を上げようとしている。

幻庵が景虎の許へと急ぎ歩み寄った。

「北条の幻庵でござる。間に合わず、申し訳ございませなんだ。しかし、背負子がございます。進呈いたしますぞ。ここまで儂が使っていたものですが、なかなかに乗り心地がよいものでしてな」

声が大きい。弥蔵が常市を見た。常市も弥蔵を見た。

「叔父貴」と叫んで、雁矢が無坂と月草と真木備の方へと駆け出した。

弥蔵と常市も駆け出して、無坂らの頭を膝に乗せていたのが烏谷衆だと気付き、思わず足を止めた。

「どうなっているんだ?」常市が弥蔵に訊いた。

「話せば長くなる」聞き付けた真木備が言った。

「お前は、あの時の」

弥蔵を見た野髪が、眉を吊り上げている。

「お前も、必ず殺す」

「まあ、短く言うと、こういうことだ」無坂が言った。

「分かりません」弥蔵が言った。

「とにかく、えらい目に遭ったのだ」

無坂と真木備が額を抑えた。まだ頭が揺れた。


木立の上にいた日疋は――。

「駄目だな」と己に呟いた。「戦っても勝ち目はないか……」

さて、どうするか。空を見上げた。このまま逃げてもよいが、戻るか。戻って、奴どもを火達磨にする機会を待つか。

それしかなかった。日疋は夜陰が木立を飲み込むのを待ち、木から下りた。

星が幾つも流れて消えた。

四方津と仟吉に、済まぬ、と詫びた。必ず仇は取る。


七月十四日。

日疋は躑躅ヶ崎館に戻ると、《支配》である春日弾正忠に、景虎暗殺の失敗と《かまきり》と透波の壊滅を知らせた。軒猿のみならず、風魔、そして幻庵の名が出るに及ぶと弾正忠も驚きを隠せなかったが、それで失敗が許されるものではない。沙汰が下るまで、館にある岩牢に押し込められた。

その二日後、高野山に遠駆けしていた棟梁の五明が、甲斐府中に帰って来た。


七月二十日。

五明と春日弾正忠が、中曲輪の一室で向かい合っていた。

松の枝に来ては鳴いていた蟬が、ふいっと鳴き止み、俄に静かになった。

「不承知だ」と弾正忠が、語気鋭く言った。

寒洞に代わる小頭には日疋を、と五明が申し出たのである。

「しくじったにも拘わらず、《かまりの里》から出すだけでなく、小頭に、と言うのか」

「枉げてお願い申し上げます」

「何ゆえ枉げる必要があるのか。日疋は機を逸したと言うたが、気後れしたがゆえに、ひとりおめおめと戻って来たのかもしれぬではないか」

「日疋はそのような男ではございません。軒猿がいるところに風魔が加勢に来たのです。それも北条幻庵自らが率いて。徒に蛮勇を奮い立たせ斬り込んで死ぬよりも、後日に賭けた。つらい選択をした日疋を責めることは出来ません。腕は存じております。是非とも小頭に就けることをお許しください」

「其の方は、寒洞が時も我を押し通したな」

「申し訳ございません」

しかし、人選に間違いはなかった。弾正忠の言葉を待った。

「万一日疋が小頭の器ではないと知れた時には、棟梁の地位はないぞ。それでもか」

「はっ」

「其の方を棟梁に推したは身共だ。其の方に任せよう」

五明は礼を言い、低頭した。頭の上から声が下りてきた。

「日疋の話によると、此度も山の者が加担していたようだな」

「そのように聞いております」

「忌々しい奴どもよな」

「まさに」

「そこで言うておくが、ここ暫くは山の者に手出しはいたすな」

「何ゆえでございますか」

低く下げていた頭を跳ね上げ、問うた。

「御館様は、山の者を取り込む策を思案しておられるのだ」

「しかし、山は深うございます。話を付けるとしても、山に入れる者がいるのでしょうか」

「山本勘助殿ならば、入れよう」

「あの者どもを取り込んだといたします。すると、あの者たちとともに武田の御旗の許に立たねばならぬことになりますが」

何人の《かまきり》と透波が、山の者との戦いで命を落としてしまったのか。《支配》として、知らぬはずはなかろう。関わるな、と命じられるのであれば、不服ながらも、まだ受け入れよう。だが、ともにいることは、数多（あまた）の者を亡くした《かまきり》の棟梁として、とても呑めぬことであった。思いを口にしようとした五明を、弾正忠が制した。

「まあ聞け。信濃はほぼ掌中にある。面倒なのは、その先の越後であり、上野などの関東の城だ。兵站は延びる。そこに奴どもの足が要るのだ。しかし、狙いはそれだけではない。山の者がこぞって武田になびくと思うか」

あり得ぬ話だった。

「となると、山の者は武田に従う者と背く者とに分かれるであろう。山の者を分断するのも、狙いのひとつなのだ」

「さすれば、奴どもが殺し合いをする……」

「そうだ。こちらは話を持ち掛けるだけでよいのだ。どちらに転ぼうともな。その上、あわよくば、という思いもある……」

弾正忠が小狡そうに目を細めた。

「それは？」

「いずれ話す」

「……承知いたしましてございます」

「では、日疋を牢から解き放つ。上手く使い、死に場所を与えてやれ」

弾正忠は立ち上がると、五明の脇を通り、廊下へと出て行った。五明の頰に袴が起こした風が当たった。

この男のためには死ねぬ。五明はふと思った。では、誰のためになら死ねるのか。そこに至り、日疋の思いの底に触れた気がした。彼奴も死ねなかったのだろう。

五明は、今まで弾正忠が腰を下ろしていたところを見た。人のいた温もりは、そこにはなかった。

第五章　狐道

一

八月三十日。

北条幻庵は上州・平井城にいた。

景虎らを龍穴の地から三国街道の関まで送り、そこから月草の小屋まで警護と称して小太郎と風魔ふたりを景虎に付け、自身は巣雲衆と風魔の小頭・宇兵衛らに守られて、一旦小田原に戻ったのだ。氏康に事の経緯を報じ、平井城に入ったのは、まだ数日前のことになる。

幻庵は、居室に油紙を敷き、片手切りで甘野老（あまどころ）の地下に延びた茎と碇草（いかりそう）と滑莧（すべりひゆ）の茎を細かく切っていた。滋養になり、疲れを取る薬効があった。煎じて飲もうというのである。

茎を切るざくり、という音に重なり、廊下を滑るように近付いて来る足音がした。小太郎の歩き方であった。他の者ならば、取次の風魔が通すか否かを問うてくる。それがないのは、小太郎ただひとりであった。

手を止めて小太郎を待ち、居室に入るように言った。小太郎が敷居のうちで手を突いた。

「景虎め、少しはしおらしくしておるであろうな？」幻庵が訊いた。

月草の小屋では、名栗が数名の軒猿と景虎の帰りを待っていた。その後、犬伏の軒猿屋敷に移り、傷の養生をしていることは、風魔の知らせで知っていた。

「いいえ。意気盛んなご様子でございます」

「あの足の傷は、相当深かったぞ」

「暫くは立ち居にも難渋されておりました」

傷が癒えてからも、景虎は生涯足を軽く引き摺ることになる。

「軒猿め。妙高山の麓にある、何と言うたか、関山権現か。あそこに籠もっているという噂を流したらしいの。したり顔して注進してくる者がおったわ」

「長尾様は養生を切り上げて犬伏から戦に出られ、既に春日山に戻られましてございます」

「初耳だ。詳しく申せ」

出奔騒ぎの元になった大熊朝秀は、景虎に付いていても先はないと踏み、晴信の誘いに乗り、春日山を攻めようとした。それを知った上野家成と庄田定賢（しょうださだかた）らに景虎が加わり、駒返で戦となったのである。敗れた大熊は、西上野に逃れ、長尾家から武田家に主を変えて乱世を生き抜くことになる。

「景虎の兵は、長尾家の者と上杉家の残党が混じり合っておるからな。同じような争いは、また起こるであろうよ。他には？」

「武田様の命を受け、真田幸隆が雨飾城を落としましてございます」

雨飾城は、善光寺平を一望の下に見渡せる雨飾山に築城された、断崖に囲まれた難攻不落の山城である。城主の東条氏は、村上義清に与し、武田と対立していた。

「真田というと、調略か」

「左様でございます」

「島の湯にいても、やることはやっておるの」

「抜かりのない御方でございます」

「七ツ家は？」

犬伏に出向いて来た宇佐美定満から、落としの礼を受け取り、引き上げていた。

あの男は、どうしておる、と幻庵が訊いた。

「無坂だ」

「恐らく木暮衆の集落に戻っているかと」

「あの岩湯は気持ちよかったの」

「格別でございました」

「山の恵みを受け、湯に浸かり、日々を過ごす。領土を奪おうとあくせくする里者が馬鹿に見えるであろうな」

「恐らく、彼の者どもも戦を経て来ているかと存じますが」

「であろうな。鳥谷衆であったか、他の集落を皆殺しにして渡る者もおったのだ。欲の醜さを知り尽くした果てに、欲を棄てたのかもしれぬな」

「殿」と小太郎が言った。「我らがいる、この平井城、上杉様から奪ったものにございますが」

「欲だな」

「欲でございます」

「疲れたであろう。薬湯を淹れるところだ。飲むか」

「勿体ないことでございます。喜んでいただきます」

幻庵は気軽に腰を上げると、刻んだ薬草を手に、居室の片隅に向かった。釜に掛けられた鉄瓶に湯が滾っていた。蓋を取り、薬草を落とし入れている。

この御方は、どこにいてもお変わりにならぬ。小太郎は幻庵の背を見飽きることなく見ていた。

無坂の姿は、駿府にある宮ノ前屋敷にあった。

主は三河岡崎城主・松平次郎三郎元信。後の徳川家康である。元信は十五歳になっていた。翌年に、今川家にあって名家の関口親永（ちかなが）の娘・鶴姫（つるひめ）との婚儀を控えていた。鶴姫の母は、義元の実の妹であり、鶴姫は義元の姪に当たった。この婚儀は、元信を氏真の右腕に、と目論んでいた太原雪斎が義元に具申していたことであった。

元信に会うのは、去年雪斎禅師の墓を詣でた時以来になる。今年の春、信虎に乞われて駿府を訪れた時には機を逸してしまっていた。

今回は、氏真からの呼び出しであった。覚全の使いが伊奈部の宿外れに住む百太郎の許に走り、倅の日高が木暮衆の集落へと駆けて来たのである。その折に日高から、元信の婚儀のことを聞かされたのだった。日高には、無坂の次女の水木が嫁いでいた。

他行中とすれば、駿府へ出向かずに済ますことも出来たが、無坂は即座に受けようと決めた。元信に祝いを言上したいがためであったが、氏真が立ち合いに見せた僅かの遅れが気になってもいたのだ。

あれは、あの時だけのことなのか。それとも、受けに回った時に躊躇う癖があるのか。近々駿府に伺う、と氏真様に伝えてくれるよう使いを頼んだ。行くまでに祝いの品を調えなければならない。

祝いの品は、長の火虫が揃えてくれた。熊の皮に猿捕茨などの薬草である。駿府へ駆けた。臨済寺で草鞋を脱ぎ、覚全に挨拶をし、元信が外出していないよう祈りながら、先ずは宮ノ前の屋敷に向かった。

折良く元信は屋敷にいた。

無坂は庭に通され、元信の出を待った。

回り縁の向こうで足音が立った。無坂は、手を突いて頭を下げた。足音が止まった。

「よく来た。待っていたのだぞ」

無坂が祝いを述べ、元信が祝いの品の礼の言葉を返した。

屋敷の奥の方で木材の倒れる音がした。室の住まうところを建てているのだ、と元信が言った。

「家臣らは器用でな。大工の采配を受け、皆で建ててくれているのだ」

覚全から聞いていたことだった。無理をしてまで建てるのは、室として迎える鶴姫が今川義元の姪に当たるがゆえだった。

「そこでは遠い」と、元信が言った。「上がるがよい」

無坂は、元信の傍らで回り縁に膝を突いている近習の者を見た。元信よりも三歳程年上に見えた。近習が頷いた。

人質屋敷の回り縁は丈が低く、腰の高さであった。今川館の広縁の半分くらいだろうか。

無坂は階(きざはし)から回り縁に上がり、元信と向かい合うようにして座った。

近習の者は、膝を送り、元信の脇近くに腰を下ろした。

「これは鳥居(とりい)彦右衛門(ひこえもん)だ。私を訪ねて来た時は、この者の名を出すとよいぞ」

彦右衛門の父・忠吉(ただよし)は、元信帰還を実現させるまでは、と岡崎の松平家臣団を束ねている忠義の臣であった。彦右衛門は三男だったが、嫡男が戦場に散り、次男は出家しているため、鳥居家の継嗣となっていた。

無坂は改めて手を突き、挨拶の言葉を口にしたが、返って来る彦右衛門の口調に、どこかよそよそしい響きがあるのを見逃さなかった。それを元信も気付いたのか、俄に饒舌になった。

「薬草を見たぞ。珍しいものばかりだ。よう持って来てくれた」

「そのように仰せいただいて集落の者と集めた甲斐がございました」

「私も、面白い草を見付けた。何と忘れ野で、だ」

忘れ野は、浅間神社の西にあり、武田信虎の庶子・太郎が山の者に拐かされた原であった。彦右衛門が小さな声で、殿、と窘めたが、元信は続けた。

「教えてとらす。蝮草だ」

「毒草ではございませんか」

葉などにも毒はあったが、特に根に強い毒があった。毒があり、茎の模様が蝮を思わせるところから、蝮草と名付けられていた。

「掘り起こされましたか」

「いや、そのままにしておいたが……」

「根を取る時、汁に触れますと、ひどく爛れますし、誤って食べますと七転八倒の苦しみを味わうことになる、と聞いております。触れぬがよろしかろうかと存じます」

「危ういところであったのだな」

「ところが、その毒草を上手く扱うと、節々の痛みに効く薬になるのだそうです。残念ながら、手前には扱い方が分かりませんが」

「人と同じなのだな。扱い方ひとつで毒にも薬にもなる。面白いものだな」

元信は、ふと浮かべた笑みを収めると、

「私は」と言った。「この人質屋敷に七年近くいる。その間、勝手に出歩くこともままならぬ時もあった。岡崎の城主とは名ばかりで、我が地は今川の城代が取り仕切り、我が物顔でいる。年貢にしても、殆どを今川が手にしている……」

「殿」

彦右衛門が険しい顔を見せたが、元信は首を振り、言葉を継いだ。

「だがな、今川の質でなければ、殺されていたかもしれぬし、雪斎禅師の教えも受けられなかったに相違ないのだ。私は、蝮草を爛れもせずに触り、薬にしているのかもしれぬぞ」

「殿、それ以上は……」

「そうだな……」

元信が回り縁の端を歩いている蟻に目を落とした。どこに行こうとしているのか、せかせかとした歩みを重ねている。廊下の奥から近付いて来る足音がした。家人（けにん）が彦右衛門に、今川氏真の使いが来た、と知らせている。無坂が来ているか、と問うたらしい。

「呼ばれたのか」元信が訊いた。

「左様でございます」

「臨済寺には寄ったのか」

そうだ、と答えた。

「知らせが行ったのであろう。無理な頼まれごとではないとよいな」

「恐らく、立ち合いをご所望ではなかろうか、と」

彦右衛門が家人に、直ぐに館に向かわせる、と答えている。

「勝ったそうだな。腕の方はどうなのだ？」

「かなりのものとお見受けいたしました」

「家中では誰も歯が立たぬという噂だが、それは家中だけの話か」

「殿、お慎みを。どこに館の手の者が潜んでおらぬとも限りませぬ」

彦右衛門が元信に擦り寄り、早口で言った。

「かもしれませぬが、それは当の本人が一番分かることでございます。分からぬとすれば、それまでの御方でございますれば」

「厳しい物言いだの」

「口が過ぎました」

「私も、だ。私は質だからな、出過ぎぬようにいたしておこう」

行くがよいぞ、と元信が言った。

「祝いの品、何よりであった。集落の皆にもよしなに伝えてくれ」

低頭している間に、元信は奥へと去って行った。

「送りましょう」

彦右衛門が、無坂とともに階から庭に下りた。形ばかりの築山を回り、表に続く露地を歩いた。

「蝮草だが、館や臨済寺では口にせぬように頼む」

毒草に通じていると思われては困るのだ、と彦右衛門が小声で言った。

「館で誰かが急の病で倒れられた時など、毒を盛られたか、と疑われても詰まらぬでな。用心に用心を重ねなければならぬのだ」

「手前は、ご当家に限らず、その御方のためにならぬことは、他家では話しません。手前どもは風と思し召しください」

「風か。風のように生きたいものよな」

彦右衛門と表門で分かれ、無坂は今川館へと向かった。

屋敷を離れ、市中を行く。水路が縦横に張り巡らされ、どこを歩いていても水音が聞こえた。誰が細工をしたのか、小さな水路に水車が設えられていた。水車が何回か回ると、風鈴を鳴らすようになっている。ちりん、という音が、涼を誘った。

その頃――。

人質屋敷の居室で、元信と彦右衛門が向かい合っていた。

「殿に申し上げたきことがございます」

「……分かっている」

「いいえ。分かっておられません。本日以降、胸の内を漏らすは、三河衆だけにお留めくださいますよう願います」

「しかし……」

「殿が無坂を信頼されておられること、重々承知しております。ですが、彼の者は、殿もご存じのように今川宗家様のみならず、北条幻庵様、武田信虎様、その他の方とも通じております。無坂は、何も言わぬと申しておりますが、どこにどのように伝わるかは分かりません。三河は未だ先行きが見えておりません。ここは用心を重ねるが大事か、と存じます。殿とともに笑い、泣き、耐えて来たのは、三河衆でございます。今暫くは三河衆のみを信じ、彼の者を遠ざけるが無難と心得ます」

「来春、室を迎えるとならば、今川との絆は更に深くなるであろう。爪の先ほども疑いを抱かせてはならぬ。彦右衛門の申しよう、分かった。言いにくいことであったであろうが、よく言ってくれた。流石は、岡崎の爺の後継ぎだ。礼を言う」

頭を下げた元信を見て、彦右衛門が滂沱の涙を流した。後年、畳に落ちた涙の音を笑い話にするふたりであったが、この時、そのような日が来ることになろうとは夢にも思っていないふたりだった。

今川館の門番に、船田勢兵衛の名を告げると、程なくして現れ、奥に導かれた。途次、

「三河殿に何用があったのだ？」と問われた。

臨済寺からの使いに婚儀があると聞き、祝いを言上に寄った、と答えた。納得したのか、それからは黙ったまま奥へ向かった。石畳を行き、池の畔を回った。

氏真が、玉砂利を敷き詰めた庭で床几に座り、待っていた。足許に二本の竹があった。三月の立ち合いの時に使った竹だった。

「遅い」と氏真が一声を発した。

日限を切っていた訳ではない。遅いと言われる謂われはなかったが、相手は今川宗

家の継嗣である。逆らっては、松平元信に難が及ぶとも限らない。詫びておいた。

「何の。言うてみたかっただけだ」

あれから稽古を積んだのだ、と氏真が言った。

「此度は負けぬぞ」

竹を手に取ると、五尺八寸（約一・七六メートル）の長さに切った方を無坂に投げて寄越した。手槍の長さである。

無坂は杖や長鉈などを庭の隅に置き、竹を手にして氏真と対峙した。船田ら近侍の者らが端に控えた。

無坂と氏真は、礼をして間合を取った。無坂は身を低くし、氏真は正眼に竹を構えている。氏真が先に動いた。飛ぶように、一足で間合を消すと、立て続けに打ち込んで来た。無坂は払うに留め、大きく身を退いた。

「どうした？　来ぬならば、行くぞ」

氏真が再び打ち込んで来た。鋭い。切っ先が風を切り、泣き声を上げている。払い、躱したところで、手槍を送り出した。一度負けていることで、無理な打ち合いを避けようとしたのか、それとも無坂が懸念した躊躇いなのか、氏真は跳んで間合の外に身を置こうとした。そこを狙って、無坂は手槍を激しく突いて出た。受けに回った氏真の返しが遅れ始めた。攻めを緩めた。氏真の顔に光明が射した。ここぞ、と斬り込んで来た。無坂の罠であった。延びた腕を掻い潜り、手槍の穂先が氏真の腹に食い込んだ。

「まだだ」

氏真が、叫んで打ち込んで来た。無坂は躱しながら間合を保った。

「逃げるな」

氏真が詰め寄って来た。無坂は、一日下がると見せ、前に出た。途端に、氏真が足を引いた。懸念は確信に変わった。氏真の限りが見えた。無坂は更に出た。押された氏真が、堪え切れずに打ち込んで来た。無坂の手槍が氏真の竹を跳ね上げ、空いた胴に穂先が飛んだ。

「なぜだ？　なぜ勝てぬのだ？」氏真が呻いた。

「手前は何度か死に掛けております。九分九厘勝ち目はないところから、命を拾って参りました。その時に勝負勘を身に付けたものと思われます」

「それが身共にはないと申すのか」

「左様でございますが、ご継嗣様には一対一の戦いは要らぬことでございます。呼吸を学ばれればよろしかろうかと存じます」

攻め切れず躊躇ってしまう弱さについては、口に出来なかった。氏真は、一剣をもって身を立てねばならぬ身ではない。

「稽古を積んでおく。また来てくれ。遠路、苦労であった」

氏真は手にしていた竹を近侍の者に渡すと、庭伝いに奥へと戻ってしまった。

玉砂利を踏んで近付いて来た船田が、慌てて広縁に向かって膝を折り、低頭した。

いつの間に来ていたのか、寿桂尼の姿があった。無坂は手を突き、額を玉砂利に押し付けた。

「その者に話がある。皆は下がっておれ」

船田らに言い、侍女には目で命じた。

「しかし、この者は……」船田が無坂を見た。

「其の方」と寿桂尼が無坂に言った。「わらわを刺すか」

「滅相もございません」無坂が答えた。

「と申しておるが、信じられぬのか。信じられぬ者を五郎と立ち合わせたのか」

船田が押し黙った。

「この者は、亡き禅師が信を置いていた者じゃ。案ずることはない」

侍女が下がり、船田らが庭先から消えるのを待って、寿桂尼が広縁の端に座った。

無坂は広縁下まで進み、玉砂利に腰を下ろした。

「よく勝ってくれました」寿桂尼が言った。

「いいえ。油断をしておりましたら、手前が負けたかもしれません」

「嘘は言わぬでよい。五郎は確かに剣をよく遣うが、そなたに勝てる腕ではない。甘やかされて育ったゆえ、己の力を知らぬのじゃ」

五郎に欠けているものは何か、と寿桂尼が問うた。

「受け身に回ると、仕掛けが遅くなるようでございます」

「土佐守（塚原卜伝）も、そのようなことを申しておった……」

立ち合うと性が表れるようじゃな。寿桂尼が言った。

「………」無坂は、口を噤んだまま控えた。

「禅師の気持ちが、よう分かった。そなたは正直な物言いをするようじゃな」

聞きたい、と言った。三河の元信がことじゃ。

「禅師は五郎の片腕に、と教えを授けた。利発であり、胆も座っていると聞く。わらわも何度となく会うている。そなたの言い様を真似るなら、『何度か死地に身を置いていた』からであろう。生きるための勘処を押さえているように見受けられた……」

寿桂尼は池の水面を見てから続けた。

「今は当代がいる。いる間は、牙を剝くまい。気掛かりは、当代亡き後じゃ。五郎が今のままでも、元信は今川のためにと動いてくれようか。そなたの思うところを聞きたい」

「手前は山の者に過ぎません。そのようなことは」

「わらわの買い被りと申すか」

「はい」無坂は低頭して見せた。

「そなたが禅師をどう見たかは訊かぬ。が、あの禅師は生易しい御坊ではなかった。物事を見る目のない者は、近付けなんだ。そなたはそなたなりの考えを持っているはずじゃ」

「元信様は、今川様に恩義を感じております。手前に言えるのは、それだけでございます」

「質として扱って来ていても、か」

「もし三河にあったならば、生きていられたか分からない、と仰せになられたことがございました」

「そうか。そう思うてくれていたか」

ここでの話は、館を出たら忘れよ。よいな？　寿桂尼が袖で涙を押さえた。

「はい」

「この婆を安堵させてくれた礼じゃ。ほしいものを言うがよい」

「では」腹が減っていると伝えた。「飯をいただけるなら」

「何と。それでよいのか」

「十分にございます」

手を叩いた。船田らが庭から、侍女が広縁の奥から現れた。

侍女らに、何か食するものを、と言い、館に上げるように、と船田に言った。

汚れておりますので、出来れば厨で。

厨隣の小部屋に案内された。

館に詰めている者のために、いつでも炊き立ての飯が用意されているらしい。間もなくして膳部が運ばれてきた。白い飯に煮魚と山菜の煮物であった。配膳の者の後ろに寿桂尼がいた。

「そなたが食するところを見ていてもよいか」

「構いませんが、お目汚しになりはしないか、と……」

「たくさん食するのか」

「山の中では蕎麦の実などを食べておりますが、白い飯だとかなり食べます」

「わらわが目にするは、箸先で摘むような食し方じゃ。そのような食し方ではなく、搔き込むようにして食してくれるか」

「その方が、手前には楽でございますが」

「では、遠慮なく、大騒ぎして食してたもれ」

飯茶碗には白い飯が山と盛られていた。煮魚からはよいにおいがしている。

「頂戴いたします」

飯を箸で掬い取り、口に押し込んだ。寿桂尼が目を輝かせている。二度程嚙んで飲み込みながら、煮魚の身を毟り、口に入れ、直ぐに飯をまた口にした。

「其の方、嚙んでいるのか」

「後で嚙みます」

山菜は味濃く煮てあった。摘み、食べ、飯を掬った。

「そのようなことが出来るのか」

後で嚙むことなど出来るのか、と訊いているらしい。戯れ言であり、飯は炊いてあるのだから、心配ないと答えた。寿桂尼と膳部の女と侍女が顔を見合わせ、笑い声を立てた。

飯のお代わりをしていると、

「昆布は食べるか」と寿桂尼が訊いた。

一度食べたことがあったが、美味いものだったと答えた。持って来るように、と寿桂尼が膳部の女に言った。

醤醢(ひしお)と酒に山椒(さんしょう)の実を落として煮てあった。よく煮詰めてあって美味かった。瞬く間に飯を平らげ、お代わりをした。

「よく食するものだの」寿桂尼が口許を手で隠しながら言った。

「腹が減っておりましたもので」

「そなたは幾つになるのじゃ？」

「五十二歳になりましてございます」

寿桂尼は一回りくらい上に見えた。

「それにしてもよく食するものじゃな」

寿桂尼が思わず声に出して笑った。

「合戦の時は一日五合、戦が始まると一升は食べることになりますので、手前などは並かと存じます」

「それだけの兵糧がなければ戦は出来ぬ、ということじゃな」

「戦などない世になるとよろしいのですが」

「実にの」

感慨深げにしていた顔が、俄にぱっと輝いた。

「思い出した。そたなは水石を探すのが上手いそうじゃな。禅師に聞いたのじゃ」

序で、でよい、と寿桂尼が言った。わらわのために探してはくれぬか。

「観音様のような石じゃ」

「それをいかがなさるのでございましょう」

「わらわの先は見えている。それを我が墓の傍らに置き、駿府の守りとするのじゃ」

断れる話ではなかった。見付けられるとは限らないが、と前置きをし、引き受けた。

それから半刻余の後、無坂は臨済寺に戻った。寿桂尼の前で飯を頂戴したと話すと、覚全が目を丸くしていた。

二

弘治三年（一五五七）。四月中頃。

幻庵と小太郎は、幻庵が平井城の本丸隅に組ませた矢倉の上にいた。そこからは、高さ二十二間（約四十メートル）の崖下を流れる鮎川（あゆかわ）が見下ろせた。この日は、昨日一昨日に比べ、汗ばむ程の暑さになっていた。幻庵は涼風を身に受け、頬を緩めた。

「もそっと早くに作らせればよかったの」

「強い風の吹く日は、いささか恐ろしゅうございますが」

矢倉の足許にある塀の向こうは崖であり、吹き飛ばされても、矢倉が倒れても、崖下への落下は免れない。

「風魔の棟梁とも思えぬ物言いだの」

「高いところは慣れておりますが、高過ぎるところは、どうも尻がこそばゆくなりまして」

幻庵は笑い声を上げたが、ふたりとも心は景虎と晴信に飛んでいた。

一月十五日、松平元信が今川義元の姪に当たる関口親永の娘・鶴姫を娶（めと）り、名を松平蔵人元康（くらんどもとやす）と改めた。その一月後――。

長尾景虎が更級八幡宮に晴信討伐の願文（がんもん）を捧げたのを尻目に、晴信は、旭山城の付城として景虎が築かせた葛山城を、前年の雨飾城に続き、またもや調略で奪ったのである。景虎の怒りは頂点に達していた。

「おのれ、甲斐の亡者めが」

亡者と呼ばれた晴信は――。

嫡子・太郎義信を総大将にして、上野にも兵を進め箕輪(みのわ)城を攻めていた。箕輪城城主・長野業正(なりまさ)は、越後に逃れた関東管領上杉氏に属する武将で、上杉氏が去った後も、上野の国人衆をまとめ、上野に留まっていた剛の者であった。晴信は、信濃に飽きたらず、西上野にも侵攻を開始したのである。

「晴信を討たんと吠えている景虎殿が、目に見えるようだの」幻庵が言った。

「武田に通じている北信濃の城を落としながら善光寺に向かっておられます。間もなく善光寺平に入るかと思われます」

「いよいよか」

「いよいよ、でございましょう」

「此度は、まさか睨み合いで終わらぬであろうな？」

「龍穴に《かまきり》を差し向けた、と相当怒っておられましたから、一戦交えるでしょう」

「どちらが勝つかは分からぬが、越後勢が優位で終わったとするぞ。となると、いずれ景虎殿は関東に出て来る。問題は、その時だ。助けられた恩義がある。この平井城には手出しせんであろうな。何しろ義の男だからな」

「どうでしょうか。万一こちらの形勢が思わしくない場合は、殿が落ちられるように、逃げ道を開けておいて攻めるのではないでしょうか」

「よくて、そんなところか」

「あの御方のお心のうちは、どうも分かりかねます」

「儂もだ。出奔で、分からなくなった」

遠くで雷が鳴っている。黒い雲も湧き出している。

「夏の雷には慣れたが、何で今頃鳴るのだ？」

「今日はなかなかに暑いからでございましょうか。おひとりでは上がらぬようにお願いいたします」

「分かっている。儂も尻がこそばゆいのだ。だが、塀の近くと命じたからは、恐いとは言えぬでな」

ふたりは短く笑い合うと、顔を引き締め、では、と小太郎が言った。

「善光寺に参ります」

「うむ。知らせを待っているぞ」

心持ち雷の音が大きくなった。黒い雲も広がりを見せている。

「下りるぞ」幻庵が言った。「逃げるは、兵法の第一だからな」

小太郎が平井城に戻って来たのは、四月の末であった。幻庵は、矢倉には誘わず、居室に通した。この日は鮎川や近隣の川で見付けた水石を並べ、丹念に磨いていた。京の加茂川は八瀬の地で見付けた真黒(まぐろ)と、雪斎から譲り受けた、猿の姿をした《トヨスケ》は、久野の屋敷に置いてある。

「磨いても、光らぬものは光らぬ。人と同じだな」

なだらかな山の形をした水石だった。真黒にある、濡れたような艶もなく、形にも切れがないことは、小太郎にも分かったが、見付けて来たのは幻庵である。水石についての物言いは控えた。

「国境を越えたようだな」と幻庵が、水石を置いて言った。

長尾景虎のことであった。

景虎は信濃に入ると善光寺平に陣を布き、旭山城の修築を命じた。雪斎が仲介して戦いを収めた天文二十四年（一五五五）の戦い（第二回川中島の戦い）の時、破却させることを条件に、晴信と和議に及んだ、あの旭山城である。

「城の命運とは、面白いものだの」

「近々起こりますな」

「起こる」

「起こる、と言えば、山でも何かが起こるかもしれません。晴信様が山の者を武田に取り込もうと画策しておられるようでございます」

「本気なのか」

「らしゅうございます」

使者として山本勘助を送り、大長(おおおさ)の八尾久万に、扶持(ふち)と里に住まいを用意するので、里に下りて武田に仕え、小荷駄隊を引き受けぬか、と持ち掛けたのだった。

「棟梁は、どうやってそれを知ったのだ?」

「巣雲衆が、豆州に分家を作りました。あの分家とは親しくしてもらっているのでございます」

「流石に、抜かりがないの」

使者は、勘助ひとりか。幻庵が訊いた。

「他に、春日弾正忠の家臣・日下辺(くさかべ)陣一郎(じんいちろう)なる者が付いておりました」

「勘助は無坂を知り抜いている。山の者を使えるとは思うておらぬはずだ。日下辺が弾正忠の意を受けて推し進めている訳だな。で？」

八尾久万は、集落それぞれの考えで《戦働き》をさせてもらうことはあるが、里に下りることはどこも思うてもいないゆえ、と断ったらしい。

「よう八尾久万に会えたの。巣雲の集落をどうやって知ったのだ？」

山本勘助が木暮衆を訪ね、無坂に会見の場を設けるよう頼み、中道往還の右左口峠で会ったのだった。中道往還は甲斐と駿河を結ぶ街道で、河内路と若彦路の間にあるので、中道往還と名付けられていた。

「木暮衆の集落には、勘助はひとりで行ったのか」

「左様でございます」

「弾正忠は《かまきり》を束ねる《支配》だ。勘助が弾正忠に集落の場所が知られぬよう配慮したとすれば、この話、晴信と弾正忠の企みであって、勘助は道案内と仲介役に使われているだけのようだな」

弾正忠は晴信の意のままに動く男だ。引き下がる訳はあるまい。日下辺に何をさせている？　幻庵が訊いた。

「《集い》に加わっていない集落なら、声掛けしてもいいだろう、と押し切り、誘いを掛けているのですが、《集い》の集落も構わずに誘っているようでございます」

「今年は確か、《集い》の開かれる年であったな?」

　集落の長が集まる《集い》は二年に一度、四月の月初めにあった。そして四年に一度、長の中の長である大長を決める話し合いが持たれた。二年前の話し合いでは、巣雲衆の八尾久万が五度目の大長に就いていた。

「左様でございます。その時に、武田の申し出と返答を、長らに知らせたそうでございます」

「で、話に乗る集落は出て来たのか」

「今のところは、まだないそうですが、そのような集落が出れば《外れ》とするしかありません。話に乗る集落が増え、それらが組むとなると、ちと面倒なことになるかと思われます」

《外れ》となった集落は、他の集落との付き合いを禁じられ、孤立して暮らすことが強いられた。禁を犯して、その集落と交渉を持つと、その者も《外れ》とされ、三年、四年と期限を区切って集落を追われた。無坂は、四年の《外れ》の沙汰を受けたことがあった。

「武田の狙いはそこだな。大長の下、纏まっている山の者に亀裂を生じさせようという腹だろうよ。争わせ、ばらばらにしてくれようということか」

「それ程に恨みが深い、ということでしょうか」

「七ツ家や無坂らのために、《かまきり》は面目を失い続けているからな」

どう転ぶか、山も面白そうだが、川中島の方も頼むぞ、と幻庵が言った。それにしても、晴信め、あちこちよく動いてくれるものよ。

小太郎は川中島に戻って行った。幻庵は小田原にいる当代・氏康に宛てて、景虎と晴信の動きを書状に認めると、風魔を呼び、小田原に届けるよう命じた。

《集い》の目の届かぬところで、動いた者がいた。

《集い》に出ていた栃窪衆の長・三蔵が、躑躅ヶ崎館に日下辺を訪ね、里に下りたい旨を申し出たのだ。日下辺は、栃窪衆のみでは小荷駄隊を任せるにも人数が足りぬからと、三蔵に集落の切り崩しを命じた。

そして、この日――。

山本勘助は、日下辺陣一郎と黒俣衆の集落に向かっていた。黒俣衆の集落は、甲斐府中から身延道を行き、市川大門で西に折れ、戸川沿いの獣道を二里（約八キロメートル）程山に分け入ったところにあった。

案内をしている栃窪衆の長・三蔵は、黒俣衆の長・阿曇(あずみ)がいかに優れているか、を熱心に話していた。野分(のわき)で集落の小屋がすべて壊れた時に、駆け付けてくれた阿曇が、何をしてくれたか。

「阿曇こそ大長に相応(ふさわ)しい男でございます」

その阿曇が武田に付くと決めれば、少なくとも四つの集落は阿曇について行く、と言った三蔵の言葉と、

――《集い》に山を下りると知られれば、《外れ》となる。下りられれば、《外れ》となっても構わぬが、話が流れたとなると、もう山での暮らしは立ち行かなくなる。これは、黒俣衆が生き延びられるか否かの賭けである。もし、我らをほしいとお考えならば、集落まで足を運ばれ、皆の前で、里での、武田での暮らしをお話しいただきたい。

という阿曇の申し出を受け入れたがためであった。

人が踏み固めた道らしきものが消え、葉群れが濃くなり始めた頃、薮の奥で人の気配がした。逸速(いちはや)く気付いた勘助が、傍らにいる透波、鳥越の丹治を見た。気付いていた。日下辺を見た。日下辺が頷き返した。

これは、見くびれぬな。

勘助は見直す思いで駒を進めた。

暫く行くと、草と木立が刈り取られた開けたところに出た。

「ここからは歩きになりますが」

三蔵に言われ、馬を下り、奥へと向かった。馬は三蔵配下の小頭が手綱を預かり、引いた。重なり合った葉で蒸れ、汗が噴き出した。

足を引き摺る勘助に三蔵が気遣いを見せていたが、達者に歩き続ける様を見ているうちに何も言わなくなった。藪の奥にあった人の気配が、すっと消えて程なくして、集落の入り口に着いた。

横に並んだ男衆の中程に、眼光の鋭い男がいた。阿曇だった。

阿曇が呼び立てたことを詫び、長の小屋へ勘助らを導いた。

小屋の中には、九人の男がいた。阿曇の後から丹治に続いて勘助と日下辺が入ると、低頭して上座に座るのを待った。栃窪衆の三蔵らが男らの間に加わると、黒俣衆の小頭ふたりが、戸を閉めた。

阿曇が、小屋の中で控えていた男らに名乗るように言った。

「岩滑(いわなめ)衆の長・千菊(せんぎく)でございます。後ろにいるのは、小頭二名にございます」

「西之谷(にしのや)衆の長・木龍(きりゅう)でございます。後ろにいるのは、小頭二名にございます」

「姥神衆の長・十余二でございます。後ろにいるのは、小頭二名にございます」

十余二の背後にいた小頭のひとりは虎松と言った。無坂が、《外れ》の沙汰を受けていた久津輪衆に出入りしていると、《集い》に告げた男である。

「ともに話を伺わせていただこうと、お待ちいたしておりました。我らすべて、お話次第で《外れ》となる覚悟でございます」阿曇が言った。

日下辺が礼を述べ、武田に臣従すれば、里での住まいと扶持を約定する、と言って言葉を継いだ。

「武田は何があろうと揺るがぬ。これからも栄える。信濃を得た。更に、越後、関東と領土を広げてゆく。戦は続く。戦のある限り、城は、それも其の方らが駆けるを得意とする山城はなくならぬ。そこで、其の方らの力が要る。今武田に従えば、武士に取り立て、やがては小荷駄隊の指揮を執ってもらうことになるであろう。豊かな暮らしを約束する。武士になりたがっている者、其の方らと同じように武田の下で豊かに暮らしたいと思う者がいたら、誘うてくれ。最初に声を上げた其の方らの下に付けるでな」

背後からの響動めきに押され、阿曇が問うた。

「小荷駄隊を率いるようになるとは、実でしょうか」

「其の方らの働き次第だが、山の者の《戦働き》を見ていると、山に入れば其の方らの足に敵う者はない。先ず間違いないと言えよう」

阿曇らが揃って頭を下げた。

「其の方らの集落で、小荷駄隊に使える若い衆は、何人になる？」

「凡そ百から百二十人かと」阿曇が答えた。

「その倍は要る。誘うてくれ。心当たりは？」

「ございます」

「遣り方は任せる。ここに碁石金がある。これを使ってくれ」

日下辺が懐から革袋を取り出し、阿曇の前に置いた。おおっ、というざわめきが長らの間に走った。日下辺は満足げに頷くと、勘助に言った。

「山本様も、何かお言葉をお願いいたします」

「其の方ら、よい面構(つらがま)えをしている。心強い限りだ。頼むぞ」

阿曇始め長と小頭らが、一斉に頭を下げた。


その二日後、勘助の命で、鳥越の丹治が木暮衆の集落に走った。黒俣衆らとの話を伝えるためである。無坂は百太郎の小屋を訪ねていた。転んで腰を打ってから体調がすぐれないでいる百太郎の見舞いであった。

「近道を行きましょう」

久六と太平が、案内に立った。集落が猿に襲われた時、無坂の足に小便を漏らした久六らは、二十二歳になっていた。今では、足と覚えのよさを買われて、志戸呂の右腕として《山彦渡り》に出ている。《山彦渡り》とは、大きな村落や街道筋の宿に薬草などを卸しに行くような、出掛けても日を置かずに戻る仕事を言った。

丹治は透波である。足も腰も鍛え上げていた。その丹治が、時に遅れそうになる程の走りを見せ、若いふたりは安達篠原の百太郎の小屋に着いた。

折よく無坂はいた。

丹治は、黒俣衆の集落で見聞きしたことを話し、勘助の言葉を伝えた。

「『武田には小荷駄隊に使う足軽はたくさんいる。にも拘(かか)わらず山の者に執着するのは、一枚岩になっている山の者を争わせたいがためと思われる。心ならずも御館様に命じられたことゆえ、儂も乗り気のような顔をして大長殿に申し伝えたが、儂の好む策ではない。耐え難くなったので、間に入ってくれた其の方の顔を立て、知らせておく』と仰せであった」

面白い御方よな。丹治は言うと、続けた。

身共の考えるところでは、御館様の許しを得、春日様が練り上げ、日下辺に命じたもので、山本様は案内役でしかあるまい。存外、案内役というのが気に入らぬのかもしれぬが、そなたを買っていればこそ身共を走らせたのだろう。ことが済み、山本様とどこぞで会うことがあれば、その時に礼を言うがよい。

言い終えた丹治が、思い付いたように言った。木暮の集落は遠い。これからは、ここに伝えに来ればよいか。

「そうしていただければ、木暮までは俺が走りますから」と日高が答えた。

「分かった」

丹治が小屋を出ると、無坂は直ぐに夜駆けの仕度を始めた。これから巣雲衆の集落まで走らなければならない。

「叔父貴」と久六と太平が言った。「連れていってください」

「駄目だ。遊びではない」

「だからです。こう言っちゃなんですが、叔父貴は志戸呂の叔父貴と同い年です。浮き石に足を取られて転ぶかもしれません」

「馬鹿を言うな」叱ったところで気が付いた。「志戸呂が転んだのか」訊いた。

「この前、ですが……」

「よし。今度からかってやろう」

「父さ」水木だった。

無坂の次女で日高に嫁いでいた。九歳の万太郎と六歳の千草が、柱の影に回り、右と左から顔を出して見ている。

「付いていってもらって。いつだって刺されたり馬に蹴られたりするんだから」

「滅多にないぞ。そんなことは」

「叔父貴」と日高が言った。「何なら俺も行きましょうか」

「日高まで、何だ。分かった。連れて行けばよいのだろう」

水木が頷いた。

「但し、ひとりだ。片方は木暮に戻り、巣雲に行ったと話しておいてくれ。さっき丹治様から聞いたことも詳しくな」

久六と太平は暫く揉めていたが、久六が巣雲まで供をすることになった。背負子に括り付けた籠の中に、油紙を仕込んだ引き回しや薬草など、ふいの遠出に間に合うものは入れていたが、露宿の時の食べ物や久六の替えの刺し子までは入れていなかった。食べ物は分けてもらい、替えは当分動けそうにない百太郎のを借りることにした。

秋葉街道を行き、大塩で太平と分かれた。木暮衆の集落は、大塩の東、黒河山の西の谷間にある。

久六を前に行かせ、走りを見た。過不足なく足が蹴り上がり、流れるように足を送り出している。地を滑るように走ると親指を突くことがあるが、幼い頃に身に付けてしまったような走り癖はなかった。恐らく志戸呂が、山での走り方を叩き込んだのだろう。いい若い衆になってくれている。

若い久六との走りは楽しかった。随分と昔に過ぎてしまった若い時のことが、ふっと頭をよぎった。若い志戸呂がいた。義父の青地がいた。今は義父の青地は没し、七歳になる孫が青地の名を継いでいる。そうして代を重ねて集落は続いてゆくのだろう。年を取ったのだ。にも拘わらず、こうしてまだ山を駆けていられる。ありがたかった。

「叔父貴」と前を駆けていた久六が、飛び跳ね、独楽のように身体を回しながら言った。「どうです？」

身体は回っているのに、首は後ろを見ながらゆっくりと戻っている。

「お前が考えたのか」

「そうです」

地に着くところを見定めてから、跳ね上がり、一回転する間、出来るだけ後ろに顔を向けたまま地に下り、走るのだそうだ。

「俺もやってみていいか」

「どうぞ」

走る速度を上げ、跳ね上がり、回転しながら背後をじっくりと見て地に下りた。足がふらついたが、何度かやればこつを呑み込めるだろう。

「これは、いいな」

「志戸呂の叔父貴に、無坂の叔父貴が喜ぶはずだから教えてやれ、と言われたんです」

「そうか」

喜んだぞ、と言いながら無坂は宙に跳ね、一回転して見せた。今度は、足のふらつきが少なくなった。

「これを一度の行で何度かやるとなると、草鞋の紐を丈夫にしないと転ぶことになるな」

「二回、切りました」

久六が頭を掻いた。幼い頃の久六が甦った。

下和田の南で梶谷川に折れ込み、そこで露営することにした。

「この道は初めてです」

「巣雲の集落に行く一番の近道だ。木印を付けておいてもいいぞ」

木に印を彫り込んでおけば、次に迷うことはない。

「いいえ。覚えます」

それが一番確かな方法だった。木や岩は、大水が出ればなくなってしまう。だから、ひとつの大岩や一本の木を目印にするのではなく、山の相や森の相で覚えるのだ。

水木が持たせてくれた蕎麦の実と燻した鹿の肉で夕餉を済ませ、小さな囲炉裏を挟んで寝た。

朝は直ぐに来た。

草庵を壊して片付け、梶谷川を遡り、尾根を越えた。久六は、先が二股になっている杖で枝を持ち上げたところに身体を滑り込ませ、流れるように距離を稼いでいる。

《足助働き》に行ったことがあるか、訊いた。《足助働き》は、三州足助の塩問屋の荷を護送する仕事であった。

「あります。好き嫌いを言わせてもらうと、あれは鱈腹飯が食えるので好きなお役目です」

「茂助という気のいい牛方がいたが、知っているか。金時という牛を引いていたんだが」

「茂助、ですか」

久六は、茂助も金時も知らなかった。茂助らと荷を運んだのは、天文十一年（一五四二）だから十五年前のことになる。もう遠出は出来なくなったのか、あるいは亡くなったのか。ほれほれ、と言って牛を追い立てる声や、ありがてえよお、と口癖のように言う茂助の顔が妙に懐かしく思い返された。

「叔父貴、里のにおいがしてきましたが」

まだ随分と歩かなければ里の村落には出ない。分かるのか、訊いた。何となくですが。いい鼻をしているぞ。照れたのか、久六が足の速度を上げた。

巣雲衆の集落は、藁科川と藁科川に注ぎ込む杉尾川を見下ろす杉尾の地の奥にあった。目敏く気付いた見張りに伴われ、無坂らは集落への小道を辿った。視界が開けた。豆州に分家を設けたとは言え、まだ百七十人余が暮らしている小屋が、所狭しと建ち並んでいた。余りの大きさに、久六が言葉を失い、見入っている。その間に、見張りのひとりが八尾久万の小屋に走った。

集落に下りてゆくと、弥蔵が迎えに駆け付けて来た。弥蔵は、今年六十を迎えて小頭の任を解かれた者に代わって、小頭に就いていた。巣雲の中では一番若い小頭になる。

「叔父貴が来られるとは、何かあったのですか」

黒俣衆らが里へ下りようとしていることを話した。

「棟梁に話してください」

集まって来ている子供らに、道を開けるよう言い、先に立った。

弥蔵が、出迎えに現れた八尾久万に耳打ちをした。八尾久万は、即座に傍らにいた者に小頭を集めるように命じると、中に入るように、と無坂に言った。久六がどうしたらいいのかと戸惑っている。弥蔵が隅にいるように言い、座る場所を指した。

小頭衆が集まったところで八尾久万が、詳しく話すように求めた。無坂は、勘助の名を出さぬよう注意して、丹治から聞いたことを、勘助の読みも含めて話した。

「《集い》の和を乱すのが狙いか。あり得る話だが、黒俣衆らに教えたとて信じるか、だな」

黒俣衆の集落はどこだ、と八尾久万が訊いた。

「市川大門の西です」弥蔵が答えた。

「阿曇とは何度か話したことがあるが、あの男を説得するのは難しいぞ」

「武田は《集い》に恨みはないはず。恨みを抱いているとすれば、七ツ家と手前に対してです。手前が話を付けて参ります」無坂が言った。

「それはいかん。これは《集い》の、大長の務めだ。無坂を行かせたのでは、《集い》を置く意味がなくなる」

「お待ちください」小頭のひとりが言った。「その話をする前に、確かめておきたいのですが、木暮に教えたのは誰なのです？　信は置けるのですか。よければ、名を教えてください」

「訊かんでもいいだろう」八尾久万が言った。

「しかし……」

「敢えて口に出さんでも分かるではないか。これまでの流れを知っていて、黒俣衆の会見の場にいて、無坂と因縁がある御方と言えば。言わせるでない」

「しかし、武田の者がなぜ？」

「しかし、しかし、とうるさいのう。春日弾正忠の遣り方が気に入らぬのよ。才ある者は、小才に溺れるような遣り方には臍を曲げるものだ。そんなところであろう？　無坂」

「はあ……」

八尾久万が勘助と会ったのは、右左口峠で一度だけである。それも後方にいた勘助とは口も聞いていない。それでいて、見抜いているのだ。舌を巻く思いだった。

「ということだ。他になければ、話を戻すぞ」

「俺に行かせてください」

突然弥蔵が切り出し、膝を前に進めた。

「お願いいたします」

「出しゃばるな」小頭のひとり・常市が言った。「相手は阿曇の長だぞ。若いお前には荷が重い」

「訳を聞こうか」八尾久万だった。

「阿曇の長が面白そうだからです」

「ふざけたことを言うな」常市が叱り付けた。

「いや」と八尾久万が言った。「よいかもしれぬぞ。相手を嫌うでなく、恐れるでなく、人を面白いと見る。弥蔵は、あの幻庵様に刀を納めさせたのだからな。阿曇と話したことは？」

「ございません……」

「無坂は、どうなんだ？」

「ございますが、挨拶程度です。年が近いもので、若い時から見知ってはおります」

阿曇が四つ年上だった。

「それで十分だ。弥蔵と行ってくれるか」

「承知しました」

「ありがとうございます」弥蔵が頭を下げた。「叔父貴と一緒なら心強いです」

「叔父貴、俺は？」小屋の隅にいた久六が言った。

「下手をすると命がなくなる。帰れ」

「帰れません。叔父貴に万一のことがあったら、若菜の叔母と水木の叔母に殺されてしまいます」

娘たちです、と無坂は八尾久万に話した。

「走れそうだな。若い衆に見せておくのもよいかもしれんぞ」

八尾久万の一言で、久六が行に加わることになった。弥蔵が、供をふたり選び、五人での行となった。

今発てば、夜には安倍川の畔に着く。夜明けとともに川を渡り、身延道を駆け上がれば、明後日の昼には黒俣衆の集落に着けるだろう。

弥蔵らの仕度が調うのを待って、集落を出た。弥蔵が選んだ供は雁矢と、若い真壁だった。真壁とは初めての行になる。

真壁は泳ぎが得意だった。翌朝白々明けの安倍川を泳いで渡る時は、皆を縄で引きながら泳いで見せた。

陸に上がり、五人で歯を鳴らしながら身体を拭いていると、松明を掲げて駆け寄って来る者たちがいた。炎の下に槍を手にした兵どもが見て取れた。無坂らは素早く油紙に包んでいた刺し子を纏い、手槍を作り、身構えた。十五人程の兵が、半円を描くようにして無坂らを取り巻いた。

「この早朝に、泳いで川を渡るとは、其の方ども、何者だ？」

中程にいた男が一歩前に出て、荒い声を上げた。

「今川様のお侍様でございましょうか」言い返そうとした弥蔵を制して、無坂が訊いた。

「惚けたことを言うな。ここは今川家の領地に決まっておろうが」

「手前どもは、山の者でございまして、今川様に逆らう者ではございません」

「それが何で、この刻限に人目を避けて川を渡るのだ？」

「先を急いでおりましたもので、つい……」

「まだ答えておらぬぞ。其の方ども何者だ？」

「申し遅れました。手前は木暮衆の無坂と申しまして、これらの者は同じ木暮衆の者でございます」

「無坂……、と申したな？」

「はい」

「まさか、吉原湊へ雪斎様と現れた、あの無坂……殿か」

「左様でございます」

「何と」

武士が、ぐいっと顔を突き出して無坂を見、大きく頷いた。

「間違いない。あの時の、無坂……殿だ」

「お武家様がいらしてくださり助かりました」

「何の、何の。急いでいるとか申したが、館に参るのか」

山の者が集まって酒盛りをするのだ、と答えた。

「山は太平でよいのう。こっちは他国の間者が入り込んでいるというので、見回りなのだ」

行くがよいぞ。武士に礼を述べ、急いで身形を整えて、走り出した。駿府の町を通り過ぎるまでに三度止められたが、御館に出入りしていたこともあり、名乗るとすべて通された。

「叔父貴は、駿府では知られているのですね。驚きました」

弥蔵が唸ったが、それは無坂も同じだった。

まだ日のあるうちに鰍沢（かじかざわ）に着いた。黒俣衆の集落を訪ねるのが夜でもいいのなら、このまま走り続けるのだが、《集い》の使者として初めて訪れるのである。鰍沢で露宿して、翌朝集落に向かうことにした。以前、鰍沢で露宿した時も弥蔵と雁矢がいた。鳥谷衆との戦いに臨むために、駿河の足高山（あしたか）の麓に向かっていた時だった。十一年前のことになる。その時は、雑炊を美味く作ることで嫁殺しとか叔母殺しと言われる渡瀬（わたせ）がいた。今は、豆州の分家の小頭になっているはずだった。

焚き火を見ながら夕餉の雑炊を食べ、焚き火を囲んで眠り、朝早くに起き出して、黒俣衆の集落に向かった。

集落は朝餉を終えたところだった。出迎えた小頭の掛須(かけす)と戸張(とばり)に、《集い》の使いで来たことを告げると、明らかに顔色が変わった。どうして、こんなにも早く露見したのか、と戸惑っているらしい。

掛須がゆっくりと長の小屋へと案内している間に、戸張が知らせに走った。阿曇の表情も硬かった。

無坂は、無沙汰を詫び、弥蔵を《集い》の使いだと引き合わせた。集落の者が皆表に出て来ている。阿曇は、皆にそれぞれの小屋に入って待つように言うと、無坂らを小屋に通した。

阿曇の話は、丹治から聞いたことと、ほぼ同じだった。弥蔵が、武田の狙いが《集い》の和を乱すことにあるのだと説いても、肯(が)えんじようとはしなかった。

「遅いのだ」と阿曇が言った。「我らの心は既に決している。何も言うてくれるな」

「《集い》としては、《外れ》にするしかなくなります。なかったことには出来ませんが、今なら、一年とか短くて済みます」

「里に下りる者には、痛くも痒くもない」

「お考え直しいただけませんか」

「葦（よし）を呼んで来てくれ」

阿曇が掛須に言った。掛須は小屋を飛び出すと、間もなくして若い女子（めこ）を連れて来た。

「済まぬが、背を見せてやってくれ」

葦は、一瞬身を固くしたが、思い切ったのか、立ち上がり、後ろを向くと、着ていた小袖を肩から腰に落とした。背が露（あらわ）になった。背一面に、ひどい引（ひ）き攣（つ）れがあった。

「始めは、出来物ができたくらいに思っていたのだが、次第に大きくなってな。切って膿（うみ）を出したんだが、それがいけなかったのか、更に酷くなって背中じゅうに広がった。甲斐府中に行けば僧医がいるのだろうが、山の者を診てくれるか、分からん。そうこうしているうちに熱が出てな。皆が皆、死を待つしかない、と諦めた時、母親だな。あしにこの娘の命をくれ、と言うと山刀で背を切り開き、膿を口で吸って取り除いたんだ。それがよかったのか、こうして葦は今生きているが、里にいて、武田と繋がりがありさえすれば、早くに治せたかもしれんのだ。儂は、此度の誘いを受けた時、葦のことを思った。二度と、次の葦は出さん。そのためには、話に乗ろう、とな」

それがすべてだ。小荷駄隊などどうでもいいのだ。住まいも、扶持もな。阿曇は、葦に小袖を纏うように言った。葦は袖に手を通すと、小屋を出て行った。

「長のお気持ちは分かります。巣雲でも木暮でも同じようなことは起きています。ですが、多分里でも起きているのではないでしょうか。生きる者は生き、死ぬ者は死ぬ。その中でしか、俺たちは生きられないんだと思います。思い直していただけませんか」

「阿曇の叔父貴」と無坂が言った。「俺は、この弥蔵って男が好きでしてね」

阿曇が、目を上げ、弥蔵を見た。

「久津輪衆が《集い》に隠れて里に下り、《外れ》になった。妹が嫁いでいたもので、塩や味噌を持って行ってやったら、掟を破ったとして俺も《外れ》にされた。木暮に俺の身柄を引き取りに来たのが、この弥蔵だったのですよ」

「《外れ》の沙汰は知っていたが、弥蔵の背子が引き取りに行ったのまでは知らなかった」

「弥蔵は沙汰を受けた後、木暮に帰ろうとする俺や長の羽鳥を引き止め、いろいろと気遣ってくれました。些細なことだったのですが、妙に沁みましてね……」

無坂は、一旦言葉を切り、続けた。

《集い》の使いが、若い弥蔵と《外れ》戻りの俺か、と不満に思う阿雲の長ではないことは承知していますが、この男は後々俺たちを引っ張って行く器だと思っていま
す」
「叔父貴、手前のことは……」
「そうだな。もう一言だけだ。この男に、山のこれからを托してみませんか。今はま
だ小頭ですし、この先巣雲の棟梁になるとも、ましてや大長になるとも分かりません
が、何者かにはなるはずです。遠くない日だと思います。今武田は、山の和を乱し、
我々を戦わせようとしています。その口車に乗ってはならないんです」
「聞いている。お前は何人もの《かまきり》を殺したらしいな。その恨みもあるのだ
ろう」
「好んで殺したのではありません」
「そんなことは分かっている。お前をもう何年も見ているからな」
「でしたら、そんな武田に仕えることは、ないではありませんか」無坂が言った。
「決めたことだ。もう戻れん。他の集落のこともあるでな」
「他の集落が止めると言ったら」弥蔵が詰め寄った。
「言う訳がない」

「言わせてみせます。これから回って来ます」弥蔵が言った。

「勝手にするがいい」

場所は、と阿曇が訊いた。知っているのか。

「大凡は」

「案内を付けてやる。疑うな。罠など張らぬ」

「疑いません」弥蔵が言った。「そのようなことをする長だとは思っておりません」

「葦に案内をさせよう。あれは、儂の娘だ。俺が裏切ったら、葦を殺すがいい」

二日掛けて栃窪衆、岩滑衆、西之谷衆、姥神衆の集落を回ったが、説得は叶わなかった。説得どころか、姥神衆の集落では柵の中にも入れなかった。もし葦がいなかったら、手槍が飛んで来たかもしれない。

三日目に黒俣衆の集落に戻ると、それぞれの集落から、既に阿曇の許に知らせが届いていた。

阿曇と葦に礼を言い、また来る、と告げて巣雲の集落に戻った。

間もなく阿曇らは動くはずだから、と無坂は巣雲衆の集落に留まると申し出たのだが、これは大長の役目だと断られ、一夜の慰労を受けた後、久六と木暮衆に引き返すことにした。火虫へ経緯を知らせなければならない。帰り着いた二日後に、久津輪衆から於富の叔母が倒れたという知らせが入った。於富は、前の長・萱野の女房で、無坂の妹・美鈴の姑に当たる。

無坂と、長の代理として志戸呂が直ぐさま集落を発った。その夜は百太郎の小屋で休み、翌朝水木を連れて、三人で久津輪衆の集落に向かった。その頃から雲の流れが速くなり、夜更けてから雨になった。

翌日、一層強くなった雨を衝いて、丹治が勘助の言付けを知らせに百太郎の小屋に駆け付けた。

「無坂が山の者に襲われるかもしれん。木暮にいるのか」

日高は、久津輪衆の集落に行ったことを伝え、狙われる訳を訊いた。

三

無坂らが黒俣衆の集落を発つと、待っていたかのように栃窪、岩滑、西之谷、姥神の長らが阿曇の許に押し掛け、躑躅ヶ崎館に日下辺を訪ねた。日下辺は春日弾正忠の供をして躑躅ヶ崎館を離れていたため、翌日から丸三日待たされ、四日目に会見が叶った。

《集い》の使いが来た。日を経ずして《外れ》となり、他の集落との行き来が出来なくなる。ひとまずこの人数で山を下りるので、早急に受け入れてほしい、と願い出たのだ。

聞き終えた日下辺が、なぜだ、と問うたらしい。何ゆえ、斯程に早く知られたのだ？

「其の方どもの誰かが漏らしたか」

そのような者がいるとは思えなかった。我らの中にはいない、と答えると、

「では、他に誰がいると言うのだ」

怒鳴り声を上げたが、何かに思いが至ったのか、日下辺は暫し黙考した後、もうよい、と呟くと、仕えるには土産が要る、と五人の長に言った。

「南稜七ツ家の名は知っているな。その七ツ家の隠れ里の場所か、無坂なる者の首。いずれかひとつを土産とせい。分かったら、帰れ」

「そのようなことは出来ません」

阿曇が撥ね付けたが、聞く日下辺ではなかった。

「ならば、この話はなかったと思え」

「今更。まさか、我らを騙したのですか」

阿曇が声を荒げたのと同時に、襖が開き、乱れた足音が長らを取り囲んだ。

「山に戻れぬのなら、言うことを聞き、里での立場をよくしたらどうだ？」

日下辺の屋敷が騒然となったところで、床下で聞いていた丹治配下の透波は、秘かに屋敷を抜け出した。


丹治が日高の案内で、雨の中を久津輪衆の集落に向かって駆け出した頃――。

黒俣衆の小頭・戸張が、濡れ鼠になって巣雲衆の集落に駆け込んで来た。

日下辺の申し出を聞いた後、刃に囲まれた中で五人の長の話し合いの場が持たれた。

「山の者を里者に売ることなど、出来ぬ」

と、阿曇が突っ撥ねたが、四対一で日下辺の申し出を受けることが決まった。

「七ツ家の隠れ里を探すとなると日数が掛かるが、無坂の居所は見当が付く。ここは、我らが生き抜くためです。阿曇の長は、暫く目を瞑っていてください」

三蔵が説得に努めたが、阿曇は頷かなかった。

「いつどのように裏切るか分からん。阿曇の身柄は、其の方どもが首尾を果たすまで武田で預かる」

「それはご勘弁ください」三蔵だった。「阿曇の長は、手前らにとっては大長とも言うべき御方。もし大長をお信じいただけないようならば、手前どもは日下辺様には従いません。そうだな？」

三蔵が長衆に訊いた。岩滑衆の長らが声を揃え、遅れて姥神衆の十余二が同意の声を発した。

「手前どもは、最早抜き差しならないところにおります。後は、手前らが生き抜くための戦いとなります。どうか、手前どもを信じてお任せください」

そこまで言われたら、日下辺様としても折れるしかなかったろうよ、と八尾久万が言った。《かまきり》が倒せなかった無坂を倒す好機だからな。無坂にしても、まさか山の者に狙われようとは、思うてもいないだろうしな。

「それがどうにも我慢出来ないから、と阿曇が手前をこっそりと巣雲に走らせたのでございます」戸張が言った。

「ありがとよ。阿曇の長は、やはり山の男衆よ」

八尾久万が木暮衆の集落まで走るように弥蔵に言った。

「ここ暫くは出歩かず、十二分に気を付けるように、とな」

供に雁矢と真壁が付いた。


久津輪衆の集落は、木曾と伊奈を結ぶ鍋懸峠の南にあった。集落に着いた無坂らは、於富が寝かされている長の小屋に通された。倒れてからずっと眠り続けているらしい。於富は口を開け、鼾を掻いていた。

青地の大叔父の時と同じだった。とすれば、ここ数日が山となるのだろうか。

「目が覚めんのだ」

枕許に詰めていた常磐の大叔父が言った。

「まだ三途の川のこっち側にいるはずだ。呼び戻すんだ」

駒風の大叔父が言った。

傍らにいた大叔母や叔母たちが口々に於富の名を呼んだ。水木も加わって大声を出している。龍五と嫁の山根もいた。

「兄さ」

美鈴に言われて、於富の枕許を見た。細い紐が編まれていた。結構な長さがあるようだった。何だ、と目で訊くと、於富の叔母は紐を編んでいる途中で倒れたのだ、と言った。

「兄さに世話になっているのに、何の恩返しも出来ない」

せめて、と古い布と木の皮や草の茎を煮て取り出した糸を綯って編んでいたらしい。

「兄さ、言っていたでしょ。長鉈の柄に縛って投げると、拾うのが楽だって」

言ったかもしれないが、覚えてはいなかった。

於富の枕許に座り、礼を言い、細紐を手に取った。長い。十一間（約二十メートル）はありそうだった。腰に巻いた。

美鈴が、喜んでもらえたよ、と於富に話し掛けた。於富は変わらずに鼾を掻き続けている。

その頃から雨が激しくなり、風が唸り始めた。戸を鳴らし、屋根を震わせ、雨と風は夜になっても止むどころか、次第に強くなっていった。囲炉裏の火が揺れ、於富を囲む無坂らの影を揺らした。

咽喉を嗄らしたのか、大叔父らが呼ぶのを止めている。

無坂は、大叔父らに、今夜のうちに容態が変わるとも思えないから、小屋に戻って少し休むように言い、雨の様子を見に戸口に立った。

少し降りが収まっていた。中に声を掛けた。

大叔父らが、笠を手に、背を丸めて小屋から走り出した。見送る無坂を藪影から見ている男どもがいた。姥神衆の小頭・虎松と男衆の千造らだった。

「奴だ。確かにいやがったな」虎松が千造に言った。

「だから、見たって言ったじゃねえですか」

無坂が伊奈から鍋懸峠に続く道を走っているのを見た、という千造の言葉を確かめに来ていたのだった。

「具合の悪いのがいるらしい。ってことは、何日かはいるってことだな」

「殺るなら、ここで、ですぜ。久津輪の男衆は殆ど死んじまってますからね」

天文十六年（一五四七）の小田井原の戦いで、上杉軍に加わった久津輪の男衆のことごとくが首を刎ねられてしまったのだ。集落を続けるために残された久米治や寅三など僅かな男衆と、新たに加わった無坂の倅の龍五などを足しても、戦える人数は五、六人しかいないはずだった。

「ひとりに付き三人掛かりでやるとすりゃ、二十人もいれば倒せるな。よし。戻るぞ」

雨と風の音に紛れ、久津輪衆の集落を離れた虎松らは、姥神衆の集落がある姥神峠へと急いだ。

姥神峠までは二里半（約十キロメートル）。雨と風のために足を取られ、走る速度は落ちたが、山の者にとっては何でもない距離だった。

「殺るぞ」

姥神衆の長・十余二の決断は早かった。

「大丈夫でしょうか。阿曇の長は、反対していましたが」

小頭のひとり・スグリが言った。

「阿曇は肝っ玉が小せえ。ここは日下辺様に従うべきだろう。他の長衆も殺るって言ってたんだしよ」

「ですが、《集い》の許しなく、里者の命令で山の者を殺したとなれば、《外れ》では済まないことになりませんか……」

「俺たちは、最初の声掛けに応じたところで、山を捨てたんだ。てめえも、そうだったろうが」

「しかし、同じ山の者を手に掛けるのは、気が進みません」

「分かった。てめえは来なくていい。五人の長の内、四人が殺ると言ったんだ。それで文句のある奴に用はねえ」

「頭数はいます」と虎松が、スグリに背を向けて言った。「どうやります？」

「目障りだ」と十余二がスグリに言った。「てめえの小屋に戻っていろ」

　スグリが長の小屋を出て行くのを待って、十余二が言った。

「この雨だ。天龍は渡れねえ。奴も身動きが取れねえだろうが、俺たちも他の衆を呼べねえって訳だ」

　それがどういうことか、分かるな？　十余二は虎松らを見回すと続けた。

「俺たちだけで殺る。そうすれば手柄は姥神のものだ。後でそれが物を言うことになるのよ」

「これから行きますか」

「夜じゃや、こっちも見えねえ。逃げられたら面倒だ。夜明けだな」

「そうと決まったら、血の気の多いのを集めてきます」

「任せる」

　へい、と答えた虎松が、小屋を飛び出して行った。千造が直ぐに後を追った。

雨が上がって一刻（約二時間）になる。

夜の闇が濃さを増し、冷えが押し寄せてきた。夜が明ける間際の冷え込みだった。

そろそろだぞ、と十余二が傍らにいる虎松に言おうとした時、小屋の戸が開き、囲炉裏の灯りを背に受けた男が外に出て来た。老いている。大叔父らしい。大叔父の常磐は、ひとつ大きなくしゃみを残し、厠に消えた。程なくして厠から出て来ると、何やら夜空に向かって唱えた後、ひょこひょこと小屋に入って行った。

寝静まっている夜明け前に唱え事をするのは、皆に様子がおかしい、と知らせる合図だった。

無坂は美鈴に囲炉裏の灯が漏れないように衝立を置かせると、嵌め込みの床を外して、志戸呂と龍五の三人で床下に下りた。床下を伝って、久米治と寅三が来ていた。

「常磐の大叔父が言うには、南北はそれ程ではないのですが、東西に人の気配がしたそうです」

「大叔父が寝惚けたってことは？」志戸呂が訊いた。

「普段は頼りないですが、存外勘は鋭い男です」

「分かった。信じよう」

「言いたかねえが、お前か」志戸呂が言った。「狙われているのは？」

「聞きたかねえが、俺だろ」無坂が答えた。

「《かまきり》か」

「《かまきり》なら、大叔父に悟られるような間抜けはおらんだろう」

「では、誰だ？」

「それを探りに行くぞ」

「俺たちは、どうしましょう？」久米治が訊いた。

「女衆には外に出るな、と。男衆には手槍の用意と、戸口と床の抜け穴を固めるよう言ってくれ。俺たちは、辺りの様子を探った後、どう動くか決める」

「でも、三人で大丈夫ですか」寅三だった。

「無坂父子は並だが、俺は頭抜けて強いから安心しろ」志戸呂が言った。

「分かりました」

久米治と寅三が隣の小屋へと消えて行った。

行くぞ。志戸呂が先に立った。

「頭抜けがいてくれてよかった。心強いぞ」

「素直でよろしい。志戸呂様のありがたみがようやく分かったか」

三人は床下から藪に抜け、濡れている地面に腹這いになった。

「どこだ？」

三つ並んだ岩の脇に、闇が一際濃くなっているところがあった。あそこではないか、と無坂が言った。間違いありません。あそこです、と龍五が言い添えた。

「殺してもいいか」志戸呂が訊いた。

「事と次第によっては、な」

「よし。お前が囮になれ」志戸呂が言った。

「俺が、か」

「無駄口を叩いている暇はねえ。於富の叔母のためにも、手早く片付けちまおうぜ」

「その間に、俺は木槍を二、三本もらって来る」

志戸呂が早口で策を伝えた。

「持って来ています」龍五が言った。

東の空が白み始めてきた。

逸る気持ちを抑え、十余二が虎松に囁いた。

「そろそろだぞ」

「知らせておきますか」

虎松に訊かれ、十余二が頷いて見せた。

虎松が右手を上げて左右に振った。集落の西の藪の中から千造の右手が伸びた。

立ち上がろうとした十余二が、腰を浮かせたまま固まった。集落の中程にある小屋の間から男が現れ、立ち止まったのだ。手槍と長鉈を持ち、十余二らのいる藪を見ている。

「無坂ですぜ」

「何者だ？　夜盗どもか」無坂が声を張り上げた。

虎松らが、十余二を見た。十余二は立ち上がると、怒鳴り返した。

「姥神の十余二だ」

訪ねても集落に入れもしなかった姥神が、集落を取り囲んでいるのだ。何をしに来たのかのは見当が付いたが、一応尋ねた。

「てめえの命をもらいにきたのよ」

「武田に、俺の首を差し出せ、とでも言われたのか」

「うるせえ」十余二は喚くと、久津輪の衆に恨みはない、と言った。「無坂の命をいただけば、引き上げる。万一、奴に加勢すれば殺す。分かったら小屋から出て来るな」

「殺しに来たのなら、逆に殺されても仕方がないな」

「やれるものなら、やってみろ」

「やってやろうか」

言った時には、十余二に向かって走り出していた。と同時に、ぐるりの藪に潜んでいた姥神衆が、無坂を追って藪から躍り出した。いる。皆で二十人近くはいるだろうか。

足音に混じって風を切る音がした。龍五が投じた木槍だった。

んっ？

ふと見上げた十余二の顔が、引き攣り、固まり、後ろに撥ねた。十余二の隣にいた虎松の横顔に、十余二の血飛沫が掛かり、顔半分が血に染まった。十余二の傍らにいた者たちが立ち竦んだ。二本目と三本目の木槍が、東の藪から飛び出したふたりを襲い、串刺しにした。

「殺せ」

声を振り絞った虎松は、真正面から己目掛けて飛んで来る長鉈を見ていた。長鉈の柄には細い紐が付いていた。長鉈は己の首に当たり、伸び切ると、引かれたのか、無坂の手許に戻っていった。そこで虎松の命は尽きた。

西の藪から飛び出した留吉（とめきち）は、無坂の背に手槍を突き立てようと先頭を走っていた。無坂が長鉈を投げた。背は隙だらけになっている。しめた。心の中で叫び、走る速度を上げた。後一息というところで、無坂の手がぐいと引かれた。紐が引かれたらしい。紐が生き物のように波打ち、先に結び付けられている長鉈を呼び戻した。長鉈は無坂の脇を通り過ぎると、留吉の頭蓋を割り、また戻っていった。

浮き足立った姥神衆に、飛び出してきた志戸呂と龍五が手槍を突き立てている。三人が倒された。

無坂の長鉈を掻い潜った男がいた。若い彦次（ひこじ）だった。彦次を無坂が追っている。野郎めが。千造が背後から斬り掛かろうとした時、無坂の身体が宙に跳んだ。

何？

無坂は中空に浮いたままくるりと向きを変えると、長鉈を千造に投じ、地に下りた時にはまた向きを戻し、茫然としている彦次の腹を突いた。

「何だ、今のは？」志戸呂が、走り寄ってきて訊いた。

「久六に教わった技だ」

「……あれか」

久六が《山彦》の時に、見せてくれたことがあった、と志戸呂が言った。

「いい若い衆に育てたな」

「おうっ、あいつに《山彦》を継がせるつもりよ」

逃げ出そうとしている姥神衆を、久津輪衆が取り囲んだ。

座らされている姥神衆は十人いた。誰に話せばいいのか、無坂が訊いた。

「手前に」

佐多吉と名乗った、年嵩の男が答えた。

「まず言っておく。これ以上の殺生はしない」

姥神衆の間から、溜め息が漏れた。

「襲うにはそっちにも訳があったのだろうが、身を守るために手に掛けた。もし恨むなら俺を恨め。久津輪衆は関わりないことだ」

佐多吉が頷いた。

「これは《集い》に知らせる。近いうちに《集い》から沙汰が下されるはずだ。それを待て。亡骸は、集落に持ち帰り、葬ってやるがいい」

「俺たちは、里に下りるって話で我を忘れてしまっていた。迷惑を掛けた」

「殺されそうになったんだ。迷惑どころじゃねえ」志戸呂が言った。

「恐らく、よくて《外れ》、悪くすると《ひとり渡り》だろうな。しかし、それはてめえらが招いたことだからな。恨むんじゃねえよ」

常磐の大叔父が諭すような物言いをした。

《外れ》も《ひとり渡り》も山の者に下される沙汰であった。《外れ》は《外し》とも言い、期限付きの追放のことで、無期限の、取り消しのない追放を《ひとり渡り》と言った。区別するために《ひとり渡り》には、右の耳から左の耳へと顔の真ん中に傷を入れた。《ひとり渡り》になると、山の者とともにいることは許されなくなり、死ぬまでひとりで行を続けなければならなくなる。山でのそれは、死を意味した。

佐多吉らが亡骸を背負って集落を離れたのを見て取った久津輪の衆が、戸を開けて出て来た。いつもは無坂らに飛び付いて来る子供らも、遠くから見ている。人を殺した、と知っているのだろう。

騒がせた詫びを言い、浴びた血を洗い落としていると、丹治と日高が来た。朝からの騒動を話した。

「《かまきり》を手玉に取った男に無茶をしたもんだな」丹治が言った。

丹治の話で、姥神衆が襲って来た訳が分かった。昼を過ぎた頃に、弥蔵らが駆け付けて来た。天龍川を渡す舟がようやく出たらしい。丹治らは、武田の威光で、無理に出させたという話だった。弥蔵に、姥神衆に襲われたことを告げた。

「馬鹿なことを」

絶句していたが、大長・八尾久万配下の小頭としての立場がある。

「姥神衆の集落に行って参ります。呼び出しを掛けるまで、おとなしくしているように伝えて来なければなりません」

巣雲衆は、弥蔵に雁矢、真壁の三人だった。山を下りる覚悟で無坂を襲い、長と小頭を含め十人の者を殺されているのだ。弥蔵の言葉を素直に聞くとは思えなかった。先頭に立って姥神衆の集落に向かいたかったが、己が姿を見せたのでは、徒に騒がすことになってしまう。無坂は丹治に付いて行ってくれるよう頼み、日高と源太に弥蔵らの供をするように言った。源太は、二十四歳。龍五の義理の弟に当たった。

集落の見張りは、買って出た志戸呂に頼み、無坂は於富の枕許に詰めた。相変わらず鼾を掻いて寝ていた。

二刻（約四時間）程後、弥蔵らが姥神峠から戻って来た。姥神の集落は、小頭ひとりと足腰を痛め、渡りに加われない大叔父と大叔母の七人が残っているだけだったらしい。

「他の衆は、持てる物をすべて持って、出て行ったようなのです」

亡骸を持ち帰った者らが《ひとり渡り》になったら集落の存続は難しくなる。ならば、集落を捨て、皆で《集い》の目の届かないところで、新たな集落を構えよう、とでも思ったのだろうか。

「ひとり残った小頭のスグリを問い詰めたのですが、どこに行くかは、敢えて聞かなかったと言うのです。万一知っていれば、人情として訪ねてみたくなる。その時、《集い》の者に尾けられれば、皆の苦労をふいにすることになるからだそうです」

「これから渡って、小屋を作って、冬場の食い物を貯える。出来るのですか」源太が訊いた。

「無理だな」志戸呂が言った。

「ひとつ考えられるのは」と弥蔵が言った。「冬の小屋とか夏の小屋とか、集落から離れたところに小屋を持っている集落があります。姥神が、そうした小屋を持っていれば、食い物を運べば何とかなります」

「それですね」日高が言った。

「探すのか」志戸呂だった。

「手前には何とも申せません。大長の命に従います」

弥蔵に、亡骸がどうなったか、訊いた。

「スグリと大叔父らで埋めたそうです」

集落の入り口近くに、新しい土饅頭が出来ていた、と雁矢が言った。

「思わず大立ち回りをしてしまったが、殺し過ぎたかもしれない」

「それは言うな。殺さなければ、殺されていたのだ。手槍を払えば長鉈で、長鉈を払えば素手で掛かってくるのが山の者だ。殺すしか、身を守る方法はなかった……」

もういい、と志戸呂が言った。姥神のことは巣雲に任せよう。

「それより於富の叔母に付いていてやれ」

「分かった」

皆に背を向けようとした時、長の小屋で歓声が上がった。美鈴と山根と水木らの声だった。

どうしたんだ？　皆で顔を見合わせていると、戸が開き、水木が手招きしながら言った。

「目を覚ましたよ」

「走れ」と志戸呂が、無坂に言った。

源太が、無坂を追い抜いて小屋に飛び込んで行った。

「しぶといもんだ。いや、大したもんだ」

足を踏み鳴らしている志戸呂に、弥蔵が言った。

「無坂の叔父貴をお借りしてもよろしいでしょうか」


その夜は久津輪衆の集落に泊まり、翌朝無坂は巣雲衆の集落に向かって、弥蔵らと発った。

丹治と日高と水木とは天龍を越えた伊奈部で、志戸呂とは秋葉街道の大塩で分かれ、無坂は弥蔵らと更に直走った。

山中で露宿をし、翌日の昼に巣雲衆の集落に着いた。

無坂が弥蔵らと行をともにしたのは、手を貸してくれ、と弥蔵に頼まれたからだった。姥神衆の愚行と集落の離散を阿曇に話せば、考えを改めてくれるかもしれない、と弥蔵は考えたのだ。

八尾久万の思いも同じだった。

「若いのを五十人程付ける。阿曇らを説き伏せて来い。それから、武田だ。二度と山に手出ししないよう、脅かしてやろうじゃねえか」

何かないか、と問われた弥蔵が、ひとつの案を口にした。

「よし、お前に任せる。思ったようにやってみな」

それが、八尾久万の答えだった。

八尾久万らが話し合っている間、無坂は川で水を浴び、呼ばれるのを待った。

一刻後、総勢五十五名で巣雲衆の集落を発った。これだけの数だと駿府の城下を走り抜ける訳にはゆかない。

藁科川に沿って下り、安倍川に出たところで北上し、梅ヶ島に向かった。安倍峠を越え、身延に下り、身延道を行くという道筋だった。この日は、安倍峠を越えたところで露宿をした。

「数とはすごいものですね。露宿していても、襲われることを、まったく考えずにいられますからね」

雑炊を啜り終えた弥蔵が、この数で来られたら、黒俣の衆も驚くでしょうね、と笑みを見せていたが、すっと顔を引き締めると、明日のことですが、と言った。

「叔父貴は見たことをそのまま話してくだされば結構ですので、よろしくお願いいたします」

その夜は、雨の気配がないので油紙を被って寝た。

夜明け前、物音で目を覚ますと、まだ寝ているように言われたが、一旦目が覚めるともう眠れない。起き出し、顔を洗い、口を漱いだ。

火が熾り、煮炊きが始まっている。取り敢えず無坂はすることがない。油紙を畳み、籠に仕舞い、岩に腰を下ろした。谷を流れる川の瀬音が耳に付いた。

黒俣衆の見張りの顔色が変わっている。

無理もない。弥蔵と無坂の後ろには、五十を超える人数がいるのだ。

「大長の使いで参りました。巣雲衆の弥蔵です。阿曇の長にお会いしたいので、通らせてもらいます」

有無を言わさぬ押しで、そのまま歩き出した。見張りのひとりが集落へ駆けている。

阿曇は、姥神衆が無坂のいた久津輪衆を襲ったことも、大半の者が集落を捨てて逃げたことも知らなかった。

無坂は、戸張を巣雲へ走らせてくれた礼を言ってから、問われるままに夜明けに襲われた経緯を詳しく話した。

「それで、十余二の長は？」阿曇が訊いた。

「申し訳ございません。手に掛けました」無坂が答えた。

「何人、殺った？」

「十人くらいかと」

「スグリも、か」

「生きております」

殺しには加わらず、皆が去った集落に残り、置き去りにされた大叔父や大叔母の面倒を見ている、と弥蔵が語った。

「安堵した。スグリがいれば、姥神は持ち直すだろう。《集い》には寛大な沙汰を願いたい……」

手を突いている阿曇に、お考え直しいただけませんか、と弥蔵が言った。

「武田の腹の底、見えたではありませんか。武田は、山の者を利用することしか考えていないのです」

「かもしれぬが、武田は強い。この先も甲斐信濃の主であり続けるだろう。となれば……」

「武田とて不滅ではないはずです。この世で不滅なのは、山や森だけです。里は変わります。諏訪を治めていた諏訪氏はなく、信濃に君臨していた小笠原氏も村上氏も、今では他国に落ち延びた、と聞いております。あの戦乱に加わりたいのですか」

阿曇と小頭の掛須と戸張を見、弥蔵が続けた。

「戦は勝ちばかりではありません。久津輪の衆は首を刎ねられました。多くを得ようとすれば、それなりの覚悟が要ります。山のどこに不足があるのですか。山を焼き、蕎麦を植えれば二月半で食べられ、祝いがあれば、皆で飲んで踊れる。嫁入りの灯を思い出してください。夜、松明を掲げて来る一行を、篝火(かがりび)を焚いて迎える。あれより美しい光景が里にありますか」

掛須と戸張に訊いた。《山祭り》以上に楽しいものが、あると思いますか。

「迷いだ」と阿曇が言った。「少しでも楽な暮らしをさせてやりたいと、目が眩んでしまった……」

《外れ》を受け入れる覚悟は出来ている。沙汰を待つ。阿曇が声を絞り出した。

「日下辺様にも、そのように話す」

「他の長の皆様はいかがでしょうか。阿曇の長に従ってくれるでしょうか」弥蔵が訊いた。

「説く。必ず思い直させてみせる」

「よろしくお願いを申し上げます。では、明日の昼頃出直して参ります。それまでに、皆様こちらにお集まりいただけますでしょうか。皆様のお口から、山に残るとお聞きしないことには、手前は役目を果たしたと申せませんので」

「承知した。直ちに使いを出そう」

阿曇から黒俣衆の集落に泊まるよう申し出を受けたが、五十を超える人数がいるからと断り、集落を後にした。

四

翌日、約束の頃合に集落を訪ねると阿曇ら長衆が揃っていた。弥蔵と雁矢と無坂が、阿曇の小屋に入った。

「昨夜、話し合い、我ら山に残ることにした」と阿曇が言った。「騒がせたことを、幾重にも詫びる」

「皆で日下辺様を訪ね、正式に断るつもりでいる」西之谷衆の木龍が言った。

「先走ったのは手前です。ここは手前に」栃窪衆の三蔵が言った。

「そうはゆくか。俺も行く」岩滑衆の千菊だった。

「お待ちください。躑躅ヶ崎館に行かれたら、帰れぬと思いますが」

「覚悟の上だ」木龍が弥蔵に言った。

阿曇らも声を揃えた。

「手前にお任せ願えませんか」

弥蔵が、ぐいと半身を乗り出すようにして言った。

「武田のこと、此度のこと、すべてを、です」

阿曇ら四人は、交互に見詰め合うと、改めて弥蔵に向き直り、任せることを告げた。弥蔵は礼を言って続けた。

「手前は巣雲衆の小頭に過ぎませんので、《集い》の沙汰を口にすることは憚られますが、此度の無坂の叔父貴を襲った一件をないことにはいたし兼ねます。それなりの沙汰は覚悟していただかなければなりません。しかし、それもこれも集落の衆を思ってしたこと。大長によく伝えるつもりでおります。巣雲の弥蔵、身体を張りますので、どうか信じてやっておくんなさいやし」

叔父貴、何かございませんか。弥蔵に言われ、後ろで控えていた無坂が口を開いた。

「前にも申しましたが、手前は以前《集い》から四年の《外れ》を言い渡されました。巣雲衆の集落に呼び出され、沙汰を受け、四年の長さに打ちのめされていると、弥蔵が来ましてね。一緒に飯を食い、その夜囲炉裏を囲んで寝てくれたのです。何を話すでもなく、世間話をしただけだったのですが、落ち着かせてくれました。若いのに、出来た男です。信ずるに足る男だと思います」

「叔父貴」弥蔵が頭を下げた。

「日下辺様の申し出とはいえ、済まなかった。許してくれ」

三蔵らが、弥蔵よりも深く頭を下げた。

顔を上げた阿曇らに、しかし、と言って弥蔵が口調を改めた。

「これで、ことを収める気はございません」

阿曇らが顔を跳ね上げるようにして弥蔵を見た。

「長の皆様ではございません。武田です」弥蔵が言った。「姥神の衆を殺すことになったのも、すべて武田のせいです。日下辺様を呼び出し、二度と山に近付かぬように釘を刺したいのです」

「どうするのだ？　相手は武田の威光を笠に着、無理を承知で押し付けて来る輩だぞ。呼び出しに応ずるはずはなかろう」阿曇が言った。

「方法はございます。それには、長の皆様の力添えが要ります」

「何をすればよいのだ？」三蔵が訊いた。

申し訳ありませんが、人質になっていただきたいのです、と弥蔵が切り出した。

「八尾久万が是非ともお会いしたいと言っているので、ご足労願えないか、と申し出るのです。どうやら折れそうだとにおわせれば、向こうから言い出したことでもあり、出て来るでしょうし、無坂の叔父貴を襲うの襲わないのという話は出ないでしょう。しかし、もしかすると日下辺様は、何かある、とお疑いになるかもしれません。その時は……」

「大長との話が終わるまで人質になる、と言えばよいのだな？」阿曇が言った。

「左様でございます」

「我らを人質に取れば安堵して出て来るな」三蔵が頷いた。

「何をするのだ？」木龍と千菊が口を揃えた。

「それは、後日の楽しみということで」弥蔵が言った。

「我らは逃げられるのか」三蔵だった。

「お任せください」

「若いが、流石巣雲の小頭だけのことはある。任そう。日取りと場所はいた。

「十日後。場所は、若彦路の鳥坂峠。刻限は申ノ上刻（午後三時）では」

「申では遅いのではないか」

「何分遠いもので」

遠ければ、前日に着くように動けばいいのである。そこに何かがあると読み、阿曇はそれ以上は問わなかった。

「分かった」

「もし日取り等に日下辺様が難色を示された時は、手前とここにおります雁矢が館まで供をいたしますので、お伝えください」

その夜、無坂と弥蔵らは黒俣衆の集落に分宿し、翌朝長らと躑躅ヶ崎館に向かった。

日下辺と長らが会い、会見の約定は成ったが、やはり裏に何かあると疑われたらしい。長らは人質として、館に留め置かれた。

「大長は考えを改めたのであろうか」

とすればだ、と春日弾正忠が、勘助と日下辺に言った。

「山の者を戦わすことも、無坂を殺すことも出来なんだが、山城への兵站には使えるのだ。これは大きな成果と言わずばなるまい」

「それはどうでしょうか」と勘助が冷めた声を出した。

何と言われた？　弾正忠が睨むようにして言った。

「まだ大長が受け入れるとは決まっていないではありませんか。はっきりと断るために呼び出したのかもしれませんぞ」

「そのようなこと、武田が認めるか」

兵を連れて行け。日下辺に言った。百もいれば十分であろう。

「そんなに……」日下辺が思わず呟いた。

「力で威圧するのだ」

「こじらせるばかりになりましょう」勘助が言った。

「百だ。一兵たりとも減らすでないぞ」日下辺に命じた。

「《かまきり》は、よろしいので？」勘助が訊いた。

「要らぬ。彼の者らに、知恵の使い方を見せてやるのだ」

その頃、弥蔵と無坂は、雁矢ひとりを供に身延道を南に下っていた。他の巣雲衆は安倍峠越えで集落に向かっている。

弥蔵がどこに行こうとしているのか、無坂はまだ聞いていなかった。二度と山に近付かぬようにするために釘を刺す、と言っていたが、何をするのか。

「脅かしてやるんです。物の怪を見せて」弥蔵が事も無げに言った。

物心付いた時から山の中にいると、妙な火とか、人とか、獣とか、思わず立ち竦むようなものに出会うことがあったが、それは図らずも目にするものであって、連れて来る訳にはゆかない。

「どうするのだ？」思わず訊いてしまった。

「木面衆に力添えを頼む、と言えば、お分かりでしょうか。あそこの狩りの遣り方は、少し変わっておりますので」

無坂にしても見たことはなかったが、聞いたことはあった。恐らく里者なら、腰を抜かすだろう。

「それで驚かせた後、《狐道》に掛けるつもりです」

狐に騙されたように、道なき道に誘い込まれる。それが《狐道》だった。

「誰が考えたのだ？」

「手前で」

「面白いことを考える男だな」

弥蔵が、嬉しそうに笑った。

木面衆の集落は、鰍沢の手前で西に折れ、大柳(おおやな)川沿いに二里（約八キロメートル）程山に分け入った十谷(じっこく)の地にあった。瞬く間に集落へと続く獣道に着いた。

獣道に佇むと、時鳥(ほととぎす)の鳴き声がした。足を止め、待っていると、藪の中の木がぱくりと開き、中から男が出て来た。剥いだ木の皮を筒状にして、身を隠していたのである。これは、木がまだ十分に水を吸っている秋口までに杉か檜(ひのき)を伐り出し、その日のうちに皮を剝ぎ、楮(こうぞ)や三椏(みつまた)の黒皮(くろかわ)で裏打ちしたものだった。

「弥蔵の小頭。お久し振りで」

「河津(かわづ)の叔父貴。お元気そうで何よりです」

「小頭に叔父貴と呼ばれる程の貫禄はありません。止めておくんなさい」

弥蔵は、無坂と雁矢を河津に引き合わせた。

「無坂の叔父貴と仰ると、《かまきり》を倒したという……」

河津が大仰な声を上げた。話が伝わるうちに大事になっただけですから、と答え、集落への先導を頼んだ。

「新作、先に走れ」

振り向いて河津が言った。杉の木が割れ、若い衆が現れた。新作は無坂らに頭を下げると、木立の間を擦り抜けるように走って消えた。

「いい走りをしていますね」

「伝えておきます。叔父貴に褒められたと知れば、喜ぶでしょう」

集落入り口の柵が見えた。ずらりと木の面を付けた男衆が並んでいた。

「こちらには何度か来ていますが、手前にしても久し振りに見ました。叔父貴を敬っての出迎えです」

弥蔵が、好奇心を顕わにした。

面は顔を隠すだけのものから、胸まであるものや腰まで長く延びているものまであった。それぞれに色が塗られ、異形の者の相をしていた。

中程にいた男が面を取り、長の天方だと名乗った。両脇に小頭がふたりいた。香貫と助信だと言った。

木面衆の集落は、中央の墓所を丸く囲むように小屋が建てられていた。随分と昔は、すべての集落がそうであったらしいのだが、少しずつ墓所を集落の外に置くようになり、今ではあまり見掛けなくなっていた。無坂にしても、話に聞いていただけで、見るのは初めてだった。

弥蔵に倣い、墓に参ってから長の小屋に上がった。弥蔵が突然訪ねた非礼を詫び、《集い》の日からこれまでの経緯を話した。

「それで」と天方が訊いた。「我らに何をせよと?」

約定の日――。

百人の兵を伴って甲斐府中を発った日下辺らは若彦路を進み、竹居、奈良原を通り、鳥坂峠に向かっていた。ひとりを除いては、順調な足の運びであった。そのひとりとは、山本勘助だった。

日下辺は時折振り向いては、ちっ、と舌を鳴らし、口の中で悪態を吐いた。

腹を下したと言って、度々列を離れ、遅れに遅れているのだ。追い付いて来る気配がない。

当てになどしておらぬ。精々肥やしを撒いておれ。日下辺は、振り向かぬと決め、手綱を握り締めた。

　木立が鬱蒼と生い繁り、くねくねと曲がりくねった山道を、日下辺と家人の乗る騎馬二騎を先頭に長い列が進んでいる。

「山本様はわざと遅れているようですね」

　葉群れの隙間から一行を見下ろしながら弥蔵が言った。

「鋭い御方だから、何かあると見て、離れておいでなのだ。我らは遠慮なくやればいいってことだ」

「それにしても、まだ明るいですね」弥蔵が無坂に言った。

「物の怪の出る刻限まで待たせればいい」

　無坂と弥蔵は、阿曇ら長のいる場所を見定めてから、藪から離れた。


「そろそろか」と天方が、戻って来た弥蔵に訊いた。

「そこまで来ております」

「こっちも配した。見てみろ」

　弥蔵と無坂は鳥坂峠をぐるりと見回した。空を背に、木立とうずくまるような藪が見えるだけで、人の気配はなかった。

「見事です」

「当たり前だ」

木の皮を纏い、一本の木になって得物を待つのが、木面衆の狩りの遣り方だった。容易に気配を悟られるようなことはない。

弥蔵が手を上げた。藪や木立の間から、手槍がすっと伸びた。巣雲衆も散っていた。

「では、我らも隠れましょう」

鳥坂峠から無坂らが消えて間もなく、日下辺らが着いた。

「おらぬではないか」日下辺の怒声が響いた。「長どもをこれへ」

阿曇らが呼ばれたが、何も聞かされていない身としては、答えようがない。兵の監視の下、道端に座らされた。

じりとした時が流れた。半刻が過ぎた。峠を登って来る人影はない。八尾久万のみならず、山本勘助も姿を現さぬ。

「見て参れ」

勘助を呼びに走らせた騎馬が、やがて戻って来た。

奈良原を過ぎたところで、唸っておいでだ、と報じている。

「供の者は何と申している」

勘助には、同郷である三州牛久保の入道ふたりが付いていた。大佛庄左衛門と諫早佐五郎である。そのふたりが言うには、昨夜食べた狸汁が中ったのではないか、ということだった。

「なぜ出立の前夜に共食いをするのだ？」

怒りを静めている間に、更に半刻が経った。東の空に陰りが出て来ている。

「いかがいたしましょうか」家人が訊いた。

春日弾正忠に、吉報をお待ちください、と言い置いた手前、現れなかったでは済まされない。おのれ、おのれ、と呪文のように呟きながら芦川の村落へと続く道を見下ろしたが、やはり人影は見えない。

「これまでだ。皆の者に、引き返す、と伝えい」

そうしている間に時は経ち、日没まで四半刻を残すばかりとなった。峠の上に浮かぶ雲は赤く焼け、木立の底は暗く沈み掛けている。峠を下りた時には、闇になっているだろう。松明の仕度をするようにと申し付け、馬を連れてくるよう命じた。

口取に引かれて馬が来た。

怒りに鞭を圧(へ)し折ろうとした時、頭の上で風が泣いた。

何だ？　見上げるより早く、木の棒が馬の足許に刺さった。

馬が嘶(いなな)き、口取の手を振り解いて棒立ちになった。轡(くつわ)を摑もうとしている口取の足許に、その四囲に、降って来た木槍が刺さった。馬は目を剝き、轡の間から唾(つば)を吹き飛ばし、来た道を駆け下りて行った。

「何者だ？」

日下辺と辺りにいた兵が、木立を見回した。暗く沈もうとしている木立の中で、木が、立ち木が、右に左にと動いている。

兵らの顔から血の気が引いた。すくみ上がっている者もいる。

何か黒いものが宙を飛んだ。この十日の間に捕まえておいた野衾(のぶすま)（むささび）を一斉に放ったのだ。

野衾は飛び行く先を見定め、滑空している。兵らが喚きながら空を仰ぎ見ている隙に、人質の長らは雁矢によって藪の中に隠された。

「逃げたぞ」

刀を抜いて木立に分け入ろうとした兵が、目の前に現れた異形の面を見、叫び声を上げ、這って逃げ出した。それを潮に雪崩(なだれ)を打って、百人の兵らが峠から駆け下り始めた。逃げろ、と大声を発して先頭を切って駆け出したのは、兵に紛れ込んでいた木面衆の小頭・助信だった。

地を蹴る音が近付いて来た。

「仕上げだ」

もうひとりの木面衆の小頭・香貫が、木の皮に身を包み、道を塞ぐようにして立っている木々に言った。木々がぴたりと動かなくなった。助信らに導かれた兵らが、木立の前で大きく曲がっている道に駆け進んだ。鳥坂峠に上る兵が通り過ぎた後、草を刈って踏み固めただけの道だったが、兵らは迷いもなく後に続いた。

「よしっ、いいだろう」

先頭を走っていた助信らの姿が、掻き消すように見えなくなった。しかし、道はある。兵らは走る速度を上げて進んだ。

そこで道がなくなっていることに気付いたが、遅かった。後から来る者に押され、三間（約五メートル）の高さの崖から次々に弾き出され、落ちていった。

「どうなっているのだ？」

追い付いた日下辺が、崖下と四囲を見遣ってから叫んだ。

抜刀し、落ちずに崖上に残った家人や兵らと、来た道を引き返した。道が大きく曲がっているところに出た。つい先程まで木立が立ち並んでいたところが、開けており、道が延びていた。

「ここに道などあったか」

「いいえ。先程までは、ありませんでした……」家人が目を泳がせながら答えた。

日下辺は、崖に通じている道を見た。草が抜かれ、踏み固められてはいたが、作られたばかりの道だった。

「騙されたのか……」

暗くなる。早く助け上げろ。家人らに怒鳴っていると、どこからか、声が聞こえて来た。

「これに懲りたら、二度と山の者に手出しはするな」

「このまま捨て置くと思うてか。覚えておけよ」日下辺が怒鳴った。

「捨て置かねば、更に恐ろしい目に遭うだろう。その覚悟があるなら、来るがいい」

よいか、と闇からの声が言った。

「我らに手出しせねば、我らも手出しはせぬ。山と里は別の生き物だと、春日様に伝えるがよい」

木立を擦り抜ける足を止め、弥蔵が振り返ると、日下辺はまだ道に立ち尽くしていた。

後日、小太郎からこの話を聞いた幻庵は、暫く瞑目してから、もしかすると、と言った。

「弥蔵は、何者かになるかもしれぬな」

「それは、どういう……」

「例えば、此度のことだ。長らを説き伏せた上、ひとりの命も損なわず、武田を退けおった。見事と言う他あるまい。策も、山の者を、個々の集落の違いを知り抜いていればこそ思い付いたものだ。あの者には、山を統べる力があるのやもしれぬぞ。儂や長らを説き伏せたことでも分かるように、説く力もあるしな」

それはどこからきたのであろうの。山を慈しみ、山を敬い、山のために尽くすことを当然と思う、あの者の有り様からではないか。無坂と二ツ。あのふたりと同じように、弥蔵もまた私欲という桎梏（しっこく）の外にいるのであろうな。

「そうさせるものが、山にはあるのかの」

「あの者たちの中から《嶽神》が出るのでしょうか」小太郎が訊いた。

「どうであろうの。山の者をよき道に導いていく者が出るかもしれぬの。楽しみなことよ」

「残念ながら、そのような者は里にはおらぬようでございます」小太郎が言った。

「里は汚れ過ぎているのかの」

だが、と幻庵が言った。儂らは、ここでしか生きられぬのだ。ここを住み良くするしかないの。

という話があるのだが、話を戻す——。


日下辺と勘助が甲斐府中に帰り着いたのは、夜半過ぎであった。そのまま弾正忠の屋敷に入り、日下辺が事の次第を話した。聞いているうちに、弾正忠の顔色が変わってゆくのが、勘助には見て取れた。

この男とは、これまでだな。さても、困ったことよ、と好き嫌いの激しい己の質を呪っていると、

「知っていたのか」と弾正忠が勘助に訊いた。「なぜ、共におらなんだ?」

「腹が痛くて動けなかったのです」

「今は? 痛そうには見えぬが」

「治りました。夕刻まで下していたのですが、すべてを出し切ったのでしょうな」勘助は笑って見せた。

弾正忠の顳顬に青筋が立った。初めて見る心底からの怒りの相だった。この男はまだ底が浅いの、と思いながら見ていると、床を拳で叩き、儂は、と言った。

「お主を信じない。此度のこと、露見するのが余りに速かった。裏切ったは、お主か」

「身内を信じぬとは、情けのうございますな」

「最早、身内とは思わぬ。このこと御館様に申し上げるが、よいな?」

「ご随意に。されば、年長の者として言わせていただく。我らの敵は里におります。里が戦の場です。山にまでの手出しは無用とお心得ください。山は我ら里者には深過ぎます」

「それも伝えておこう」

「では、某はこれにて失礼つかまつろう。年のせいか、この刻限になると眠とうて適いませぬゆえ」

勘助は、投げ出していた左足を引き寄せるようにして立ち上がり、弾正忠の屋敷を辞した。


無坂らは木面衆の集落で一夜を過ごし、翌朝身延道を南に下った。

身延で西に向かい、安倍峠を越えて梅ヶ島に下りるという道筋だった。

身延道をそのまま下って奥津に出、駿府の城下を横切るという道筋もあったが、弥蔵らが安倍峠越えを主張したのだ。人に会わない分、速駆け出来るというのが、その訳だったが、無坂にしても寿桂尼から頼まれていた観音様に似た水石を探すのには安倍峠越えの方が、都合がよかった。

梅ヶ島で露宿し、早暁、弥蔵らと別れた。

二日掛けて河原を歩き回ったが、よい形の石は見付からなかった。

後二日、里近くで探し、なかったら木暮衆の集落に戻ると決め、安倍川に内牧川が注ぎ込む辺りの河原に向かった。木立を抜けている時に、ふいに血がにおった。人か、獣か。手槍を拵え、藪を掻き分け、においのする方へ進むと、刀を手にした僧侶が木立に寄り掛かっていた。刀を支える力もなくなっているのだろう。切っ先が震えている。霜降の袖と裾が血で真っ赤に染まっていた。腕と足に傷を負っているらしい。

「寄るな。斬るぞ」唇は乾き、皺だらけになっている。

「手前は山の者でございます。お怪我をしているのなら、お助けいたしますが」

「……嘘ではないな？」

「出血がひどいようです。そのままですと、お坊様は間もなく死にます。生きていたいのなら、手前を信じてみてはいかがですか」

「……分かった」

「水は？」

「もらおう」

背負子を置き、籠の中から竹筒を取り出した。僧はまだ刀を手にしている。

「物騒なものは置いてください。近付けません」

刀を脇に置くと、手を伸ばした。竹筒を渡すと、咽喉を鳴らして飲み干した。その間に、霜降の袖を捲り、裾をたくし上げて傷口を見た。左腕と右足の脹脛がざっくりと斬られていた。血が盛り上がって流れている。まず血止めをしなければならない。

無坂は、霜降の裾を切り取り、傷口に巻いた。更に霜降を切り、腕の付け根と腿をきつく縛った。

「深いであろう」僧が言った。

「縫わなければなりませんね……」

遠くから人の声が聞こえてきた。かなりの数であることは、声の多さと広がり具合で分かった。

「追われているのですか」

「そうだ……」

「追っているのは、今川様のご家来衆らしゅうございますね」

前に安倍川の畔で見回りの者に囲まれたことを思い出した。

「関わり合いになりたくなければ行け。恨みには思わぬぞ」

「そのようなことは構いませんが、見付かったら殺されるのでしょうね」

「だろうな」

「では、お助けするしかありません」

「どういうことだ？」

「それは、後で」

無坂は背負子から籠を外すと、僧を立ち上がらせ、背負子の腰板に座らせた。次いで、籠と刀を手に持ち、手槍を抱えて、藪を抜けた。

「落ちないよう、しっかり摑まっていてください」

「落ちぬ」

河原を横切り、川の中を歩き、また河原を横切り、藪に分け入った。

「大丈夫ですか」

「案ずるな。摑まっている」

藪を抜け、また川に入り、浅瀬を半刻近く歩いたところで足を止め、背負子を下ろした。

「ここで手当てをいたしましょう」

「頼む……」

僧を河原に横たえると、石を積んで竈(かまど)を作り、鍋を掛け、火を焚いた。湯が沸く間に、霜降の裾を切って解いて糸を作り、籠の中の竹の筒から針を取り出した。

「手慣れているな」

「怪我は年中ですから」

湯が沸いた。糸を浸し、針穴に通した。傷の深かった脹脛から縫うことにした。

　無坂は、僧を横向きに寝かすと、動かないように僧の足首を己の腿の間に挟んだ。

「噛んでいてください」小枝に裾から切り取った布を巻いたものを渡した。

「喚いても構いませんが、手前を蹴らないようにお願いします」

　針を刺し、縫い合わせ、糸を切り、また縫った。都合七針縫って終えた時には、気を失っていた。

　籠から、貝の殻に入れ、渋紙で包んでいた練り薬を布に塗り、傷口に当てた。黒文字の根皮と蒲の花粉と椿の葉を蒸し焼きにして胡麻油で練ったものだった。血止めの効果があった。

　次いで腕の傷を縫い、河骨の根を日干ししたものを煎じた。やはり血止めに効いた。

　僧が起きるまでに草庵を建てようと枝を伐り出し、柱を立て、梁を置いていると、僧が目を覚ました。何をしているのか、と訊いている。草庵という仮小屋を建てているところだと教え、煎じた薬湯を飲ませた。

「済まぬな。助かったら礼をしたい。名を教えてくれ」

「お坊様はお武家様のようですし、今川の方々に追われていました」

「それが、どうした？」

「手前が訊いても、お武家様は名乗られませんでしょう？」

「そうだな」

「では、手前も里の争いに巻き込まれたくないので、名乗らないことにいたします」

「礼も要らぬ、と申すのか」

「山の者には定めがありまして、山で難儀している者を見掛けたら助けなければならないのです」

正確な言い方ではなかった。死にかけている者は、命が尽きるまで看取らねばならぬ、が定めだった。

「それでお助けしているので、礼などは忘れてください」

「分かった」

僧は頷くと、木立の中にいた訳を訊いた。

「石を探していたのですが、見付からなかったので、藪を横切ろうとしていたのです」

「石とは、このような石か」僧が首をもたげて、左右の石を見た。

「例えば観音様に似た形の石ですとか、そのようなものです」

「売れるのか」

「商ったことはございませんが、喜ばれます」

「石を探すか。考えたこともなかったぞ」

「では、手前は草庵を建て、夕餉の仕度をしなければなりませんので」

「済まぬな」

僧は無坂が草庵を建て終え、囲炉裏を切り、火を焚き付けるのを凝っと見ていた。

蕎麦雑炊を食べ、薬湯を飲むと、僧侶姿の男は眠ってしまった。血をたくさん流したので冷えるのか、身を縮め、囲炉裏に寄り添うようにして寝ている。

朝になった。随分と顔色がよくなっている。朝餉を済ませ、男に薬湯を飲ませると、無坂は石を探しに河原を歩き回った。

昼が来て、夜が過ぎ、また朝になった。朝餉の雑炊を食べている時に、無坂が申し出た。

「傷が治るまでここにいる訳には参りません。恐らく追っ手も見失ったと思っているはずですので、これから発ちたいのですが」

「某は、まだ歩けぬが」

「背負子がございますので手前が担いで参ります。それはよろしいのですが、どちらまでお送りしたらよろしいのでしょうか」

「そうよな……」

「西でしょうか、東でしょうか」

「西に行きたい……」

「この先には、大井川と天龍川がございます。渡るとなると、ちと面倒なのですが」

「大井川の手前、島田の地に禅叢寺という寺がある。そこまで行ってくれるか」

「造作もないことでございます」

「頼む」

島田までとなると、八里半（約三十三・四キロメートル）はある。ひとりでなく男を背負って宇津ノ谷峠を越すとなると五刻半（約十一時間）は見ておかなければならない。

草庵を片付けると、僧衣を脱がせ、着替え用に仕舞っておいた刺し子と股引きを穿かせ、出立した。刀は捨てることを渋ったが、今川領を歩くのである。捨てさせた。

藁科川を歩いて渡り、山沿いの道を行き、鞠子に向かった。赤目ヶ谷を通り、宇津ノ谷峠の手前で休み、峠を越えて、また休んだ。この先は岡部である。

湯を沸かし、牛尾出(しおで)の若芽などの野草の葉を摘み、蕎麦の実とともに茹で、味噌仕立てにして食べた。

もう少し下れば、後は平らな土地である。無坂は息を整え、足を正確に繰り出した。

その日の夜に、島田の禅叢寺に着いた。

僧侶らが「簗田様(やなださま)」と呼んでいたが、無坂は聞こえない振りをした。

禅叢寺の僧に泊まるように乞われたが、貸している刺し子と股引きをお返しいただいたら帰ると言うと、塩と味噌と米と晒し一反を、礼にと差し出された。断るのも頑なと思えたので、ありがたく受け取り、禅叢寺を辞した。どこか川辺に露宿し、血で汚れた股引きを洗わなければならない。足を急がせた。木暮の集落を出て何日になるのか。また若菜に叱られることになるのだろう。

無坂が助けた武家は、簗田出羽守政綱(でわのかみまさつな)であった。桶狭間の戦いで、今川義元の居場所を突き止め、一番手柄を取った織田方の武将である。

やがて無坂は、この簗田政綱ともう一度出会うことになるのだが、それはまだ先のことになる。

無坂が木暮衆の集落に戻り、山仕事に精を出していた八月末――。

遂に甲斐の武田晴信と越後の長尾景虎の軍が上野原の地で相見えた。第三回川中島の戦いである。だが、雌雄を決するというような大々的な戦闘ではなく、上野原の局地戦で戦は終わってしまった。

景虎は加賀の一向宗が不穏な動きを見せていたことと、将軍・足利義輝の調停を受け入れたことで九月に陣を引き、晴信は信濃守護職補任を条件に調停を受け入れ、十月に陣を払って甲斐に戻ったからである。

翌弘治四年（一五五八）一月、晴信は信濃守護職に任ぜられた。信濃を得たのである。

二月二十八日、改元され永禄元年となった。

三月を待つようにして巣雲衆の棟梁・八尾久万が、大長の任期を一年残して没した。棟梁の代行には、常市が就いた。大長は空位とし、《集い》の決定事は長の合議とするか、一年先延ばしとした。翌永禄二年（一五五九）の《集い》で新たな大長が選ばれ、また巣雲衆では常市が正式に棟梁となった。

永禄三年（一五六〇）には桶狭間の戦いが、永禄四年（一五六一）には第四回川中島の戦いが起こることになる。
散る者も生き残る者も、まだ己の運命を知らない。
だが、ただひとりだけ己の運命を見通している者がいた。山本勘助である。

（下巻に続く）

本書は文庫書下ろしです。

地図作成／ジェイ・マップ

|著者|長谷川 卓 1949年、神奈川県生まれ。早稲田大学大学院文学研究科演劇専攻修士課程修了。'80年、「昼と夜」で第23回群像新人文学賞受賞。'81年、「百舌が啼いてから」で芥川賞候補となる。2000年、『血路 南稜七ツ家秘録』で第2回角川春樹小説賞受賞。主な著書に『死地』、「高積見廻り同心御用控」シリーズ、「雨乞の左右吉捕物話」シリーズ、「嶽神」シリーズなどがある。

嶽神伝(がくじんでん) 鬼哭(きこく)(上)

長谷川(はせがわ) 卓(たく)

2017年1月13日第1刷発行
2017年2月6日第2刷発行

発行者──鈴木 哲
発行所──株式会社 講談社
東京都文京区音羽2-12-21 〒112-8001
電話 出版 (03) 5395-3510
　　 販売 (03) 5395-5817
　　 業務 (03) 5395-3615

Printed in Japan

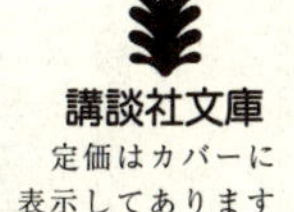

定価はカバーに
表示してあります

デザイン──菊地信義
本文データ制作──講談社デジタル製作
印刷───豊国印刷株式会社
製本───株式会社国宝社

ISBN978-4-06-293577-7

講談社文庫刊行の辞

二十一世紀の到来を目睫に望みながら、われわれはいま、人類史上かつて例を見ない巨大な転換期をむかえようとしている。

世界も、日本も、激動の予兆に対する期待とおののきを内に蔵して、未知の時代に歩み入ろうとしている。このときにあたり、創業の人野間清治の「ナショナル・エデュケイター」への志を現代に甦らせようと意図して、われわれはここに古今の文芸作品はいうまでもなく、ひろく人文・社会・自然の諸科学から東西の名著を網羅する、新しい綜合文庫の発刊を決意した。

激動の転換期はまた断絶の時代である。われわれは戦後二十五年間の出版文化のありかたへの深い反省をこめて、この断絶の時代にあえて人間的な持続を求めようとする。いたずらに浮薄な商業主義のあだ花を追い求めることなく、長期にわたって良書に生命をあたえようとつとめるところにしか、今後の出版文化の真の繁栄はあり得ないと信じるからである。

同時にわれわれはこの綜合文庫の刊行を通じて、人文・社会・自然の諸科学が、結局人間の学にほかならないことを立証しようと願っている。かつて知識とは、「汝自身を知る」ことにつきていた。現代社会の瑣末な情報の氾濫のなかから、力強い知識の源泉を掘り起し、技術文明のただなかに、生きた人間の姿を復活させること。それこそわれわれの切なる希求である。

われわれは権威に盲従せず、俗流に媚びることなく、渾然一体となって日本の「草の根」をかたちづくる若く新しい世代の人々に、心をこめてこの新しい綜合文庫をおくり届けたい。それは知識の泉であるとともに感受性のふるさとであり、もっとも有機的に組織され、社会に開かれた万人のための大学をめざしている。大方の支援と協力を衷心より切望してやまない。

一九七一年七月

野間省一

講談社文庫　目録

濱　嘉之　警視庁情報官　ブラックドナー
濱　嘉之　警視庁情報官　サイバージハード
濱　嘉之　警視庁情報官　ゴーストマネー
濱　嘉之　鬼手〈世田谷駐在刑事・小林健〉
濱　嘉之　電子の標的〈警視庁特別捜査官・藤江康央〉
濱　嘉之　列島融解
濱　嘉之　オメガ　警察庁諜報課
濱　嘉之　オメガ　対中工作
濱　嘉之　ヒトイチ　警視庁人事一課監察係
濱　嘉之　ヒトイチ　画像解析〈警視庁人事一課監察係〉
濱　嘉之　ヒトイチ　内部告発〈警視庁人事一課監察係〉
橋本　紡　彩乃ちゃんのお告げ
馳　星周　やつらを高く吊せ
馳　星周　ラフ・アンド・タフ
早見　俊　双子同心捕物競い
早見　俊　右近の鯔背銀杏〈双子同心捕物競い(二)〉
早見　俊　同心の鑑〈双子同心捕物競い(三)〉
早見　俊　上方与力江戸暦
畠中　恵　アイスクリン強し
畠中　恵　若様組まいる
はるな愛　素晴らしき、この人生
葉室　麟　風渡る
葉室　麟　風の軍師〈黒田官兵衛〉
葉室　麟　星火瞬く
葉室　麟　陽炎の門
葉室　麟　紫匂う
長谷川　卓　嶽神〈上・白銀渡り〉〈下・湖底の黄金〉
長谷川　卓　嶽神伝　無坂(上)(下)
長谷川　卓　嶽神伝　孤猿(上)(下)
長谷川　卓　嶽神列伝　逆渡り
HABU　誰の上にも青空はある
幡　大介　猫間地獄のわらべ歌
幡　大介　股旅探偵　上州呪い村
原田マハ　夏を喪くす
原田マハ　風のマジム
羽田圭介　「ワタクシハ」
原田ひ香　アイビー・ハウス
原田ひ香　人生オークション
花房観音　女坂
花房観音　指人形
畑野智美　海の見える街
畑野智美　南部芸能事務所
畑野智美　南部芸能事務所 season2 メリーランド
早見和真　東京ドーン
はあちゅう　半径5メートルの野望
平岩弓枝　花嫁の日
平岩弓枝　結婚の四季
平岩弓枝　わたしは椿姫
平岩弓枝　花祭
平岩弓枝　青の伝説
平岩弓枝　青の回帰(上)(下)
平岩弓枝　青の背信
平岩弓枝　五人女捕物くらべ(上)(下)
平岩弓枝　はやぶさ新八御用帳(二)〈江戸の海賊〉
平岩弓枝　はやぶさ新八御用帳(三)〈又右衛門の女房〉
平岩弓枝　はやぶさ新八御用帳(四)〈鬼勘の娘〉
平岩弓枝　はやぶさ新八御用帳(五)〈御守殿おたき〉

講談社文庫 目録

平岩弓枝 はやぶさ新八御用帳(六)〈春月の雛〉
平岩弓枝 はやぶさ新八御用帳(七)〈寒椿の寺〉
平岩弓枝 はやぶさ新八御用帳(八)〈春怨 根津権現〉
平岩弓枝 はやぶさ新八御用帳(九)〈王子稲荷の女〉
平岩弓枝 はやぶさ新八御用帳(十)〈幽霊屋敷の女〉
平岩弓枝 はやぶさ新八御用旅(一)〈東海道五十三次〉
平岩弓枝 はやぶさ新八御用旅(二)〈中仙道六十九次〉
平岩弓枝 はやぶさ新八御用旅(三)〈日光例幣使道の殺人〉
平岩弓枝 はやぶさ新八御用旅(四)〈北前船の事件〉
平岩弓枝 はやぶさ新八御用旅(五)〈諏訪の妖狐〉
平岩弓枝 はやぶさ新八御用旅(六)〈紅花染め秘帳〉
平岩弓枝 新装版 はやぶさ新八御用帳(一)〈大奥の恋人〉
平岩弓枝 新装版 おんなみち(上)(中)(下)
平岩弓枝 極楽とんぼの飛んだ道〈私の半生、私の小説〉
平岩弓枝 ものは言いよう
平岩弓枝 老いること暮らすこと
平岩弓枝 なかなかいい生き方
平岡正明 志ん生的、文楽的
東野圭吾 放課後

東野圭吾 卒業〈雪月花殺人ゲーム〉
東野圭吾 学生街の殺人
東野圭吾 魔球
東野圭吾 十字屋敷のピエロ
東野圭吾 眠りの森
東野圭吾 宿命
東野圭吾 変身
東野圭吾 仮面山荘殺人事件
東野圭吾 天使の耳
東野圭吾 ある閉ざされた雪の山荘で
東野圭吾 同級生
東野圭吾 名探偵の呪縛
東野圭吾 むかし僕が死んだ家
東野圭吾 虹を操る少年
東野圭吾 パラレルワールド・ラブストーリー
東野圭吾 天空の蜂
東野圭吾 どちらかが彼女を殺した
東野圭吾 名探偵の掟
東野圭吾 悪意

東野圭吾 私が彼を殺した
東野圭吾 嘘をもうひとつだけ
東野圭吾 時生
東野圭吾 赤い指
東野圭吾 流星の絆
東野圭吾 新装版 浪花少年探偵団
東野圭吾 新装版 しのぶセンセにサヨナラ
東野圭吾 新参者
東野圭吾 麒麟の翼
東野圭吾 パラドックス13
東野圭吾 祈りの幕が下りる時
東野圭吾作家生活25周年祭り実行委員会 東野圭吾公式ガイド〈読者1万人が選んだ東野作品人気ランキング発表〉
広田靚子 イギリス 花の庭
姫野カオルコ ああ、懐かしの少女漫画
姫野カオルコ ああ、禁煙vs.喫煙
日比野宏 アジア亜細亜 無限回廊
日比野宏 アジア亜細亜 夢のあとさき
日比野宏 夢街道アジア
平山壽三郎 明治おんな橋

講談社文庫　目録

平山壽三郎　明治ちぎれ雲
火坂雅志　美食探偵
火坂雅志　骨董屋征次郎手控
火坂雅志　骨董屋征次郎京暦
平野啓一郎　高瀬川
平野啓一郎　ドーン
平野啓一郎　空白を満たしなさい(上)(下)
平山　譲　ありがとう
平山　譲　片翼チャンピオン
平田俊子　ピアノ・サンド
ひこ・田中　新装版 お引越し
平岩正樹　がんで死ぬのはもったいない
百田尚樹　永遠の0（ゼロ）
百田尚樹　輝く夜
百田尚樹　風の中のマリア
百田尚樹　影法師
百田尚樹　ボックス！(上)(下)
百田尚樹　海賊とよばれた男(上)(下)
ヒキタクニオ　東京ボイス

ヒキタクニオ　カワイイ地獄
平田オリザ　十六歳のオリザの冒険をしるす本
平田オリザ　幕が上がる
ビッグイシュー・枝元なほみ　世界一あたたかい人生相談
久生十蘭　久生十蘭「従軍日記」
東　直子　さようなら窓
東　直子　らいほうさんの場所
東　直子　トマト・ケチャップ・ス
平敷安常　キャパになれなかったカメラマン(上)(下)〈ベトナム戦争の語り部たち〉
樋口明雄　ミッドナイト・ラン！
樋口明雄　ドッグ・ラン！
平谷美樹　藪の奥〈眠る義経秘宝〉
平谷美樹　居留地同心・凌之介秘帳　小倫敦の幽霊
蛭田亜紗子　人肌ショコラリキュール
樋口卓治　ボクの妻と結婚してください。
樋口卓治　続・ボクの妻と結婚してください。
樋口卓治　もう一度、お父さんと呼んでくれ。
樋口卓治　「ファミリーラブストーリー」
平山夢明　どたんばたん(土壇場譚)〈大江戸怪談〉

藤沢周平　新装版 春秋の檻〈獄医立花登手控え(一)〉
藤沢周平　新装版 風雪の檻〈獄医立花登手控え(二)〉
藤沢周平　新装版 愛憎の檻〈獄医立花登手控え(三)〉
藤沢周平　新装版 人間の檻〈獄医立花登手控え(四)〉
藤沢周平　新装版 闇の歯車
藤沢周平　新装版 市塵(上)(下)
藤沢周平　新装版 決闘の辻
藤沢周平　新装版 雪明かり
藤沢周平　義民が駆ける〈レジェンド歴史時代小説〉
古井由吉　野川
福永令三　クレヨン王国の十二か月
船戸与一　山猫の夏
船戸与一　神話の果て
船戸与一　伝説なき地
船戸与一　血と夢
船戸与一　蝶舞う館
船戸与一　夜来香（イエライシャン）海峡
船戸与一　新装版 カルナヴァル戦記
深谷忠記　黙秘

藤田宜永　樹下の想い
藤田宜永　艶めき
藤田宜永　異端の夏
藤田宜永　流砂
藤田宜永　子宮の記憶〈ここにあなたがいる〉
藤田宜永　乱調
藤田宜永　壁画修復師
藤田宜永　前夜のものがたり
藤田宜永　戦力外通告
藤田宜永　いつかは恋を
藤田宜永　喜の行列 悲の行列(上)(下)
藤田宜永　老猿
藤川桂介　シギラの月
藤水名子　赤壁の宴
藤水名子　紅嵐記(上)(中)(下)
藤原伊織　テロリストのパラソル
藤原伊織　ひまわりの祝祭
藤原伊織　雪が降る
藤原伊織　蚊トンボ白鬚の冒険(上)(下)

藤原伊織　遊戯
藤田紘一郎　笑うカイチュウ
藤田紘一郎　体にいい寄生虫〈ダイエットから花粉症まで〉
藤田紘一郎　踊る腹のムシ〈グルメブームの落とし穴〉
藤田紘一郎　ウッふん
藤田紘一郎　イヌからネコから伝染るんです。
藤田紘一郎　医療大崩壊
藤本ひとみ　聖ヨゼフの惨劇
藤本ひとみ　新・三銃士 少年編・青年編〈ダルタニャンとミラディ〉
藤本ひとみ　シャネル
藤本ひとみ　皇妃エリザベート
藤野千夜　少年と少女のポルカ
藤野千夜　夏の約束
藤野千夜　彼女の部屋
藤沢周　紫の領分
藤木美奈子　ストーカー・夏美
藤木美奈子　傷つけ合う家族〈ドメスティック・バイオレンスを乗り越えて〉
福井晴敏　Twelve Y.O.
福井晴敏　亡国のイージス(上)(下)

福井晴敏　川の深さは
福井晴敏　終戦のローレライ I～IV
福井晴敏　6ステイン
福井晴敏　平成関東大震災〈いつか来るとは知っていたが今日来るとは思わなかった〉
福井晴敏　人類資金1～7
福井晴敏　限定版 人類資金7
福井晴敏 作・霜月かよ子 画　C-blossom〈Case729〉
藤原緋沙子　遠花火〈見届け人秋月伊織事件帖〉
藤原緋沙子　春疾風〈見届け人秋月伊織事件帖〉
藤原緋沙子　暖鳥〈見届け人秋月伊織事件帖〉
藤原緋沙子　霧の路〈見届け人秋月伊織事件帖〉
藤原緋沙子　鳴子守〈見届け人秋月伊織事件帖〉
藤原緋沙子　夏ほたる〈見届け人秋月伊織事件帖〉
藤原緋沙子　笛吹川〈見届け人秋月伊織事件帖〉
福島章　精神鑑定 脳から心を読む
椹野道流　暁天の星〈鬼籍通覧〉
椹野道流　無明の闇〈鬼籍通覧〉
椹野道流　壺中の天〈鬼籍通覧〉
椹野道流　隻手の声〈鬼籍通覧〉

講談社文庫　目録

椹野道流　禅定の弓〈鬼籍通覧〉
古川日出男　ルート350（サンゴーマル）
福田和也　悪女の美食術
藤田香織　ホンのお楽しみ
深水黎一郎　エコール・ド・パリ殺人事件〈レザルティスト・モウディ〉
深水黎一郎　トスカの接吻〈オペラ・ミステリオーザ〉
深水黎一郎　ジークフリートの剣（つるぎ）
深水黎一郎　言霊（ことだま）たちの反乱
深見　真　猟犬〈特殊犯捜査・呉内冴絵〉
深見　真　硝煙の向こう側に彼女〈武装強行犯捜査・塚田志士子〉
藤谷　治　遠い響き
深町秋生　ダウン・バイ・ロー
冬木亮子　書けそうで書けない英単語〈Let's enjoy spelling!〉
古市憲寿　働き方は「自分」で決める
船瀬俊介　かんたん「1日1食」!!〈万病が治る！20歳若返る！〉
辺見　庸　永遠の不服従のために
辺見　庸　いま、抗暴のときに
辺見　庸　抵抗論
星　新一　エヌ氏の遊園地

星　新一編　ショートショートの広場①〜⑨
本田靖春　不当逮捕
堀江邦夫　原発労働記
保阪正康　昭和史七つの謎
保阪正康　昭和史忘れ得ぬ証言者たち
保阪正康　昭和史七つの謎 Part2
保阪正康　あの戦争から何を学ぶのか
保阪正康　政治家と回想録〈読み直し語りつぐ戦後史〉
保阪正康　昭和の空白を読み解く〈昭和史 忘れ得ぬ証言者たち Part2〉
保阪正康　「昭和」とは何だったのか
保阪正康　大本営発表という権力
保阪正康　天皇〈「君主」の父、「民主」の子〉
堀　和久　江戸風流女ばなし
堀田　力　少年魂
保坂和志　未明の闘争(上)(下)
星野知子　食べるが勝ち！
北海道新聞取材班　追及・北海道警「裏金」疑惑
北海道新聞取材班　日本警察と裏金〈底なしの腐敗〉
北海道新聞取材班　実録・老舗百貨店凋落〈流通業界再編の光と影〉

北海道新聞取材班　追跡・「夕張」問題〈財政破綻と再起への苦闘〉
堀井憲一郎　『巨人の星』に必要なことはすべて人生から学んだ。あ。逆だ。
堀江敏幸　熊の敷石
堀江敏幸　子午線を求めて
堀江敏幸　燃焼のための習作
本格ミステリ作家クラブ編　紅い悪夢の夏〈本格短編ベスト・セレクション〉
本格ミステリ作家クラブ編　透明な貴婦人の謎〈本格短編ベスト・セレクション〉
本格ミステリ作家クラブ編　天使と髑髏の密室〈本格短編ベスト・セレクション〉
本格ミステリ作家クラブ編　死神と雷鳴の暗号〈本格短編ベスト・セレクション〉
本格ミステリ作家クラブ編　論理学園事件帳〈本格短編ベスト・セレクション〉
本格ミステリ作家クラブ編　深夜バス78回転の問題〈本格短編ベスト・セレクション〉
本格ミステリ作家クラブ編　大きな棺の小さな鍵〈本格短編ベスト・セレクション〉
本格ミステリ作家クラブ編　珍しい物語のつくり方〈本格短編ベスト・セレクション〉
本格ミステリ作家クラブ編　法廷ジャックの心理学〈本格短編ベスト・セレクション〉
本格ミステリ作家クラブ編　見えない殺人カード〈本格短編ベスト・セレクション〉
本格ミステリ作家クラブ編　空飛ぶモルグ街の研究〈本格短編ベスト・セレクション〉
本格ミステリ作家クラブ編　凍れる女神の秘密〈本格短編ベスト・セレクション〉
本格ミステリ作家クラブ編　からくり伝言少女〈本格短編ベスト・セレクション〉
本格ミステリ作家クラブ編　探偵の殺される夜〈本格短編ベスト・セレクション〉

講談社文庫 目録

三浦明博 滅びのモノクローム
宮尾登美子 新装版天璋院篤姫(上)(下)
宮尾登美子 新装版 一絃の琴
宮尾登美子 〈レジェンド歴史時代小説〉東福門院和子の涙(上)(下)
皆川博子 冬の旅人(上)(下)
宮崎康平 新装版 まぼろしの邪馬台国 第1部・第2部
宮本輝 ひとたびはポプラに臥す1〜6
宮本輝 骸骨ビルの庭(上)(下)
宮本輝 新装版二十歳の火影
宮本輝 新装版命の器
宮本輝 新装版 避暑地の猫
宮本輝 新装版 ここに地終わり 海始まる(上)(下)
宮本輝 新装版 花の降る午後(上)(下)
宮本輝 新装版 オレンジの壺(上)(下)
宮本輝 にぎやかな天地(上)(下)
宮本輝 新装版 朝の歓び(上)(下)
峰隆一郎 寝台特急「さくら」死者の罠
宮城谷昌光 侠骨記
宮城谷昌光 夏姫春秋(上)(下)

宮城谷昌光 花の歳月
宮城谷昌光 重耳(全三冊)
宮城谷昌光 春秋の色
宮城谷昌光 介子推
宮城谷昌光 孟嘗君 全五冊
宮城谷昌光 春秋の名君
宮城谷昌光 子産(上)(下)
宮城谷昌光他 異色中国短篇傑作大全
宮城谷昌光 湖底の城〈呉越春秋〉一
宮城谷昌光 湖底の城〈呉越春秋〉二
宮城谷昌光 湖底の城〈呉越春秋〉三
宮城谷昌光 湖底の城〈呉越春秋〉四
宮城谷昌光 湖底の城〈呉越春秋〉五
水木しげる コミック昭和史1〈関東大震災〜満州事変〉
水木しげる コミック昭和史2〈満州事変〜日中全面戦争〉
水木しげる コミック昭和史3〈日中全面戦争〜太平洋戦争開始〉
水木しげる コミック昭和史4〈太平洋戦争前半〉
水木しげる コミック昭和史5〈太平洋戦争後半〉
水木しげる コミック昭和史6〈終戦から朝鮮戦争〉

水木しげる コミック昭和史7〈講和から復興〉
水木しげる コミック昭和史8〈高度成長以降〉
水木しげる 総員玉砕せよ！
水木しげる 敗走記
水木しげる 白い旗
水木しげる 姑娘
水木しげる 決定版 日本妖怪大全〈妖怪・あの世・神様〉
水木しげる ほんまにオレはアホやろか
宮脇俊三 古代史紀行
宮脇俊三 平安鎌倉史紀行
宮脇俊三 室町戦国史紀行
宮脇俊三 徳川家康歴史紀行5000キロ
宮部みゆき ステップファザー・ステップ
宮部みゆき 新装版 震える岩〈霊験お初捕物控〉
宮部みゆき 新装版 天狗風〈霊験お初捕物控〉
宮部みゆき ICO—霧の城—(上)(下)
宮部みゆき ぼんくら(上)(下)
宮部みゆき 新装版 日暮らし(上)(下)
宮部みゆき おまえさん(上)(下)

講談社文庫 目録

宮部みゆき 小暮写眞館(上)(下)
宮子あずさ 看護婦が見つめた人間が死ぬということ
宮子あずさ 看護婦が見つめた人間が病むということ
宮子あずさ ナースコール
宮本昌孝 夕立太平記
宮本昌孝 影十手活殺帖
宮本昌孝 おねだり女房〈影十手活殺帖〉
宮本昌孝 家康、死す(上)(下)
皆川ゆか 機動戦士ガンダム外伝〈THE BLUE DESTINY〉
皆川ゆか 新機動戦記ガンダムW(ウイング)外伝～右手に鎌を左手に君を～
皆川ゆか 評伝シャア・アズナブル〈《赤い彗星》の軌跡〉
三好春樹 なぜ、男は老いに弱いのか?
見延典子 家を建てるなら
道又力 開封 高橋克彦
三津田信三 忌館〈ホラー作家の棲む家〉
三津田信三 作者不詳〈ミステリ作家の読む本〉(上)(下)
三津田信三 蛇棺葬
三津田信三 百蛇堂〈怪談作家の語る話〉
三津田信三 厭魅の如き憑くもの
三津田信三 凶鳥の如き忌むもの
三津田信三 首無の如き祟るもの
三津田信三 山魔の如き嗤うもの
三津田信三 水魑の如き沈むもの
三津田信三 密室の如き籠るもの
三津田信三 生霊の如き重るもの
三津田信三 幽女の如き怨むもの
三津田信三 スラッシャー 廃園の殺人
三津田信三 シェルター 終末の殺人
三津田信三 ついてくるもの
宮下英樹と「センゴク」取材班 センゴク合戦読本
宮下英樹と「センゴク」取材班 センゴク武将列伝
三輪太郎 あなたの正しさと、ぼくのセツナさ
三輪太郎 死という鏡〈この30年の日本文芸を読む〉
汀こるもの パラダイス・クローズド〈THANATOS〉
汀こるもの まごころを、君に〈THANATOS〉
汀こるもの フォークの先、希望の後〈THANATOS〉
宮田珠己 ふしぎ盆栽ホンノンボ
道尾秀介 カラスの親指〈by rule of CROW's thumb〉
道尾秀介 水の柩
深木章子 鬼畜の家
深木章子 衣更月家の一族
深木章子 螺旋の底
深志美由紀 美食の報酬
三木笙子 百年の記憶〈哀しみを刻む石〉
村上龍 海の向こうで戦争が始まる
村上龍 アメリカン★ドリーム
村上龍 ポップアートのある部屋
村上龍 走れ!タカハシ
村上龍 愛と幻想のファシズム(上)(下)
村上龍 村上龍全エッセイ〈1976～1981〉
村上龍 村上龍全エッセイ〈1982～1986〉
村上龍 村上龍全エッセイ〈1987～1991〉
村上龍 超電導ナイトクラブ
村上龍 イビサ
村上龍 長崎オランダ村
村上龍 フィジーの小人
村上龍 368Y Par4 第2打

講談社文庫 目録

森村誠一　悪道　西国謀反
森村誠一　悪道　御三家の刺客
森村誠一　ミッドウェイ
森村誠一　棟居刑事の復讐
森村誠一　日蝕の断層
森　瑤子　夜ごとの揺り籠、舟、あるいは戦場
守　誠　3分単〈1日3分・「簡単パズル」で覚える・英単語〉
森　詠　吉原首代　左助始末帳
毛利恒之　月光の夏
毛利恒之　地獄の虹
毛利恒之　虹の絆〈ハワイ日系人 母の記録〉
森まゆみ　抱きしめる、東京〈町とわたし〉
森田靖郎　東京チャイニーズ〈裏歌舞伎町の流氓たち〉
森田靖郎　TOKYO犯罪公司
森　博嗣　すべてがFになる〈THE PERFECT INSIDER〉
森　博嗣　冷たい密室と博士たち〈DOCTORS IN ISOLATED ROOM〉
森　博嗣　笑わない数学者〈MATHEMATICAL GOODBYE〉
森　博嗣　詩的私的ジャック〈JACK THE POETICAL PRIVATE〉
森　博嗣　封印再度〈WHO INSIDE〉

森　博嗣　まどろみ消去〈MISSING UNDER THE MISTLETOE〉
森　博嗣　幻惑の死と使途〈ILLUSION ACTS LIKE MAGIC〉
森　博嗣　夏のレプリカ〈REPLACEABLE SUMMER〉
森　博嗣　今はもうない〈SWITCH BACK〉
森　博嗣　数奇にして模型〈NUMERICAL MODELS〉
森　博嗣　有限と微小のパン〈THE PERFECT OUTSIDER〉
森　博嗣　地球儀のスライス〈A SLICE OF TERRESTRIAL GLOBE〉
森　博嗣　黒猫の三角〈Delta in the Darkness〉
森　博嗣　人形式モナリザ〈Shape of Things Human〉
森　博嗣　月は幽咽のデバイス〈The Sound Walks When the Moon Talks〉
森　博嗣　夢・出逢い・魔性〈You May Die in My Show〉
森　博嗣　魔剣天翔〈Cockpit on knife Edge〉
森　博嗣　今夜はパラシュート博物館へ〈THE LAST DIVE TO PARACHUTE MUSEUM〉
森　博嗣　恋恋蓮歩の演習〈A Sea of Deceits〉
森　博嗣　六人の超音波科学者〈Six Supersonic Scientists〉
森　博嗣　捩れ屋敷の利鈍〈The Riddle in Torsional Nest〉
森　博嗣　朽ちる散る落ちる〈Rot off and Drop away〉
森　博嗣　赤緑黒白〈Red Green Black and White〉
森　博嗣　虚空の逆マトリクス〈INVERSE OF VOID MATRIX〉

森　博嗣　φは壊れたね〈PATH CONNECTED φ BROKE〉
森　博嗣　θは遊んでくれたよ〈ANOTHER PLAYMATE θ〉
森　博嗣　τになるまで待って〈PLEASE STAY UNTIL τ〉
森　博嗣　εに誓って〈SWEARING ON SOLEMN ε〉
森　博嗣　λに歯がない〈λ HAS NO TEETH〉
森　博嗣　ηなのに夢のよう〈DREAMILY IN SPITE OF η〉
森　博嗣　目薬αで殺菌します〈DISINFECTANT α FOR THE EYES〉
森　博嗣　ジグβは神ですか〈JIG β KNOWS HEAVEN〉
森　博嗣　キウイγは時計仕掛け〈KIWI γ IN CLOCKWORK〉
森　博嗣　イナイ×イナイ〈PEEKABOO〉
森　博嗣　キラレ×キラレ〈CUTTHROAT〉
森　博嗣　タカイ×タカイ〈CRUCIFIXION〉
森　博嗣　議論の余地しかない〈A Space under Discussion〉
森　博嗣　探偵伯爵と僕〈His name is Earl〉
森　博嗣　レタス・フライ〈Lettuce Fry〉
森　博嗣　君の夢　僕の思考〈You will dream while I think〉
森　博嗣　四季　春〜冬
森　博嗣　森博嗣のミステリィ工作室
森　博嗣　アイソパラメトリック

講談社文庫　目録

森　博嗣　悠悠おもちゃライフ
森　博嗣　僕は秋子に借りがある I'm in Debt to Akiko 〈森博嗣自選短編集〉
森　博嗣　どちらかが魔女 Which is the Witch? 〈森博嗣シリーズ短編集〉
森　博嗣　的を射る言葉 〈Gathering the Pointed Wits〉
森　博嗣　森博嗣の半熟セミナ 博士、質問があります！
森　博嗣　DOG&DOLL
森　博嗣　TRUCK&TROLL
森　博嗣　100人の森博嗣 〈100 MORI Hiroshies〉
森　博嗣　銀河不動産の超越 〈Transcendence of Ginga Estate Agency〉
森　博嗣　つぶやきのクリーム 〈The cream of the notes〉
森　博嗣　つぼやきのテリーヌ 〈The cream of the notes 2〉
森　博嗣　つぼねのカトリーヌ 〈The cream of the notes 3〉
森　博嗣　ツンドラモンスーン 〈The cream of the notes 4〉
森　博嗣　つぼみ茸ムース 〈The cream of the notes 5〉
森　博嗣　喜嶋先生の静かな世界 〈The Silent World of Dr. Kishima〉
森　博嗣　実験的経験 〈Experimental experience〉
森　博嗣　赤目姫の潮解 〈LADY SCARLET EYES AND HER DELIQUESCENCE〉
森　博嗣　ささきすばる 絵　悪戯王子と猫の物語
土屋賢二　森　博嗣　人間は考えるFになる

森枝卓士　私的メコン物語 〈食から覗くアジア〉
森　浩美　推定恋愛
森　浩美　推定恋愛 two-years
諸田玲子　鬼あざみ
諸田玲子　笠雲
諸田玲子　からくり乱れ蝶
諸田玲子　其の一日
諸田玲子　末世炎上
諸田玲子　昔日より
諸田玲子　日月めぐる
諸田玲子　天女湯おれん
諸田玲子　天女湯おれん これがはじまり
諸田玲子　天女湯おれん 春色恋ぐるい
森福　都　楽昌珠
森津純子　家族が「がん」になったら 〈誰も教えてくれなかった介護法と心のケア〉
森　達也　ぼくの歌、みんなの歌
桃谷方子　百合祭
森　孝一　「ジョージ・ブッシュ」のアタマの中身 〈アメリカ「超保守派」の世界観〉
本谷有希子　腑抜けども、悲しみの愛を見せろ

本谷有希子　江利子と絶対 〈本谷有希子文学大全集〉
本谷有希子　あの子の考えることは変
本谷有希子　嵐のピクニック
本谷有希子　自分を好きになる方法
森下くるみ　すべては「裸になる」から始まって
茂木健一郎　「赤毛のアン」に学ぶ幸福になる方法
茂木健一郎　セレンディピティの時代 〈偶然の幸運に出会う方法〉
茂木健一郎　漱石に学ぶ心の平安を得る方法
茂木健一郎 with ダイアログ・イン・ザ・ダーク　まっくらな中での対話
望月守宮　無貌伝 〈～双児の子ら～〉
森川智喜　キャットフード
森川智喜　スノーホワイト
森川智喜　踊る人形
森　繁和　参謀
森　晶麿　ホテルモーリスの危険なおもてなし
森　晶麿　恋路ヶ島サービスエリアとその夜の獣たち
森　林原人　セックス幸福論 〈偏差値78のAV男優が考える〉
山岡荘八　新装版 小説太平洋戦争 全6巻
山口　瞳　常盤新平 編　新装版 諸君！この人生、大変なんだ

2016年12月15日現在